Mary Turner Thomson

L'UOMO CHE AMO

Traduzione di Sara Puggioni

LIBRERIA pienogiorno

II Edizione, giugno 2022

Pubblicato per

LIBRERIA **pienogiorno**

da FullDay Srl

This edition is made possible under a license arrangement originating with Amazon Publishing www.apub.com, in collaboration with goWare srl.

Per mia madre, una donna straordinaria
che mi ha insegnato il valore della verità,
dell'integrità e del rispetto,
che mi ha dato forza e coraggio,
e che mi ha detto di scrivere questa storia.

Prologo

Era un mercoledì mattina – una giornata di aprile umida e grigia – e i miei tre bambini iniziavano a essere irrequieti. Avevano bisogno di uscire di casa, così decisi di portarli in biblioteca per prendere una boccata d'aria e scegliere qualche libro illustrato per tenerli occupati. Mentre cercavo di prepararli non si trovava una scarpa e stavo rovistando in giro mettendoci più tempo del necessario. Ero grata della distrazione, che mi impediva di pensare a quello che stava succedendo.

Suonò il telefono e io risposi con la mente altrove: «Pronto?»

«Parlo con Mary Turner Thomson?», chiese una voce di donna.

«Sì», risposi, un po' agitata. Aspettavo con timore una telefonata da parte dell'avvocata di mio marito, che avrebbe dovuto dirmi com'era andata in tribunale quella mattina. Se fosse stata sua la voce all'altro capo della linea, avrebbe significato che era in prigione, giudicato colpevole di accuse false di bigamia, truffa, possesso illegale di armi da fuoco e violazione della legge sui reati sessuali.

Sapevo che non era vero niente. Will mi aveva spiegato tutto. Ormai era da un po' che mi aveva rivelato di essere un agente della CIA: i problemi erano iniziati quando aveva cercato di lasciare il servizio attivo. Lo avevano incastrato. Il certificato di matrimonio che la polizia aveva usato come prova contro di lui faceva parte di una storia di copertura messa in piedi dalle alte sfere per spiegare la sua presenza nel Paese; anche le accuse di possesso illegale di armi da fuoco e di violazione della legge sui reati sessuali erano legate al suo lavoro; e le accuse di truffa erano frutto di un equivoco. Will mi aveva avvertita che aveva contro gente potente e che si aspettava una sentenza che lo avrebbe condannato a qualche mese di reclusione, ma mi aveva assicurato che una volta fuori si sarebbe risolto tutto: sarebbe stato libero e avremmo potuto finalmente vivere insieme come una famiglia vera.

La telefonata mi precipitò di nuovo nell'incubo, anche se non potevo immaginare quello che stava per succedere.

«Parlo con la signora Jordan?», chiese la voce.

«Sì», risposi di nuovo, mentre sentivo montare l'ansia.

«Io sono l'altra signora Jordan», disse la donna e, senza darmi il tempo di reagire, sganciò la seconda bomba: «Ti è stato detto che sono un'agente?»

Sbalordita, risposi senza pensare: «Sì».

«A me è stato detto che l'agente eri *tu*».

Parte prima

SPAVENTATA

1
Qualcosa di bello

Ero una madre single trentacinquenne. Mi ci era voluto più di un anno per venire a patti con quella definizione e con tutto ciò che comportava. Ero stata costretta a modificare la mia percezione delle parole "madre single", visto che non avevo mai pensato di ritrovarmi in una situazione del genere e avevo portato avanti un rapporto infelice più di quanto avrei dovuto soltanto perché non volevo che mi affibbiassero quell'etichetta.

Quando mia figlia Robyn aveva nove mesi, mi resi finalmente conto che continuando a sopportare una situazione che mi faceva stare malissimo le davo un pessimo esempio per il futuro. Ero sua madre e le insegnavo le norme di comportamento… e in quel momento le stavo dicendo che andava bene essere infelici senza reagire. Cambiai atteggiamento: non ero più disposta a sacrificarmi per tenere unita la famiglia; adesso ero decisa a essere un modello per la mia splendida bambina. Meritava di meglio di quello che era toccato a me e volevo essere assolutamente sicura che sarebbe cresciuta con più rispetto per se stessa. Mi resi conto che se non le avessi mostrato la strada, era improbabile che l'avrebbe trovata da sola. Se volevo una vita migliore per lei, dovevo cercare una vita migliore anche per me stessa.

Così decisi di mettere fine al rapporto e voltai pagina. Avevo un buon lavoro e dal punto di vista economico me la cavavo. Avevo provato quella cosa degli incontri online e avevo conosciuto tre uomini. Il primo era una brava persona e diventò un buon amico, ma non mi attirava fisicamente; il secondo odiava la sua ex con tale ferocia da darmi l'impressione che fosse un serial killer e scappai a gambe levate dall'unico appuntamento con lui grata di essere ancora viva; e con il terzo uscii per diversi mesi prima di capire che era un parassita in cerca di un'esistenza facile. A quel punto lasciai perdere e accettai senza rimpianti di rimanere single. Anzi, in un certo senso non ero mai stata meglio.

Fu in quel periodo che il fato ci mise lo zampino. Ignoravo che, anche se cancellavi l'iscrizione a un sito di incontri online, per ragioni di calcolo pubblicitario il tuo annuncio rimaneva comunque visibile e quindi il mio profilo era ancora lì:

Chi sono? Strana domanda. Sono una donna creativa, intelligente e spiritosa che è felice di vivere e adora par-

lare con la gente, condividere opinioni e passare dei bei momenti. Credo nel pensiero positivo e nella responsabilità personale, vale a dire guardare al futuro e prendere in mano il proprio destino anziché pensare al passato e incolpare gli altri di quello che non ha funzionato. Mi piacciono le persone e scoprire cosa le fa stare bene, e mi sveglio tutte le mattine convinta che succederà qualcosa di bello.

Mi piace ballare il Ceroc (una via di mezzo fra il jive e i balli latinoamericani), che trovo un'attività socievole e divertente, oltre che un ottimo esercizio fisico. Mi piace anche sciare, arrampicare (anche se non sono molto brava), montare a cavallo, nuotare, la musica, il cinema, il teatro, le serate in casa e così via... insomma, parecchie cose.

Cosa cerco? Be'... non ne sono del tutto sicura. Ho una bambina che presto compirà un anno. Mi piacerebbe un rapporto stabile con un uomo attento, intelligente e premuroso che abbia voglia di uscire a divertirsi, ma che sia anche in grado di capire che adoro la mia bambina. La cosa migliore sarebbe conoscere qualcuno molto bene prima di iniziare una relazione e perciò in questo momento sono più interessata a un'amicizia. Il mio uomo ideale dovrebbe essere più alto di me (cioè più di un metro e settantotto); apprezzare il ballo (o essere disposto a imparare); aver voglia di parlare del significato della vita; essere aperto alle opinioni altrui; sapersi divertire; ed essere capace di ascoltare. L'aspetto fisico non è così importante, anche se lo sono amare la vita e sapersela godere.

Che tu mi contatti o meno (se possibile con una foto), spero che oggi ti capiti qualcosa di bello.

E di punto in bianco il 16 novembre 2000 ricevetti una lunga e-mail ciarliera da un tizio che si chiamava Will Allen.

Il tono del messaggio era rilassato e amichevole. Mi faceva i complimenti per il profilo e notava che era molto diverso dagli altri che aveva letto online. Mi diceva in tono di scusa che era americano ma adesso viveva nel Regno Unito e passava molto tempo a Edimburgo. Spiegava che aveva una società di consulenze informatiche e che fino a quel momento si era dedicato a «lavorare in giro per il mondo».

Will non aveva un profilo sul sito di incontri e mi disse che ne era venuto a conoscenza da un collega tramite un'e-mail. Stava ammazzando il tempo in attesa di una telefonata di lavoro e non si era aspettato di trovare qualcuno che lo attirasse così tanto, al punto che si era sentito quasi costretto a contattarmi.

Diceva di condividere la mia opinione sulla responsabilità personale, motivo per cui si sforzava di non lamentarsi di non avere accanto "una persona speciale", ma che ultimamente pensava sempre più spesso all'idea di legarsi. Forse, ragionava, a trentaquattro anni il suo orologio biologico ticchettava più rumorosamente di quanto non fosse disposto ad ammettere.

Proseguiva dando una descrizione di se stesso e dicendo che era alto un metro e ottantacinque, quindi decisamente più di me. Era di ascendenza mista, con i capelli ricci, gli occhi castani e un fisico atletico. Affermava di avere una buona istruzione e di nutrire interesse per l'arte, la musica e la letteratura; gli piaceva perfino ballare, ma benché avesse provato a imparare i balli latinoamericani durante un soggiorno di due anni a Buenos Aires, proprio non era portato!

Will affermò di voler chiarire fin da subito che desiderava una relazione a lungo termine e non gli interessava una «in cerca di divertimento». «Gli anni si fanno sentire», immaginava. D'altra parte, voleva anche mettere in chiaro che per lui era importante il rapporto fisico perché era una persona molto tattile, e si rendeva conto che questo aspetto avrebbe potuto scoraggiare qualcuno.

Dopodiché proseguiva affermando: «Sarebbe scorretto non dirti subito che non posso avere figli a causa di una brutta parotite avuta da piccolo, perciò se la tua idea è di metter su famiglia, immagino di non essere la scelta migliore». Gli sarebbe piaciuto moltissimo avere figli, e coi bambini ci sapeva fare, ma aveva dovuto «venire a patti con il fatto che non avrò mai figli biologici e in certi momenti questa situazione è stata più pesante che in altri. Non mi sto lamentando, è solo la realtà dei fatti».

Scriveva ancora qualche riga prima di congedarsi dicendo che gli sarebbe piaciuto vedermi per un caffè e due chiacchiere, ma che se non ero interessata, mi faceva comunque i migliori auguri per il futuro.

Iniziammo a scambiarci e-mail quotidiane, poi due, tre volte al giorno, flirtando, chiacchierando e raccontandoci sempre più cose di noi. Era bellissimo ed emozionante, una novità. Io tenni i piedi per terra, decisa a non lasciarmi coinvolgere troppo nel caso fossi rimasta delusa quando ci saremmo visti. Ma era tutto così naturale, addirittura spontaneo, e non percepivo nessuna nota stonata. Passarono quasi due settimane e adesso ci conoscevamo molto di più, ci eravamo rivelati tanti particolari intimi e continuavamo a essere in sintonia.

Poi arrivò l'inevitabile: magari avremmo potuto parlarci al telefono.

Ma certo. Gli diedi il mio numero e lui promise di chiamare nel giro di mezz'ora.

Aspettai. Niente.

Gli scrissi un'e-mail per chiedergli se andava tutto bene. Nessuna risposta. Gliene mandai un'altra. Stavo iniziando a preoccuparmi: cosa poteva essere successo? Non avevo colto segni di esitazione o incertezze nella sua proposta di sentirci al telefono: mi aveva chiesto il numero con entusiasmo e aveva affermato in tutta sincerità che voleva chiamarmi, eppure non era arrivata nessuna telefonata. Non aveva senso.

Rimasi in pensiero tutta la notte e il giorno dopo andai a lavorare in preda all'agitazione. Non riuscivo a smettere di rimuginarci su e continuai a rileggere le sue e-mail nel tentativo di capire cosa poteva essere successo, poi rilessi le mie per vedere se avevo detto qualcosa che poteva essere frainteso. Niente.

Scrissi un'altra e-mail chiedendogli se era tutto a posto. Me lo vedevo che cadeva dalle scale rompendosi l'osso del collo. Cosa aveva potuto farlo svanire nel nulla dopo aver mandato quel messaggio?

Due giorni dopo mi contattò di nuovo.

«Scusa, avevo un viaggio di lavoro in Spagna».

Ero imbufalita. Gli dissi che mi aveva fatta preoccupare e che ero alquanto scocciata. Lo mandai al diavolo.

Lui si scusò sostenendo di aver calcolato male i tempi. Era stato distratto da una telefonata di lavoro, poi aveva dovuto fare i bagagli in fretta e furia per partire. Disse che mi aveva pensata tutto il tempo e che gli ero mancata. Mi diede il suo numero e mi pregò di chiamarlo, dichiarando che era stato solo un errore di valutazione; continuò a ripetere che voleva davvero parlare con me.

Sulle prime lo ignorai e mi rifiutai di parlargli, ma lui continuò a scusarsi e a giurare di non averlo fatto apposta. Alla fine decisi che se era così ostinato, forse avrei dovuto dargli un'altra possibilità. Mi calmai e ci mettemmo d'accordo che mi avrebbe chiamata la sera. In quel momento ero così arrabbiata che non me ne importava un accidente se telefonava o no. Ma poi arrivò la chiamata e parlammo con la stessa naturalezza con cui comunicavano per e-mail. Lo perdonai a denti stretti, ma lo punzecchiai dicendogli che gli conveniva non rifarlo. Lui giurò che la cosa non si sarebbe ripetuta e promise che in futuro avrebbe fatto più attenzione.

In occasione di quella prima chiamata restammo al telefono per ore. Parlava a cuore aperto della sua sterilità e di quanto gli pesasse: la famiglia era tutto per Will. Era molto vicino a sua sorella e mi descrisse con orgoglio la madre, una donna brillante, e il padre, una persona leale e affettuosa. Mi raccontò di quanto lo rendesse triste non poter avere un figlio che portasse il suo cognome. Avrebbe tanto voluto farsi una famiglia, ma quando aveva scoperto di essere sterile si era concentrato sulla carriera, diventando una specie di maniaco del lavoro. Aveva avuto solo una relazione a lungo termine che era finita perché lei voleva dei figli. Era il suo fardello, ma l'aveva accettato.

La conversazione fluiva spontanea e lui sembrava davvero interessato e attento. Mi piaceva la sua voce: pacata, armoniosa ed espressiva. L'accento americano era poco marcato e gli otto anni passati nel Regno Unito lo avevano smussato. Aveva la residenza qui per via del lavoro e intendeva rimanere perché gli piaceva ed era una buona base. Girava tutto il Paese, anche se faceva la spola soprattutto fra Manchester ed Edimburgo; aveva un ufficio e del personale in St Andrew Square, a Edimburgo, ma il suo cliente più importante era una società di Manchester.

Will ammise che il lavoro era stata la sua vita, notte e giorno. Con l'avvento della cultura del business ventiquattr'ore su ventiquattro sette giorni su sette, le comunicazioni e le tecnologie informatiche erano sempre operative, e le persone si aspettavano che lui fosse raggiungibile e disponibile a risolvere ogni genere di problemi. Aveva una società di consulenze in ambito informatico e delle telecomunicazioni, e uno dei servizi che offriva ai clienti era hackerare i loro sistemi per capire quanto fossero sicuri. Era interessante.

Cercai di scoprire qualcosa in più su Will e feci delle ricerche in Internet con le informazioni di cui disponevo. Purtroppo, "Will Allen" restituiva una marea di risultati e neanche aggiungendo "consulente informatico" ottenni qualcosa di significativo.

Will mi mandò una sua foto e io gliene mandai una mia. Lui ebbe parole molto lusinghiere, ma io ero innervosita all'idea di guardare la sua. Comunque, alla fine aprii il file e mi ritrovai davanti un viso gradevole. Non era bellissimo, però aveva un sorriso caloroso, la pelle color caffelatte, gli occhi scuri e i capelli afro tagliati corti. Gli occhiali – da aviatore, con la montatura di metallo e le lenti tinte leggermente di rosa – sembravano usciti dritti dagli anni Ottanta. La foto non rivelava un Adone, e tuttavia Will aveva un'aria gentile e attraente. La feci vedere a un paio di amiche che risero degli occhiali ma per il resto commentarono che sembrava piuttosto carino.

All'inizio di dicembre del 2000 ormai ci sentivamo al telefono e ci scambiavamo e-mail diverse volte al giorno, e scoprii di essere molto presa da lui. Condivideva la mia filosofia e parlavamo a lungo delle nostre convinzioni, oltre che dei libri che avevamo letto e amato. Le telefonate erano sempre lunghissime e non restavamo mai a corto di argomenti di conversazione.

2
Il primo appuntamento

Adesso che ci parlavamo tutti i giorni sembrò solo naturale vedersi e all'inizio di dicembre organizzammo un appuntamento per pranzo. Ancora un po' sul chi va là, volevo incontrarlo in un luogo pubblico, di giorno e alla presenza di altre persone. Non ero una sciocca e non volevo correre rischi: in fin dei conti, avevo già incontrato il potenziale serial killer e non avevo alcuna intenzione di ripetere l'esperienza! Perciò Will aveva il mio numero di telefono e io il suo, ma per il momento non sapeva dove abitavo e non conosceva altri particolari.

Ci misi un po' a prepararmi per quel primo appuntamento, riflettendo sulle enormi potenzialità dell'incontro e anche sulla probabilità altrettanto grande di rimanere delusa se quest'uomo non si fosse rivelato la persona che sembrava online. Sentivo una tale intimità con lui, un legame così reale che quasi mi dispiaceva rovinarlo vedendolo di persona. Sarebbe stato all'altezza dell'idea che mi ero fatta di lui? Ero felice della mia vita com'era, mi sentivo al sicuro e a mio agio. Innamorarmi di un altro uomo avrebbe messo a repentaglio quella tranquillità, ma la prospettiva di trovare la felicità e conoscere qualcuno che mi avrebbe fatta sentire di nuovo donna era irresistibile. Così mi vestii, poi mi cambiai, dopodiché mi cambiai di nuovo e alla fine, com'era prevedibile, finii per indossare l'outfit che avevo scelto all'inizio.

Arrivai nel suo lussuoso ufficio di St Andrews Square in orario; dato che la reception era al secondo piano, presi l'ascensore. Quando le porte si aprirono mi ritrovai in un ampio open space con i soffitti alti e poltroncine di pelle. C'erano due enormi schermi tv sintonizzati sulla CNN e una ragazza elegante seduta dietro una grande scrivania. Rimasi impressionata.

Mi avvicinai alla reception.

«Salve», dissi con tutta la sicurezza che riuscii a tirar fuori. «Ho un appuntamento con Will Allen».

Lei fece un'espressione perplessa, controllò sullo schermo del computer e disse: «Non c'è nessun Will Allen che lavora qui».

Non dubitavo di essere nel posto giusto, perciò glielo descrissi. «Be', sono sicura di non aver sbagliato indirizzo. Può controllare, per favore? È un uomo alto, di ascendenza mista».

«Ah, vuol dire Will Jordan», rispose la ragazza. «Lo avviso che lei è qui».

Mi sedetti e aspettai, riflettendo sul cognome diverso. Come poteva essere? Le sue e-mail dicevano senza ombra di dubbio che si chiamava Will Allen, ma forse non voleva usare il suo vero nome online. Se era così, si spiegava anche il fatto che non avessi trovato informazioni su di lui quando avevo cercato in Internet.

Le porte dell'ascensore si aprirono e si richiusero alcune volte, facendomi balzare il cuore in gola, ma non era lui. Poi si aprirono di nuovo ed eccolo.

Mi si avvicinò sfoderando un sorriso ampio e caloroso che rivelava denti bianchissimi. Fui attratta immediatamente dall'atteggiamento rilassato e sicuro di sé, pur senza ostentazione, dalla figura alta e muscolosa, dai lineamenti regolari. Portava occhiali demodé che però nulla toglievano all'aspetto gradevole complessivo. Finalmente lo vedevo di persona. Ricambiai il sorriso e mentre mi alzavo lui mi strinse la mano con decisione e mi sfiorò la guancia con un bacio.

«Andiamo?», disse e ci dirigemmo verso l'ascensore. Avremmo pranzato in un ristorante delle vicinanze.

«Come mai ti chiami Jordan e non Allen?», gli chiesi quasi subito.

«Oh, Allen è il mio secondo nome», rispose senza batter ciglio.

Passammo due ore piacevoli e a un certo punto la conversazione si spostò sui libri che avevamo letto, in particolare *La profezia di Celestino*. Nel libro l'autore parla del fatto che le persone entrano in contatto condividendo l'energia fisica ed emotiva; dice che si può percepirla fluire dall'uno all'altro quando si è vicini, e che questo crea un legame. Chiesi com'era possibile percepire quell'energia nelle e-mail: eravamo d'accordo che fra noi fosse andata proprio così, ma era una cosa che sfidava la logica. Will rimase folgorato. In tutto il tempo che passammo insieme, avrebbe sempre dichiarato che quello era stato il momento in cui si era innamorato di me: il momento in cui si era reso conto di aver trovato la sua anima gemella.

Come mi aveva detto, Will era alto un metro e ottantacinque e aveva un fisico atletico. Mi raccontò che aveva due nonni bianchi, una nonna nativa americana e una afrocaraibica. Tutti e due i nonni avevano precorso i tempi sposando donne non bianche, nonostante le convenzioni sociali, e lui scherzando aggiunse: «L'unica cosa che ho ereditato dal lato nativo americano è il fatto che non reggo l'alcol».

Will aveva anche pochissima barba ma mi disse che di recente aveva provato a farsi crescere i baffi, di cui era orgogliosissimo. Era poco più che una rada peluria e mi spiegò che non aveva mai dovuto radersi per via dei bassi livelli di testosterone, una conseguenza della parotite avuta da piccolo. (In seguito, quando nella nostra relazione entrò il sesso, scoprii che non aveva nemmeno peli sul petto.) Parlò infervorato della possibilità di farsi crescere la barba, sebbene in quel momento fosse glabro. Quell'entusiasmo mi fece tenerezza e mi sentii anche un po' dispiaciuta per lui.

La conversazione fu animata e vivace. Era incuriosito da quello che dicevo e avevamo tantissime cose in comune: le convinzioni, i libri che leggevamo. Avevo davanti un uomo affermato, affascinante, tranquillizzante e interessante che sembrava attratto da me, ma esitavo ancora.

Gli spiegai che avevo una vita meravigliosa e che se voleva entrare a farne parte avrebbe dovuto renderla ancora migliore: una bella sfida. Lui rispose che capiva e si mise a ridere, dicendo che avrebbe dovuto riflettere su come fare.

Mi riaccompagnò alla macchina tenendomi a braccetto e quando fu il momento di salutarci si chinò e mi sfiorò le labbra con un bacio. Notai che aveva le labbra morbidissime ed era chiaro che se gli avessi restituito il bacio non sarebbe finita lì. Ma io mi tirai indietro, lo salutai e me ne andai.

Mi mandò un'e-mail solo due ore dopo che ci eravamo congedati, dicendo che finalmente aveva smesso di battergli forte il cuore e che, a essere sincero, gli sembrava di camminare a mezzo metro da terra. Sembrava colto alla sprovvista dall'intensità dei propri sentimenti e temeva che avrei potuto non ricambiarli. Tornò sul commento che avevo fatto a pranzo riguardo al legame che si era formato fra noi via e-mail e ripeté che aveva saputo fin dall'inizio che gli sarei piaciuta.

Proseguiva dicendo che nulla avrebbe potuto prepararlo al momento in cui era sceso dall'ascensore, quando aveva pensato: «È addirittura più carina che nella foto», e si congedava affermando che gli formicolavano ancora le labbra dopo il bacio con cui ci eravamo salutati e che non vedeva l'ora di incontrarmi di nuovo. «Passa un magnifico fine settimana e sappi che sei nei miei pensieri e nei miei sogni».

Da quel momento in poi le cose si mossero in fretta. Will mi scriveva ogni giorno ed era sempre più entusiasta della nostra relazione. Io ero a mio agio con lui e anche se ci eravamo visti una volta sola sentivo che fra noi c'era un legame vero. Chiaramente non era un tipo pericoloso ma pacato, intelligente e solido.

Qualche giorno dopo, al nostro secondo appuntamento, lo invitai a pranzo a casa. Venne nel mio bellissimo appartamento al primo piano di un vecchio caseggiato che dava sul mare nel quartiere di Portobello. Sono una pessima cuoca e la pasta che gli avevo cucinato era a malapena commestibile, notevolmente peggiorata da una telefonata di lavoro che ricevette nel bel mezzo del pranzo. Rimase al telefono quaranta minuti, spostandosi in un'altra stanza per parlare dopo avermi rivolto un'espressione contrita, e io cercai di non prendermela: dopotutto si trattava di lavoro. Parlammo di nuovo per un paio d'ore e io gli mostrai delle foto di famiglia, fra cui alcune di mia figlia. Alla fine venne l'ora di andare al nido a prendere Robyn, che all'epoca aveva un anno, e prima di congedarsi Will mi baciò.

Mi mise le mani attorno alla vita e mi attirò a sé, poi premette le labbra sulle mie, che erano morbide come ricordavo, ma questa volta fu più deciso. Mi abbandonai fra le sue braccia e mentre mi baciava sentii le gambe molli. Quel bacio mi lasciò senza fiato e risvegliò emozioni che erano rimaste sepolte per molto tempo.

Will e io ci vedevamo più o meno un giorno sì e uno no e ogni volta il sentimento che provavamo si faceva più profondo. Ricevetti una dozzina di rose rosse in ufficio, cosa che suscitò grande curiosità da parte dei colleghi, soprattutto visto che non avevo parlato di lui con nessuno. Mi mandava bigliettini romantici e mi diceva in mille altri modi che stava innamorandosi di me.

Era premuroso e mi mostrava il suo affetto con tanti piccoli gesti. Ricordo una volta che eravamo in macchina insieme e bevevamo una bottiglietta d'acqua: benché fosse chiaramente assetato, si assicurò di lasciare a me l'ultimo sorso. Mi apriva la portiera dell'auto e camminava sul bordo esterno del marciapiede, dettagli che secondo mia madre contavano, perché dimostravano le sue buone maniere. Ero commossa da queste attenzioni e dal modo in cui si assicurava di mostrarmi ogni giorno che pensava a me. Mi mandava messaggi per dirmelo, chiamava per riferirmi cosa dicevano i colleghi della sua "fidanzata misteriosa" e mi spediva per e-mail storielle e altre cose che voleva condividere con me.

Will era diverso da tutti gli uomini con cui ero uscita. Era intelligente e affermato, ma non si dava arie. Per esempio, la volta in cui vide il pianoforte che avevo in salotto e disse senza parere che sapeva suonarlo. Io ero diplomata al conservatorio e avevo una formazione classica; suonavo Beethoven ai concerti dall'età di undici anni. Quando gli chiesi di suonare, tuttavia, scoprii che era notevolmente più bravo di me. Interpretava stili diversissimi in maniera impeccabile, eppure era sempre autocritico e sosteneva di avere una buona tecnica ma non senso della musica. La verità è che era brillante. Suonava bene anche la chitarra e diversi altri strumenti.

Aveva anche altri talenti: parlava nove lingue, fra cui l'ebraico, ed era in grado di leggere un libro a velocità incredibile. La sua conoscenza dei computer e delle telecomunicazioni sembrava straordinaria. In quel campo era molto sicuro di sé e parlava dei progressi della tecnologia e di quello che era possibile ottenere con l'informatica. Aveva una mentalità tecnica: mi sistemò il computer perché fosse più efficiente e progettò e caricò perfino un sito web per me e Robyn.

Mentre io ero chiassosa e mi piaceva prendermi la scena, sempre pronta a farmi una risata e a cogliere il lato divertente delle cose, Will era pacato, quasi timido, e tuttavia sicuro di sé in ogni cosa che faceva, anche se mai arrogante. Aveva un sacco di esperienza, perché aveva girato il mondo per lavoro. Mi faceva sentire talmente speciale.

Sapevo benissimo che effetto avrebbe potuto avere su mia figlia la presenza di un partner ed era per quel motivo che non avevo mai portato a casa nessuno degli altri uomini con cui ero uscita. Ma ben presto fu chiaro che era una relazione seria, così presentai mia figlia a Will e parve che andassero molto d'accordo: Will adorava Robyn e lei ricambiava. Dato che era sterile, il fatto che avessi già una figlia significava molto per lui; non faceva che parlare di lei e di quanto volesse bene a entrambe. Riservava un'attenzione entusiasta a mia figlia... il massimo che potevo chiedere a un partner.

Desideravo solo che passassimo più tempo insieme. E poi, poco prima di Natale, sembrò che le cose fossero sul punto di migliorare. Will era stato invitato a un evento a Londra: una serata formale con il suo cliente più importante. Era richiesto abbigliamento elegante e si prevedeva una notte in un hotel a cinque stelle. Will mi chiese di accompagnarlo e io accettai con entusiasmo: non mi capitava spesso di avere occasione di viaggiare, di mettermi in tiro, di essere trattata coi guanti e di sentirmi di nuovo una donna oltre che una mamma, anche se solo per un paio di giorni. Colsi l'opportunità al volo, presi ferie e chiesi a mia madre di tenere Robyn.

Il giorno stabilito, il 23 dicembre 2000, le valigie erano pronte vicino alla porta ben prima di quanto fosse necessario. Avevamo il volo alle quattro del pomeriggio e avevo già mandato diverse e-mail a Will per dirgli quanto ero su di giri e ricordargli di non fare tardi, altrimenti avremmo perso l'aereo. Lui avrebbe dovuto smettere di lavorare all'ora di pranzo, quindi avevamo tutto il tempo, ma temevo che avrebbe dato la precedenza ai suoi impegni com'era già successo. Aspettai e mentre il tempo passava gli mandai un SMS.

«Sì, sì, abbi pazienza», rispose. «Sto finendo proprio adesso, arrivo fra mezz'ora». Ce l'avrebbe fatta per un pelo… Non c'era quasi più tempo… Non era arrivato ma era per strada… Stava cercando un altro volo… Dopodiché smise di rispondermi.

Ero a pezzi. Non si era fatto vedere e adesso aveva spento il telefono. Alla fine mi feci un drink – anzi, mi scolai una bottiglia intera di vino – e mi misi a letto delusa e disorientata. Era troppo tardi per andare a prendere mia figlia, l'avrei fatto la mattina dopo.

L'indomani era la vigilia di Natale e mentre stavo preparandomi per uscire a prendere Robyn ricevetti una telefonata imbarazzata da Will che mi chiedeva se poteva passare da me. Doveva dirmi una cosa e io volevo sapere che cosa aveva avuto la precedenza su di me e su tutto quello che avevo fatto in previsione del viaggio. Ero così furiosa che quasi non riuscivo a parlare e volevo una spiegazione.

Arrivò e si scusò. Era successa una cosa al lavoro: un cliente era andato nel panico e aveva mandato in tilt il sistema dell'azienda, e lui aveva passato la notte nel seminterrato per cercare di rimediare. Il cellulare non prendeva e lui si era fatto assorbire così tanto dalla situazione da non aver pensato a un altro modo per contattarmi. Io ero imbestialita.

Poi mi disse che anche a lui dispiaceva moltissimo aver mandato a monte il viaggio perché aveva in mente di fare una cosa mentre eravamo via. Ancora scocciata, gli chiesi che cosa. Per tutta risposta, mi porse un orsacchiotto che portava attorno al collo un nastro con appeso un anello di diamanti. Mi chiese di sposarlo.

Rimasi esterrefatta. Ero in piedi in cucina appoggiata al bancone, con le braccia conserte e le caviglie incrociate. Per prendere l'orso dovetti abbandonare quella posizione e mentre lo facevo la rabbia e l'esasperazione svanirono, mentre la conversazione prendeva un'altra direzione. Esitavo, ma lui andò avanti a espormi i motivi per cui voleva sposarmi e continuò su quel tono.

Stavamo insieme da pochissimo e lì c'era un uomo perdutamente innamorato di me. Era inebriante, eccitante e tremendamente lusinghiero. Ero consapevole di essere innamorata anch'io, ma sapevo anche che non avevamo avuto tempo sufficiente per conoscerci. Dissi che ci avrei pensato e lui rispose: «D'accordo, a patto che porti l'anello mentre ci pensi». Così feci e da quel momento in poi la questione non venne più sollevata tranne che come un fatto compiuto. Il matrimonio era deciso.

A Natale Will dovette lavorare. Aveva in mente di partecipare alla riunione di famiglia, ma il lavoro si mise di mezzo un'altra volta e non si fece vedere. Fu terribile essere oggetto di battutine riguardo alla sua assenza e dover difendere la sua ossessione per il lavoro quando in realtà ero incazzata esattamente come tutti gli altri. Ma Will era molto riservato e immaginai che evitasse di incontrare i miei parenti in parte anche perché la cosa lo metteva in agitazione.

Però portavo l'anello che mi aveva dato, come d'accordo. Dissi ai miei famigliari che mi aveva chiesto di sposarlo e che ci stavo riflettendo. Erano contenti per me, e ancora più contenti del fatto che ci andassi coi piedi di piombo. Nel frattempo, le presentazioni erano solo rimandate; sapevo che alla fine ci saremmo arrivati.

Nel gennaio del 2001 scoprii che mia figlia avrebbe avuto un fratello o una sorella dalla nuova compagna di suo padre, Linda.

Scrissi un'e-mail a Will per dargli la notizia.

Robyn avrà un fratellino o una sorellina.

E prima che tu salti a strane conclusioni... la compagna di Ross, Linda, è incinta. Sarà interessante vedere cosa succede. Ho promesso a Linda che la aiuterò per quanto posso: ho paura che la poveretta non se la passerà benissimo. Però sono contenta che Robyn avrà un fratello o una sorella.

La risposta di Will fu eloquente ed emotiva al tempo stesso. Il messaggio lo aveva chiaramente scioccato e disse che aveva passato un minuto di beatitudine, pensando che fossi rimasta incinta per qualche miracolo.

La notizia gli aveva provocato una reazione fisica violentissima: aveva percepito ogni singolo battito del cuore e il sangue che gli rombava nelle orecchie era assordante come un treno. Le persone con cui era avevano creduto che si trattasse di un infarto e lo avevano fatto sedere, ma quando era tornato in sé e il momento di panico era passato, aveva continuato a leggere e si era reso conto di come stavano le cose.

Era evidente che avrebbe voluto essere lui a dare un fratello o una sorella a Robyn. Mi disse che sarebbe stata un'«immensa benedizione» fare l'amore e poi aspettare la fine del mese per comprare i test di gravidanza. Avrebbe dato qualunque cosa per vivere la consapevolezza di aver partecipato alla creazione di una nuova vita e aveva immaginato come sarebbe stato se avessi portato in grembo nostro figlio.

Era chiaro che quella notizia aveva toccato un nervo scoperto, tanto da spingerlo a scrivere: «Mi dispiace, mi ero ripromesso di non lasciarmi turbare, ma è così difficile non essere amareggiato...» L'e-mail era lunga e appassionata, e diceva che ormai ero parte inscindibile del suo stesso essere: «Spero veramente che non finirai per portarmi rancore, ammesso che non sia già così, o che non mi considererai meno uomo perché non sono in grado di essere padre. So che non reggerei una cosa del genere, da parte tua... ti prego, non misurarmi col metro dell'unico difetto cui non posso rimediare».

Sempre nella stessa e-mail Will parlava dell'intensità dei sentimenti che aveva provato la prima volta che avevamo fatto l'amore. Disse che gli aveva suscitato le due emozioni più estreme che avesse mai vissuto: da un lato, la profondità del suo amore per me e il desiderio di legarmi a sé per sempre e, dall'altro, l'assoluta disperazione data dalla consapevolezza di aver trovato tutto quello che aveva sempre voluto nella moglie e madre dei suoi figli, unita alla certezza che la seconda parte di quel sogno non si sarebbe mai avverata. Era come se avesse trascorso tutta l'esistenza a prepararsi all'impegno che avrebbe segnato la fine della "sua" vita e l'inizio di quella che avrebbe condiviso con un'altra persona. Ma quali che fossero i suoi progetti e i suoi sogni, non avrebbero cambiato il fatto che non poteva avere figli.

Concludeva dicendo che il mio amore per lui lo aveva aiutato a venire a patti con quel dolore e ripeteva ancora una volta quanto mi amava con frasi che mi arrivarono dritte al cuore. Affermava che non c'erano parole capaci di esprimere la forza di quello che provava né e-mail lunghe abbastanza per contenerle tutte nel caso fossero esistite: «Cercare di comprendere la profondità dei miei sentimenti per te mi spaventa, perché non credevo possibile provare cose simili per un'altra persona».

La forza delle emozioni che emanava dalle e-mail di Will mi commuoveva nel profondo. Avrei voluto tantissimo dargli un figlio per lenire il suo dolore, ma ero consapevole di non poter cambiare la natura.

Un'altra cosa che emerse con grande chiarezza in quel momento fu come la pensava Will riguardo all'infedeltà e alla mente maschile. Avevamo parlato a lungo delle nostre relazioni passate, soprattutto delle mie dato che lui ne aveva avute pochissime per via degli impegni di lavoro, e mi aveva ripetuto più volte che non riusciva a capire come un uomo potesse fare dei figli con una donna e poi andarsene; era convinto che fosse «una malvagia presa in giro, resa ancora peggiore dall'assoluta mancanza di rispetto». Se c'era una cosa di cui non dubitavo, quindi, era che l'infedeltà andasse contro tutto quello in cui Will credeva: un vero e proprio spauracchio. Ecco un uomo di cui potevo essere sicura, una persona monogama, fedele e con dei valori.

3
Spaventata

Anche se credevo nelle manifestazioni di affetto di Will ed ero rassicurata dalle sue convinzioni in tema di infedeltà, la puntualità e affidabilità quando si trattava di vedersi lasciavano parecchio a desiderare. Era successo ripetutamente che dopo aver organizzato qualcosa lui arrivasse in ritardo o non si presentasse proprio. Continuava a essere affettuoso e tenero con me, e adorava Robyn, ma pareva sempre così concentrato sul lavoro da non riuscire a ricordarsi gli impegni della vita privata. Sospettavo che la situazione fosse resa ancora peggiore dal fatto che non aveva una residenza fissa. Mi disse che aveva preso in affitto un magazzino per la sua roba e che alloggiava in albergo, così ci mettemmo a cercargli un appartamento che avrebbe ridotto le spese e gli avrebbe offerto una base stabile.

Dentro di me, però, avevo la sensazione che qualcosa non andasse. Da quando lo avevo conosciuto, Will aveva cambiato cellulare un paio di volte, sostenendo che la società passava a un nuovo gestore e che io avrei dovuto usare il nuovo numero. Cominciai ad avere dei sospetti. Era tutto molto strano ed entro la fine di gennaio ero decisa a vederci chiaro.

Will mi aveva creato un sito web personale, così cercai il dominio su www.WHOis.net e trovai i dettagli della sua società e un indirizzo in Lancashire. Aprii il registro delle imprese britannico e scoprii che lui era il segretario dell'azienda; come direttrice figurava una donna di nome Michelle Hayward. Lei abitava nel Lancashire, ma Will risultava residente in un paesino fuori Edimburgo. Ero combattuta, indecisa su cosa fare, ma dovevo sapere, così salii in macchina e ci andai.

Trovai l'indirizzo senza problemi in una strada secondaria tranquilla e verde di Gullane, vicino al mare, una zona di ville di periferia circondate da alti muri. Ci ripassai davanti tre volte prima di fermarmi e mentre me ne stavo lì seduta in macchina mi venne in mente che i residenti avrebbero pensato che stessi facendo un appostamento. Temevo sul serio che qualcuno potesse chiamare la polizia.

Alla fine scesi e mi avvicinai al cancello, da dove vidi una grande casa indipendente piuttosto lussuosa circondata dal giardino. Will era a Manchester ma nel vialetto era parcheggiata la sua Corvette biposto nera.

Lo shock maggiore, però, furono i giochi per bambini nel giardino: una struttura da arrampicata e dei giocattoli.

Mentre cercavo di trovare un senso a quello che vedevo, la mia mente si mise a correre. Una cosa di cui ero assolutamente sicura era che Will non mi sarebbe stato infedele. Le sue idee sulla questione erano piuttosto nette e non sembrava proprio il tipo. Ma questo era troppo. Dovevo sapere con certezza cosa stava succedendo.

Mi aggirai nei dintorni e incontrai un passante. Dissi che cercavo una proprietà per un cliente e che quella era la casa ideale: per caso sapeva di chi era?

«No», rispose l'uomo. «Una famiglia, probabilmente, ma in questa zona la gente si fa gli affari suoi».

Tornai a Edimburgo. Non avevo visto muoversi nessuno all'interno dell'abitazione e non avevo alcuna voglia di suonare il campanello.

Chiamai Will sul cellulare non appena misi piede in casa e lui rispose.

«Dobbiamo parlare, subito!», dissi.

«Che cos'è successo?»

«Vieni qui e basta». Volevo vederlo in faccia, guardarlo negli occhi e sapere la verità.

Si mise in macchina quasi all'istante e arrivò poche ore dopo.

«Non è come pensi», rispose. «Oddio». Gli avevo spiattellato quello che avevo visto. «E va bene, aspetta».

Prese il telefono e andò nella stanza accanto, lasciandomi nel limbo, confusa, sconvolta e affranta, ma con un barlume di speranza. Poteva esserci una spiegazione?

Rimase al telefono per quella che mi parve un'eternità. Lo sentivo parlare ma era impossibile capire cosa stesse dicendo. Poi tornò e si sedette per raccontarmi la verità. «Prima di dire qualunque cosa, ascoltami», esordì.

Dopodiché mi rivelò che era un funzionario dell'intelligence degli Stati Uniti, con base in Europa. Anche se la sua area di competenza era il vecchio continente, in quel momento lavorava alla questione israelo-palestinese, come la maggior parte dei membri della sua squadra. Non era un uomo d'azione, aveva più un ruolo di supporto; non era riuscito a fare carriera perché non appena beveva un goccio era incapace di tenere a freno la lingua, una cosa che già sapevo di lui. Aveva lavorato per un paio d'anni in Giappone e poi in Brasile, come pure in diversi altri Paesi, ed era specializzato in computer e tecnologia dell'informazione.

Parlò per ore, raccontandomi i particolari del suo addestramento e gli incarichi che gli avevano assegnato, fra cui la creazione di siti web che l'FBI aveva usato per smantellare reti di pedofili. Chiunque accedesse al sito target avrebbe permesso l'installazione di un un software nascosto che permetteva di risalire al suo computer. A quel punto le autorità erano in grado di tracciare le sue e-mail e gli altri siti che visitava, e di conseguenza identificare e arrestare tutti i membri della rete. Avevano smantellato una rete piuttosto importante con quel metodo e la cosa mi colpì in modo particolare perché da bambina ero stata vittima di molestie da parte di un amico di famiglia, anche se all'epoca Will non ne era al corrente. Stavo parlando con qualcuno che lavorava per combattere gli abusi di cui queste persone erano responsabili.

Mi disse che quella che dirigeva a Edimburgo attualmente era una normale società di consulenza, che però veniva usata anche come facciata perché Will potesse assicurarsi contratti come esperto della sicurezza, un lavoro che gli permetteva di avere accesso a specifici sistemi per valutarne l'affidabilità; per scoprire se qualcuno sosteneva il terrorismo molto meglio infiltrarsi direttamente nel suo sistema che non hackerarlo, giusto? Alla fine della fiera era come essere pagati per fare gli hacker.

Quando lo chiamavano per un lavoro non era autorizzato a dirmelo; doveva partire e basta, indipendentemente dagli impegni della sua vita privata. C'era in ballo la nostra sicurezza: non era un gioco né uno scherzo, ma la realtà pura e semplice. Eravamo seduti sul divano, e mentre mi spiegava queste cose Will mi teneva la mano e mi guardava dritto negli occhi. Nel bel mezzo della conversazione dal mio telefono iniziarono ad arrivare *bip* che avvisavano di messaggi in arrivo, con la dicitura "update della SIM", e Will mi disse che quegli aggiornamenti del software servivano «a rendere tracciabile il cellulare e a proteggerti, consentendo all'agenzia di controllarlo».

Prima che potessi chiedergli come esattamente mi avrebbero protetta lui cambiò argomento, seppellendomi sotto una valanga di informazioni.

Mi fece vedere il sito dell'ODCI, ossia dell'Official Department of Central Intelligence, il nome della CIA per gli addetti ai lavori. Poi mi mostrò parti del sito non accessibili al pubblico mentre ricevevo un'altra serie di SMS da "ODCI relay". Non c'erano numeri né informazioni o mittente, solo aggiornamenti automatici del chip che modificavano i settaggi contenuti all'interno del software del cellulare.

La casa di Gullane era la base scozzese del team, il posto ideale, vicina com'era al mare e in una zona tranquilla dove la gente si faceva i fatti propri. Avevo notato le antenne sul tetto?, mi chiese.

«Sì», ammisi.

«Un po' troppe per una famiglia, no?», continuò.

«Sì», risposi. «Ma cosa mi dici dei giochi per i bambini?»

«Specchietti per le allodole, in modo che chi passa pensi quello che hai pensato tu: che ci vive una famiglia. Ascolta, Mary, adesso che sei al corrente non dovrai credere a niente sulla fiducia; non sarà solo la mia parola, avrai prove concrete e conoscerai alcune delle persone coinvolte. Dovrai passare un controllo di sicurezza accurato, ma poi si chiarirà tutto».

A quel punto gli chiesi chi fosse Michelle Hayward e lui disse che era un'amica che lo aveva aiutato ad avviare la professione. Era una persona con cui aveva lavorato e dirigeva la società solo nominalmente, perché nel suo campo era meglio non lasciare tracce che portassero alla propria casa.

Parlava senza il benché minimo cenno di disagio o nervosismo. Lo sguardo era franco, caldo e, come sempre, affettuoso e gentile.

Non ero convinta al cento per cento, ma gli credetti. Di fronte a me c'era un uomo dai modi pacati, appassionato, umile e innamorato che dava l'impressione di essere intelligente, leale e devoto a ciò in cui credeva, il quale mi stava raccontando la storia più fantastica che avessi mai sentito in vita mia e mi apriva un mondo completamente nuovo. Un mondo di cui conoscevo l'esistenza ma che non mi ero mai aspettata di toccare con mano.

Da una parte, non potevo fare a meno di pensare che Will corrispondeva bene alla descrizione di una persona che faceva quel genere di lavoro, e me ne stava parlando senza traccia di vanteria né di umorismo. Era serissimo e concreto, e mi guardava negli occhi senza esitazioni. Era anche un po' arrabbiato con se stesso per aver permesso che le cose arrivassero a quel punto ed era talmente abituato alla segretezza che gli era difficile aprirsi. Ma fece uno sforzo e rispose a tutte le domande che poteva.

Dall'altra, era possibile che fosse una montagna di bugie e che lui fosse un uomo sposato con dei figli. Ma questo avrebbe significato che aveva mentito fin dalla prima e-mail, che tutto quello che sapevo di lui, fino ai dettagli più infimi, fosse falso e artefatto. Non era il tipo. Le e-mail di Will erano eloquenti, espressive e piene di sentimento; anzi, l'intensità delle sue emozioni mi aveva lasciata a bocca aperta. L'uomo con cui ero stata in precedenza non parlava né mi faceva sentire amata. Con Will mi sentivo amata e apprezzata; quando eravamo insieme mi faceva sentire come se fossi l'unica cosa che contava per lui. Avevo già cominciato a bramare quell'attenzione e quando era lontano mi sentivo sola e abbandonata.

Ero sbigottita e non sapevo cosa pensare di tutta quella faccenda. Ripercorsi nella mente quello che mi aveva detto, più volte. C'erano persone che facevano quel mestiere e non riuscivo a pensare a nessuno più adatto di lui. Mi aveva assicurato che non avrei dovuto prenderlo in parola ma che presto ne avrei avuto le prove: avrei incontrato dei colleghi e ne avrei avuto la certezza. Conoscevo quest'uomo. Perché avrebbe dovuto mentirmi? Cosa avrebbe ottenuto?

Quella sera mi tenne stretta fra le braccia e pianse. Era sconvolto di essere arrivato tanto vicino a perdermi e giurammo di amarci, sempre e per sempre, indipendentemente da tutto.

Ora che sapevo perché spariva, le cose cambiarono: smisi di tormentarmi, visto che dopotutto era impegnato a salvare il mondo, a proteggere tutti noi. Era come vivere con Superman: non potevi prendertela perché non si faceva vedere per cena quando reggeva da solo un ponte sul punto di crollare e salvava vite. Anche lui si rilassò nei miei confronti, perché non era più costretto a nascondermi le cose. Si fece meno guardingo e iniziò a coinvolgermi, raccontandomi non quello che faceva ma come si sentiva al riguardo.

Parlai con un paio dei suoi colleghi, un uomo e una donna con cui lavorava. Non scendemmo nei particolari, ma mi dissero che mi avrebbero avvisato quando lui sarebbe stato in missione e mi avrebbero passato dei messaggi. Un paio di volte suggerii di vederli, ma Will rispose che non erano persone con cui aveva voglia di socializzare.

Per un certo periodo possedette una pistola e doveva tenerla chiusa a chiave quando non era in servizio. Io non la vidi mai, a dire la verità, e lui non me ne parlò. Gliene chiesi conto perché, dopo le sue rivelazioni, mi era capitato di sentirla sotto la giacca quando lo abbracciavo e un giorno entrando nella stanza mentre si stava cambiando avevo visto la fondina. Ero curiosa (anche se mi faceva molta paura), ma lui si rifiutò di mostrarmela, sostenendo che la CIA vietava nel modo più assoluto di ostentarla. Tutte le volte che l'aveva con sé quando veniva a trovarmi mi chiedeva la chiave della credenza e la metteva subito fuori portata per evitare «danni ai civili», come diceva lui; il che mi andava benissimo, perché sebbene non dubitassi che fosse in grado di proteggerci, la presenza di un'arma in casa mi preoccupava non poco, soprattutto con una bambina piccola.

Will mi raccontò che non veniva pagato direttamente dalla CIA perché le buste paga e i conti correnti erano troppo facili da tracciare. A lui e agli altri agenti veniva dato tutto quello che serviva per svolgere il loro lavoro: indumenti, auto, device elettronici e perfino case.

Quando ci eravamo conosciuti, guidava la Corvette nera che avevo visto parcheggiata fuori dalla casa di Gullane, che però poco tempo dopo fu rimpiazzata da quello che lui definì il suo ultimissimo «veicolo aziendale»; era una specie di carrarmato, un 4x4 nero con i finestrini oscurati. L'auto durò più o meno un anno prima di sparire tornando da dov'era venuta.

Aveva un appartamento in Spagna, che era il suo rifugio, e mi promise che ci saremmo andati molto presto. Aveva anche una casa negli Stati Uniti che gli era stata lasciata da una zia. Sua madre soffriva di una grave depressione ed era spesso ricoverata in ospedale, così la zia era stata una specie di madre surrogata per lui e sua sorella. Per qualche ragione, non riuscii mai a capire bene se la sorella fosse più grande o più piccola di lui.

Will aveva in dotazione anche una tessera bancomat che poteva usare per prelevare trecento sterline al giorno per le "spese", quindi non era mai a corto di denaro. Mi disse che "se non altro" avremmo potuto vivere usando la sua "carta spese". Il che richiedeva però che lui fosse presente.

Mi aveva avvertita che sarei stata sottoposta a un rigoroso controllo di sicurezza e mi disse che probabilmente sarei stata sorvegliata e perfino seguita. Mi aveva già spiegato che gli aggiornamenti della SIM servivano per rendere tracciabile il mio telefono nel caso venissi rapita da qualche "malintenzionato", tecnologia di cui avevo sentito parlare. Ma adesso aggiunse che niente di ciò che si diceva su un cellulare era davvero riservato; finché c'era batteria, poteva essere spiato, anche se non era acceso.

La cosa che più di tutte mi convinse finalmente a credere che era chi diceva di essere furono i particolari. I continui aggiornamenti della SIM del cellulare; i messaggi provenienti da fonti anonime intitolati soltanto "ODCI relay" o "MOD relay"; le e-mail che mi mandava dal campo, spedite tramite www.field-odci.net, che a me sembravano autentiche, e www.odci.gov (che all'epoca era il sito della CIA); i contanti sigillati in buste di plastica con il logo del ministero della Difesa; la pistola che spesso avevo sentito sotto la giacca e la fondina che avevo visto; il lasciapassare e l'autorizzazione al parcheggio per la base militare RAF Brize Norton; i gadget elettronici e i cellulari; le persone che mi chiamavano per dirmi che era irraggiungibile o era dovuto partire; le telefonate segrete; il linguaggio che usava; e l'orologio! L'orologio era straordinario, tutto nero con il logo Rado. Vibrava per svegliarlo e lui, mezzo addormentato, diceva di essere stato convocato e di dover andare. Dopodiché si riaddormentava e qualche tempo dopo suonava con più decisione facendolo sobbalzare. Gli chiesi come facevano a sapere che non si era alzato e lui mi disse insonnolito che l'orologio aveva un GPS interno, quindi sapevano che non si era mosso. Poteva toglierselo raramente e se non lo faceva voleva dire che avrebbe potuto doversene andare da un momento all'altro. Detestavo profondamente quell'orologio, perché lo portava lontano da me.

Fisicamente era molto in forma e aveva grande fiducia nelle proprie capacità. Mi fece vedere delle mosse di arti marziali ed era in grado di colpire con un calcio al volo un oggetto posto a oltre un metro e ottanta di altezza. Mi mostrò delle prese e come difendermi: era davvero bravissimo. Io avevo fatto un po' di training quando avevo lavorato come guardia della sicurezza (cioè buttafuori) per pagare i conti dell'università, perciò qualcosina la sapevo già. Mi raccontò che a diciotto anni gli avevano fatto un provino per un film sulle arti marziali e che sua madre aveva ancora la clip. L'avrebbe chiamata per farsela mandare, così avrei potuto guardarla. Ricevetti alcune e-mail da sua madre, la quale diceva di essere felicissima di sapere che Will si era sistemato e aveva una figliastra che considerava come sua; promise perfino che avrebbe spedito alcune vecchie fotografie del figlio.

Un altro particolare era il suo modo di guidare. Non metteva quasi mai la freccia e non si allacciava la cintura, e aveva l'abitudine di lasciare l'auto in moto quando faceva rifornimento. Era essenziale essere veloci, non venire seguiti e avere sempre spazio di manovra. Con lui al volante mi sentivo sicura. Mi raccontò che aveva ricevuto un addestramento intensivo, e si vedeva: non ho mai conosciuto nessuno che avesse più confidenza con un mezzo o che mostrasse maggior controllo al volante.

Mi disse che avrei dovuto tenere gli occhi bene aperti cogliendo qualunque anomalia: pacchetti strani o persone che volevano informazioni o cercavano di avvicinarmi. Probabilmente avrebbero tentato l'approccio trovando un terreno comune, come un bambino che frequentava la stessa scuola. Quindi dovevo sospettare di qualunque persona nuova, di qualunque "amico" mostrasse troppo interesse, dei corrieri addetti alle consegne o delle telefonate per "ricerche di marketing". In realtà, mi disse, era molto più probabile che avrebbero avvicinato una delle mie sorelle o un'amica, mettendo un figlio nello stesso asilo nido ed entrando in confidenza con loro in modo da poter carpire informazioni su di me con chiacchiere apparentemente innocenti. Era la cosa più facile del mondo: bevendo insieme una tazza di tè avrebbero accennato al fatto che il marito viaggiava molto e mia sorella avrebbe abboccato all'amo dicendo che anche il fidanzato di sua sorella era spesso lontano da casa. A dire il vero un paio di volte mi capitò di sentirla fare un commento simile e di colpo mi ritrovai a diffidare della persona con cui stava parlando. Quando poi quella si rivolse a me per saperne di più, io mi strinsi nelle spalle limitandomi a dire che lavorava tanto e cambiai discorso in fretta, irritata con mia sorella senza motivo. Non era colpa sua, mi assicurò Will; si tratta di un comportamento normale, una cosa che facciamo tutti: parliamo di quello che abbiamo in comune, delle somiglianze. Ecco perché i Servizi di spionaggio usavano quella tecnica.

L'unico modo per rimanere al sicuro era tenere la bocca cucita. Dovevo accertarmi di proteggere anche Robyn. Potevo parlare con Will, che era il mio confidente, la sola persona con cui potevo essere sincera e di cui potevo fidarmi.

I miei amici e la mia famiglia non capivano la nostra relazione e io non potevo dare spiegazioni. Avevano cominciato a insospettirsi perché Will non si faceva mai vedere e i miei amici mi prendevano in giro parlando di un fidanzato immaginario. Nel febbraio del 2001, però, conobbe finalmente quasi tutti i miei parenti, tranne mia sorella Lisa che viveva in Giappone con il marito. Dopo averlo incontrato il loro atteggiamento si fece un po' meno ostile. Erano rimasti affascinati da Will, perfino mia madre; questo per me era importante, perché eravamo molto unite e non le era mai piaciuto particolarmente nessuno dei miei fidanzati precedenti. Erano contenti di vedere che ero felice e avevo trovato una persona con cui volevo stare, anche se forse non sarebbe stato così se avessero saputo cosa faceva davvero Will.

Trovavo estremamente frustrante non poter spiegare a nessuno come stavano le cose, ma quello non era un gioco e di sicuro non potevo spiattellare tutto come se niente fosse. Il fatto che fossi sempre più diffidente, al limite della paranoia, mi allontanò da molte persone e rafforzò il legame con Will.

Lui mi diede dei suggerimenti e mi insegnò delle tecniche per capire se ero seguita e come comportarmi, ma se succedeva qualcosa di strano dovevo riferirglielo immediatamente. Nel caso fosse stato all'estero, il suo telefono era comunque monitorato e io avrei dovuto lasciare comunque un messaggio vocale.

Una volta venni seguita e feci come mi era stato detto. Continuai a camminare come se non avessi notato l'uomo che mi pedinava e mi nascosi in fretta dietro un muro, mi tolsi la giacca e il cappello e mi sciolsi i capelli. Il tizio mi superò, lanciandosi attorno occhiate frenetiche per capire dove fosse finita, e io presi a tallonare lui. Non volevo sapere dove stava andando; volevo solo essere sicura di non averlo alle spalle. Mentre camminavo chiamai Will. Qualche istante dopo l'uomo mi scorse. Attraversò la strada di corsa e sparì in una via laterale. Will mi disse di andare in un posto affollato, cosa che feci; rimasi un'ora in un caffè pieno di gente guardando fuori dalla vetrina in cerca di qualunque segno del tizio. Una volta avuto il via libera, Will mi disse di allontanarmi il più in fretta possibile.

Un'altra volta stavo aspettando Will in un teatro delle Scottish Highlands. Era tutto il giorno che mi diceva di essere per strada e mi chiese di lasciargli il biglietto all'ingresso. Feci come mi aveva detto, ma quando raggiunsi il mio posto nella poltroncina accanto c'era un tizio con in mano il biglietto che avevo lasciato al botteghino. Gli dissi che quello era il biglietto di mio marito e gli chiesi come l'avesse avuto, e lui rispose di chiamarsi Jordan e che il biglietto glielo avevano lasciato all'ingresso. Poi andò a sedersi da un'altra parte, ma io ero terrorizzata. Durante lo spettacolo mandai un messaggio a Will e lui mi disse che era un avvertimento; ecco perché non era venuto. Quindi aggiunse che, fintantoché lui non c'era, non correvo rischi. "Loro" ci stavano dicendo che sapevano dove eravamo. Ero spaventata a morte, sola in una città che non conoscevo. Quella notte praticamente non chiusi occhio, sentendomi isolata e vulnerabile.

Will mi spiegò come capire se c'erano persone su un veicolo appostato e io dovevo stare attenta a ogni auto o furgone potenzialmente sospetti parcheggiati davanti a casa. I professionisti della sorveglianza sapevano come non dare nell'occhio, ma se si osservava un veicolo per un tempo sufficientemente lungo era possibile capire che all'interno c'era qualcuno... dal movimento delle sospensioni.

Una volta mi svaligiarono l'appartamento. La mia vicina mi chiamò in ufficio e io tornai subito a casa. Nel tragitto chiamai Will, che mi disse di non toccare niente. Mi chiese se avevano chiamato la polizia e quando gli risposi di sì, arrivò come un razzo. Ispezionò tutte le stanze con uno scanner portatile, in cerca di cimici e attrezzature di sorveglianza, ma alla fine stabilì che era stato un semplice furto. La cosa strana è che mi sentii sollevata, perché quantomeno non si trattava di qualcosa di più grave.

Tutte queste cose mi spaventavano, ma erano anche eccitanti. Avevo la certezza che Will ci avrebbe protetti e tenuti al sicuro, e lui era sicurissimo delle proprie capacità. Sapevo di non contare niente e non credevo davvero che qualcuno mi avrebbe fatto del male, quindi era tutto un po' irreale. Qualche volta avevo paura, ma il giorno dopo mi ero già lasciata tutto alle spalle e andavo avanti con la mia vita.

Con il tempo Will mi raccontò altri particolari della sua storia: era stato reclutato alla fine delle superiori perché aveva ottenuto il punteggio massimo al SAT – il test per l'ammissione al college – dello Stato del New Jersey. (Fu durante il check-up medico cui lo sottoposero alla CIA, a diciotto anni, che scoprirono la sua infertilità, dovuta alla parotite avuta da piccolo.) L'agenzia lo fece iscrivere all'università, dove ottenne un dottorato in Informatica, anche se sosteneva che non fosse chissà quale risultato, visto che a metà degli anni Ottanta l'informatica era molto più semplice. Era così modesto che non usava neppure il titolo di dottore, e anzi sembrava che la cosa lo imbarazzasse. Io lo scoprii solo perché una volta qualcuno ci prenotò un albergo a Cambridge usando il titolo senza interpellarlo e anche in quel caso dovetti praticamente cavargli di bocca le informazioni.

Una volta, dopo che Will era stato via per un lungo periodo senza farsi sentire, tornò e mi comunicò a gesti che non potevamo parlare in casa. Era cambiato qualcosa e lui sembrava agitatissimo; cosa ancora più strana, non portava gli occhiali. Chiamammo una babysitter e andammo a cena in un ristorante italiano, dove passammo la serata chiacchierando piacevolmente di Robyn e del mio lavoro. Ma ci fu anche un'altra conversazione. Will prese un tovagliolo e scrisse che era sorvegliato e non poteva parlare apertamente; mi disse che si era sottoposto a un intervento agli occhi col laser ed era stato in missione nei territori palestinesi, anche se non poteva dirmi di preciso dove. L'intervento si era reso necessario perché doveva usare dei mirini telescopici.

Mi si gelò il sangue all'idea che lui avesse avuto un compito da cecchino nell'operazione, ma non indagai oltre perché non volevo sapere se era stato coinvolto in una cosa del genere ed egoisticamente ricacciai il pensiero in un angolo della mente. Mi raccontò qualche altro particolare e mi disse anche che aveva solo un breve permesso. Dato che l'operazione era ancora in corso e i suoi colleghi erano sul posto, lui doveva essere sorvegliato in modo che l'agenzia fosse sicura che non facesse trapelare informazioni. Me lo disse perché era consapevole che avrei preteso di sapere dov'era stato e perché non si era messo in contatto, e voleva evitare quella conversazione.

Portavo le lenti a contatto sin da quando avevo sedici anni e più di una volta avevo cercato di convincere Will a provarle, ma toccarsi gli occhi gli faceva impressione. L'idea che si fosse sottoposto a un intervento mi sconvolse e guardai con attenzione in cerca di cicatrici o segni lasciati dal laser. Di sicuro non portava lenti a contatto e io sapevo che ci vedeva così poco da non essere in grado di guidare senza occhiali. Will disse che una volta terminata la missione avrebbe subìto un nuovo intervento per riportare le cose come prima, ma il risultato finale fu che superò la paura delle lenti a contatto e in seguito iniziò a portare quelle usa e getta mensili, mandando in soffitta i suoi occhiali dalla montatura datata.

Finita la cena pagammo e tornammo a casa. Will partì il giorno dopo e da quel momento in avanti fui consapevole che ascoltavano ogni singola parola; anche quando facevamo l'amore c'era qualcuno in ascolto... ma era la nostra vita e io dovevo accettarla perché quello era l'uomo che avevo scelto.

Certo, ero spaventata; ero in una dimensione completamente sconosciuta e la cosa mi faceva paura, ma stare con lui era bello e io mi fidavo ciecamente della sua capacità di proteggerci. Era bello sentirsi amata in quel modo da una persona che stava facendo la differenza. Non mi reputavo e non mi reputo una donna speciale, ma sentivo di esserlo per lui.

4
Un miracolo

A maggio mi sembrava di conoscerlo da una vita, anche se aveva dovuto spostare la sua base in seguito alla mia visita a Gullane. Il «Times» aveva pubblicato la notizia che era stato nominato direttore informatico di una grossa società di Manchester e passava sempre più tempo lì. Noi però ci vedevamo tutti i weekend e di solito stavamo insieme almeno una notte alla settimana. Mi assicurò che era una situazione provvisoria e che presto le cose sarebbero cambiate.

Dato che avevo accettato formalmente la proposta di matrimonio di Will dopo che aveva parlato con mio padre in febbraio, iniziai a fare progetti per il futuro e organizzai una festa di fidanzamento con i miei famigliari e gli amici. Purtroppo, però, il promesso sposo non si fece vedere. Ovviamente avrebbe dovuto esserci ed era andato a Londra a prendere i suoi genitori, che erano arrivati dall'America per l'occasione. Ma c'era stata una lite spaventosa perché lui aveva fatto un commento sulle scarpe di sua madre e i genitori avevano pensato che si vergognasse di loro. Will era profondamente mortificato, soprattutto perché l'alterco era degenerato al punto che i genitori erano risaliti sull'aereo ed erano tornati dritti negli Stati Uniti. In realtà, era talmente imbarazzato che non se l'era sentita di venire a Edimburgo, preferendo buttarsi anima e corpo in una missione di poco conto per il Servizio segreto che avrebbe potuto evitarsi per essere presente alla festa. In seguito sarebbe stato pieno di rimorsi e si sarebbe scusato in continuazione.

Sua madre mi scrisse un'e-mail estremamente diplomatica sull'accaduto, dicendo solo che le dispiaceva non essere potuta venire. Ci eravamo già scambiate diverse e-mail, ma era difficile tenere in piedi una conversazione con lei perché dimenticava quello che aveva scritto. Will mi aveva già avvertita che sua madre era gravemente malata: soffriva di disturbo bipolare più o meno da quando era nato lui. Era una cosa che avevamo in comune, perché quella malattia era presente anche nella mia famiglia. Sapevo che sua madre ne aveva una forma particolarmente grave e aveva dovuto essere ricoverata diverse volte. Suo padre era un uomo straordinario che si prendeva cura della moglie e le stava accanto. Dato che erano entrambi in pensione, i soldi erano un problema, soprattutto con i conti dell'ospedale da pagare, ma nel complesso erano felici. Il papà di Will sapeva del suo lavoro, ma era l'unico della famiglia a esserne al corrente. Sua madre era troppo instabile per reggere un'informazione del genere e anche sua sorella era all'oscuro; credevano semplicemente che fosse introverso e occupato col lavoro.

Parlai al telefono con i suoi solo una volta e furono amichevoli e schietti, entusiasti del fatto che finalmente Will si fosse fatto una famiglia, soprattutto perché non poteva avere figli suoi. Era una conference call internazionale, con sua madre e suo padre in linea contemporaneamente, e sua madre mi disse che studiava il francese e voleva andare a Parigi. Fui felicissima di parlare con loro, ma anche se ci eravamo ripromessi di restare in contatto telefonico, e spesso sentivo Will chiacchierare con loro, non ci furono altre telefonate. Qualche volta gli chiesi di farmeli salutare, ma non sembrava mai il momento giusto.

Nella primavera del 2001 notai un pelo sul petto di Will e lo presi in giro senza pietà. Era un unico pelo nero che gli spuntava proprio al centro del petto. Lui rise e lo coprì con fare protettivo quando minacciai di strapparglielo. Era alquanto strano e ci chiedemmo cosa fosse successo. Will era stupitissimo e non sapeva trovare una spiegazione, anche se ne era chiaramente orgoglioso, come un ragazzino. In seguito ne spuntarono altri e a poco a poco negli anni successivi gli ricoprirono il petto. Iniziò anche a crescergli la barba e doveva radersi circa una volta alla settimana, poi più spesso.

Lo sviluppo successivo fu ancora più scioccante. Nel giugno di quello stesso anno eravamo impegnati nei preparativi per il matrimonio, che si sarebbe tenuto il mese successivo, quando scoprii di essere incinta. Avevo il terrore che pensasse che gli ero stata infedele (il che non era accaduto), dato che era sicurissimo di non poter avere figli. Gli chiesi di tornare a casa da Manchester e gli diedi la notizia. Impallidì per lo shock e temetti che sarebbe svenuto; dovette appoggiarsi alla parete per reggersi in piedi. Lo sbalordimento lasciò il posto all'esultanza e mi disse che ero magica, una strega. Affermò che era un miracolo, che i medici avevano detto che era possibile ma altamente improbabile. I miei timori erano infondati: era al settimo cielo e mi prese fra le braccia. Se possibile, divenne ancora più affettuoso e attento di prima; non faceva che toccarmi e coccolarmi, ripetendo: «Hanno sempre detto che era una probabilità remota; non avevo mai pensato che potesse succedere davvero!»

I miei famigliari sapevano della sua sterilità e quando vennero a sapere che ero incinta rimasero a bocca aperta. Continuavano a chiedermi come fosse possibile e io potevo solo ripetere quello che mi aveva detto Will: che tutti gli esami indicavano che non era fertile e che non avevamo idea di come fossimo riusciti a concepire un bambino.

Il locale per il matrimonio era prenotato, il vestito acquistato e modificato per adattarlo alla mia pancia che cresceva e gli inviti erano stati spediti quando Will sparì un'altra volta. Rimase via due settimane prima che mi arrivasse un messaggio tramite "MOD relay" in cui si diceva che era vivo e stava bene, e che si sarebbe messo in contatto appena possibile. Il matrimonio venne annullato. Fui costretta ad affrontare la gente senza aver da offrire altra spiegazione se non che erano questioni di lavoro. «Non importa, è solo rimandato», dissi a tutti.

Il fatto che Will non si fosse fatto vedere al suo matrimonio per impegni di lavoro fece arrabbiare moltissimo i miei famigliari e i miei amici. Erano protettivi nei miei confronti ma io non avrei permesso che lo criticassero: mi schierai dalla sua parte e mi rifiutai di stare a sentire maldicenze sul suo conto. In fin dei conti io conoscevo i motivi, solo che non potevo parlarne e quindi le persone care dovevano accettare la situazione. Mi diedi un gran daffare ad appiccicarmi in faccia un'espressione felice e cercai di dimostrare che era tutto a posto in modo che non si preoccupassero: era l'unica cosa che potevo fare.

Will rimase via per quasi un anno, a parte una breve visita di ventiquattr'ore nel dicembre del 2001. Mi spiegò che era stato in Israele e nella West Bank a lavorare con l'intelligence israeliana per arginare gli attentatori suicidi. Era riuscito a tornare a casa brevemente per sostituire dell'attrezzatura che si era guastata, ma sarebbe dovuto ripartire il giorno dopo. Passammo una giornata e una notte magnifiche in cui lui mi toccò la pancia, parlò al bambino e mi disse quanto mi amava e quanto sentisse la mia mancanza. Mi tenne stretta e fece l'amore con me, e quando dovette andarsene eravamo entrambi inconsolabili.

Uno degli aspetti peggiori di questa situazione era che non poteva sostenerci economicamente quando era via e dovevo arrangiarmi da sola, dato che non ricevevo alcun supporto nemmeno per la mia prima figlia. Will non aveva accesso a risorse e non era riuscito a organizzare niente prima di andarsene. Anzi, era dovuto partire così in fretta che la società di Edimburgo era fallita e Donna – una delle sue dipendenti – non aveva ricevuto l'ultimo mese di stipendio. Mi telefonò un paio di volte per chiedermi se sapevo dove fosse, ma non potevo dirle niente.

Per fortuna lavoravo ancora, ma era difficile far quadrare i conti con una bambina al nido a tempo pieno e un altro in arrivo. Prendere il congedo di maternità mi preoccupava moltissimo e non sapevo come avrei fatto, ma speravo che a quel punto Will sarebbe stato di ritorno.

Mi fece qualche telefonata e una in particolare mi è rimasta impressa; la ricordo bene perché ero in ufficio a guardare il secondo aereo schiantarsi contro le Torri Gemelle in una trasmissione dal vivo. La linea era disturbata e la voce sembrava lontanissima; aveva chiamato per dirmi che stava bene. In teoria nessun partner sapeva dove fosse il compagno, quindi l'agenzia consentiva ai propri membri di telefonare ai famigliari per rassicurarli. Mi fece piacere sentire la sua voce in occasione di quell'avvenimento terrificante.

Per la maggior parte di quell'anno, però, parlammo su MSN. Mi diceva in che zona di guerra si trovava, un inferno, soprattutto per via del caldo soffocante. Comunicare in quel modo era frustrante, anche perché spesso venivamo interrotti da quelle che lui chiamava "interferenze" e le nostre conversazioni avvenivano fra mezzanotte e le cinque del mattino. Tenevo attivo il volume del computer per sentirlo nel caso si collegasse e dormivo un sonno leggero, svegliata più volte a notte dal pianto di un bambino o dal segnale acustico del pc che segnalava la possibilità di sapere se fosse ancora vivo. Ventilava spesso l'ipotesi di poter tornare a casa, ma non lo fece mai e io passai tutta la gravidanza sola e preoccupata per lui.

I miei erano scocciati e insofferenti per la sua assenza e mi chiedevano come potesse comportarsi in modo tanto irresponsabile. Tutte le volte che lo attaccavano mi sentivo in dovere di difenderlo, anche se non potevo dire dov'era davvero e cosa stava facendo.

Mi sentivo molto protettiva nei suoi confronti, in particolare quando mi mandava foto delle devastazioni e mi raccontava che lui e la sua squadra dovevano arrivare sul luogo delle esplosioni prima della stampa per valutare la situazione, quando c'erano ancora le vittime. Era il suo lavoro e non volevo assillarlo; in fin dei conti, avevo un tetto sulla testa, come pure riscaldamento, elettricità e luce. Non vivevo nella paura di poter essere uccisa da un momento all'altro e lamentarsi era da egoisti, dato che alla fine della fiera è tutto relativo.

Will affermava con decisione di essersi organizzato per tornare a casa in tempo per la nascita di sua figlia.

Eilidh nacque nel febbraio 2002 e accanto a me c'era mia madre. Non appena entrai in travaglio scrissi un'e-mail a Will e lui mi rispose che era per strada e che sarebbe venuto dritto in ospedale.

Il parto fu movimentato, per usare un eufemismo. La bambina aveva il cordone ombelicale attorno al petto e a ogni contrazione il cuore rallentava quasi fino a fermarsi. L'ostetrica mi ruppe le acque e mise un elettrodo sul cranio della bambina tramite il canale del parto per controllare meglio il battito mentre nella stanza arrivava sempre più gente.

Mia madre mi stringeva forte la mano con espressione terrorizzata mentre io ansimavo nella maschera a protossido d'azoto. Alla fine nella stanza c'erano due medici e tre ostetriche, tutti a dirmi di non spingere, così mi concentrai tentando di fare del mio meglio per seguire le loro istruzioni. Poi sostituirono il protossido d'azoto con la maschera dell'ossigeno e decisero che era necessario un cesareo. Mentre mi preparavano per portarmi in sala operatoria mi tolsi la maschera e dissi che volevo spingere; mi risposero che potevo farlo e tre minuti dopo nacque Eilidh, con un parto naturale.

Non mi ero mai sentita così vicina a mia madre come quel giorno ed ero felicissima che fosse rimasta con me. Intuivo che era arrabbiata con Will per non essersi fatto vedere ma non disse granché perché non voleva turbarmi. A quel punto ormai sapeva che se lo avesse criticato io lo avrei difeso e questo mi avrebbe avvicinata ancora di più a lui.

Quando alla fine mi lasciarono sola con la mia bambina, rimasi sdraiata a guardarla per ore mentre dormiva: somigliava moltissimo al padre. Tutte le volte che si apriva la porta della corsia, alzavo lo sguardo piena di speranza, aspettandomi di vedere Will. Non era mai lui e a ogni nuova delusione mi sentivo sempre più sola e abbattuta. Arrivarono altri padri che si sedevano accanto al letto delle compagne, tenevano in braccio i loro bambini e piangevano. Aspettai e sperai, ma Will non venne.

Scoprì che avevo partorito una bambina quando tornai a casa il giorno dopo e gli mandai un'e-mail. Non lo avevo più sentito da quando ero entrata in travaglio e stavo cominciando a preoccuparmi, visto che sembrava così determinato ad arrivare in tempo per il parto. Ricevetti una risposta solo diversi giorni più tardi: era orgogliosissimo di essere diventato padre e disse che gli spiaceva davvero tanto di non esserci stato. Mi chiese di mandargli delle fotografie della piccola e mi ripeté un'altra volta che era in viaggio e presto sarebbe arrivato a darmi una mano.

5
Nella buona e nella cattiva sorte

Quando finalmente ricomparve, era dimagrito, quasi smunto, e zoppicava per aver tenuto ai piedi gli anfibi tre mesi di fila. Lui e la sua squadra erano stati paracadutati nella città palestinese di Jenin per una missione esplorativa di ventiquattr'ore. Era previsto che si trattasse di un mordi e fuggi, ma poi nella zona erano arrivati i soldati israeliani e loro erano rimasti intrappolati nel massacro. Sapevo che Will si trovava là e avevo seguito da vicino le vicende del conflitto israelo-palestinese per tutto il periodo in cui era stato via. Ero a conoscenza di quello che era comparso sulla stampa al riguardo, ma non sapevo che Will fosse proprio a Jenin. Mi raccontò che gli israeliani erano passati di strada in strada abbattendo con i bulldozer le case con i civili all'interno e uccidendo indiscriminatamente. A quanto pareva, i soldati e perfino gli ufficiali che si erano rifiutati di prendere parte alle atrocità erano stati giustiziati dai superiori, e il resto aveva eseguito gli ordini.

Will e gli altri membri della sua squadra erano sopravvissuti fra le macerie con pochissimo equipaggiamento e senza cibo, ed erano stati costretti a mangiare ratti per sopravvivere: il trucco era catturarli prima di essere troppo indeboliti dalla fame.

Quando finalmente erano stati recuperati dal supporto logistico, Will aveva dovuto sottoporsi a un intervento chirurgico per rimuovere le calze e aveva passato due settimane in ospedale. Era imbarazzatissimo e non volle mostrarmi i piedi, rifiutandosi di togliersi le calze perfino a letto. Io però li vidi mentre si faceva la doccia ed erano veramente in uno stato terribile, con la pelle spaccata e infiammata, anche se stavano iniziando a guarire. Dopo la degenza, aveva dovuto fare un debriefing prima di poter tornare a casa. Ma adesso era finita: era probabile che non lo avrebbero rimandato nell'area per un pezzo.

Davanti a quella spiegazione era dura lamentarsi di essere stata bidonata, perfino per la nascita di nostra figlia; la delusione e la solitudine che avevo provato sembravano poca cosa al confronto e il sentimento predominante era il sollievo che fosse tornato. Mentre era via avevo vissuto in uno stato di ansia e preoccupazione costanti, portandomi dietro il cellulare ovunque nel caso avesse avuto necessità di contattarmi o fosse in grado di farlo.

Ma quando entrò dalla porta e seppi che era sano e salvo, di colpo tornò tutto a posto; i timori scomparvero, sostituiti da un'ondata di sollievo e amore. Era di nuovo a casa con noi, proprio come aveva promesso. Come un fumatore rimasto senza sigarette per un lungo periodo dimentica le ore di sofferenza e astinenza non appena fa il primo tiro, la gioia nel vederlo sano e salvo, di sapere che la nostra famiglia era di nuovo riunita spazzò via la rabbia per le promesse non mantenute e la sua assenza.

Era una specie di schema ricorrente in cui ricadevo ogni volta che tornava. Lo vedevo così poco che volevo godermi al massimo il tempo passato con lui anziché rovinarlo con liti e ansie. Desideravo che fosse felice di essere a casa; dopotutto, mentre eravamo separati aveva sofferto molto più di me.

Quando finalmente vide Eilidh per la prima volta parve folgorato; la prese in braccio per cullarla e le porse un dito che lei afferrò con la manina. La piccola era confusa e chiaramente esitante davanti a quell'estraneo, ma si rilassò quasi subito quando lui si mise a farle smorfie e vocine. Anche se era stanchissimo e sofferente, era felice di essere riuscito finalmente a diventare padre, convinto com'era stato che fosse impossibile.

Nonostante la gioia di essere tornato e di aver conosciuto sua figlia, Will era chiaramente depresso. Era disilluso riguardo al suo lavoro e vedeva l'agenzia e i suoi scopi con occhi ormai disincantati. Fino a quel momento aveva creduto in quello cui aveva dedicato la vita, ma adesso gli sembrava tutto quanto futile e ipocrita. Il massacro di Jenin gli aveva dimostrato che entrambe le parti avevano torto e provava simpatia per i palestinesi convinti che l'unico modo per ricordare al mondo la propria sofferenza fosse legarsi addosso una bomba e farsi esplodere in mezzo alla folla. Will aveva la sensazione che la CIA non stesse cavando un ragno dal buco; non c'era soluzione e nessuno aveva ragione. Lui la sua parte l'aveva fatta e adesso desiderava stare a casa con la sua famiglia; voleva chiamarsi fuori e io sostenni la sua decisione di lasciare i Servizi segreti. Ma uscire dalla CIA si sarebbe rivelato tutt'altro che semplice.

Nei mesi successivi fu molto occupato con i debriefing. Vi furono numerosi incontri con la squadra su come gestire le conseguenze del massacro di Jenin e lui dovette continuare a fare avanti e indietro, anche se durante l'estate lo vedemmo spesso. Lasciare la CIA, però, non era come dare le dimissioni da un lavoro normale; i suoi superiori non erano certo ansiosi di lasciarlo andare ed erano decisi a tenerselo stretto: dopotutto avevano speso un mucchio di tempo e di denaro per addestrarlo e non volevano certo sprecare l'investimento.

Un giorno tornò a casa eccitato per il lavoro di consulenza che gli avevano offerto: glielo avevano presentato come l'equivalente di una promozione a un ruolo direttivo. Il compromesso era questo: accettavano che si ritirasse dal servizio attivo ma non che lasciasse definitivamente l'agenzia. All'inizio avrebbe dovuto insegnare ad altri agenti la sorveglianza e la raccolta informazioni, oltre a fornire loro i suoi contatti e la sua esperienza. Avrei preferito che ci desse un taglio netto, ma ovviamente per Will non era così facile lasciare il mestiere che aveva fatto per tutta la vita.

Il ritiro dal servizio attivo ebbe un'immediata ricaduta economica, perché Will perse tutti i benefit come auto e bancomat. Fu un brutto colpo: aveva lavorato tutta la vita ed era rimasto con un pugno di mosche. A me non importava, anche perché di soldi ne avevo visti ben pochi; per me contava solo avere accanto il mio fidanzato e il padre di mia figlia. Desideravo dargli una mano in quel momento difficile e aiutarlo a ricreare il suo legame con la famiglia.

Per un po' si fece vedere più spesso, anche giorni di fila. Robyn e Eilidh lo adoravano e cominciavamo a sembrare una vera famiglia, sebbene Will fosse ancora depresso e sembrasse fisicamente debole, motivo per cui non giocava molto con le bambine. Non faceva che parlare di quanto le amasse, ma quando era con loro stava sulle sue ed era un po' rigido… come se si sentisse intimidito. Pensavo che fosse solo perché non era abituato ai bambini, quindi lo incoraggiai a interagire maggiormente con loro. Inventammo giochi come quello del sacco, in cui le trasportava in spalla avvolte in una coperta, come Babbo Natale con il sacco dei regali; le bambine ne andavano pazze. Adoravano anche farsi portare a cavalluccio; un giorno girammo diversi negozi per comprare una gran quantità di mattoncini da costruzione e poter realizzare insieme un castello enorme. Lasciato a se stesso, però, si defilava e andava a mettersi davanti al computer.

Era sempre straordinario e si sforzava di partecipare; quando era a casa puliva e passava l'aspirapolvere, preparava perfino da mangiare… anche se sospetto che lo preferisse ai miei sforzi culinari.

Nell'ottobre del 2002 stabilimmo una nuova data per sposarci. Stavolta sarebbe stata una cerimonia riservata e intima, soprattutto per tenerla nascosta ai suoi superiori, dato che a quel punto ero convinta che stessero cercando attivamente di separarci. Tutte le volte che facevamo progetti, Will veniva convocato altrove, e sempre nei momenti meno opportuni. Lui mi disse che guardavano con sospetto una relazione al di fuori dei Servizi – un'eventualità che si verificava di rado – perché distoglieva l'attenzione dal lavoro: prima di me, lui era stato completamente a loro disposizione.

Non volevo neanche dover affrontare famigliari e amici nel caso si ripetesse quello che era successo la volta prima, così stabilimmo come data il 26 ottobre e io aspettai di vedere se arrivava in tempo. Lui tornò a casa il 25 e passammo la serata a bere champagne e a mangiare pizza. Era lì; stava succedendo davvero!

Arrivò il giorno del matrimonio e Will era ancora lì. Ero euforica e mi concessi finalmente di sentirmi felice. Chiamammo la testimone, Kezza, una mia cara amica che era anche l'unica che avevamo avvertito. Kezza era così contenta per me che era sveglia dalle sei ad aspettare la mia telefonata: quando le dissi che Will c'era la sentii fare letteralmente i salti di gioia, contagiando anche me con il suo entusiasmo.

Poi chiamai i miei famigliari per dire che mi sposavo quel giorno e che erano i benvenuti. Ormai erano abituati al fatto che Will andasse e venisse; erano felici che io fossi felice, ma nutrivano una profonda diffidenza nei suoi confronti. Avevano colto i cenni non poi così vaghi che avevo fatto riguardo al suo lavoro, ma non se n'era mai parlato apertamente; buttavo lì che c'era più di quanto fossi autorizzata a dire e quando provavano a saperne di più cambiavo argomento. Erano stati piuttosto cinici verso la nostra relazione, ma credo che il fatto che ci stessimo sposando li avesse convinti della sua sincerità.

Il giorno del nostro matrimonio fu bellissimo: niente fiori né auto di lusso o fotografi, e neppure discussioni su dove far sedere gli invitati e sforzi ansiosi di non offendere nessuno. Solo noi: il nostro impegno reciproco e le promesse che ci saremmo scambiati.

Ci vestimmo separatamente e io misi un soprabito per nascondere il semplice abito scollato di pizzo bianco. Poi comunicammo alla babysitter che stavamo andando a sposarci. Saltammo su un taxi e chiedemmo all'autista di portarci alla sede municipale di Victoria Street passando per Rose Street perché dovevamo comprare l'anello di Will. Il mio l'avevamo già acquistato, ma quando si era trattato di prendere le misure Will non c'era. Nella gioielleria fummo accolti con pacata professionalità: ci chiesero quando si sarebbe celebrato il matrimonio e noi guardammo l'orologio dicendo: «Fra trentun minuti». A quel punto i commessi furono presi dalla frenesia e iniziarono a tirar fuori diversi anelli, in cerca della misura giusta, ma Will era deciso ad averne uno uguale al mio; faceva sempre così, voleva soprabiti e accessori intonati per ricordarsi di me quando era lontano. L'anello che avevano in negozio, però, era troppo grande di due misure. Ci mettemmo d'accordo che lo avremmo usato per la cerimonia ma che in seguito avrebbero ordinato la misura giusta per sostituirlo. Dopodiché corremmo di nuovo verso il taxi e andammo all'anagrafe.

I miei genitori erano lì ad aspettarci. Mia madre era un po' a disagio, anche se era contenta che ci sposassimo e che Will si impegnasse seriamente con me e i bambini. Arrivò anche mia sorella Isobel con tutta la sua famiglia, piena di entusiasmo. Fece da testimone per Will allattando il figlio per tenerlo buono durante la cerimonia. La battuta, manco a dirlo, era che fosse la sua "tettimone".

Arrivò anche il mio fratellone, un marcantonio di un metro e novantatré che sembrava uscito dritto da un film dell'orrore: il giorno prima aveva giocato a rugby e aveva un occhio iniettato di sangue per via di un capillare rotto. Portava un paio di occhiali scuri, così mia madre disse: «Togliteli, Neil», cosa che lui fece senza aprire bocca. Al che lei lo guardò e ci ripensò immediatamente: «Rimettiteli», concluse. Lui lo fece sempre senza proferir verbo, suscitando le risate di tutti.

Prima della cerimonia fui colta dall'agitazione, anche se non avevo il minimo dubbio sul matrimonio. Will, al solito, era il ritratto della calma e non dava segni di nervosismo, felice di sposarsi. La cerimonia fu intensa e molto intima. Ci impegnammo a restare uniti per sempre, a sostenerci a vicenda, a essere onesti e sinceri, fedeli e leali l'uno all'altra. Ora e per sempre, indipendentemente da tutto.

«Dichiaro solennemente di non essere a conoscenza di alcun impedimento per cui io, William Allen Jordan, non possa essere unito in matrimonio a Mary Turner Thomson».

Pronunciai la mia promessa, stupita di quanto fosse difficile ricordare le parole mentre me ne stavo lì in piedi. Poi toccò a lui e io lo guardai negli occhi mentre ripeteva quelle parole intense e vincolanti in tono appassionato.

«Io prendo te, Mary Turner Thomson, come mia legittima sposa e prometto di amarti e onorarti nella buona e nella cattiva sorte, nella salute e nella malattia, finché morte non ci separi».

Sono parole che capita spesso di sentire – ai matrimoni degli amici, alla tv e nei film – ma quando sei tu a pronunciarle come un voto vincolante davanti a dei testimoni assumono nuovo significato e nuova forza. Un impegno serio a stare accanto all'altra persona in qualunque circostanza, a far funzionare il matrimonio a ogni costo, per tutta la vita. Un impegno in cui credevo e cui attribuivo grande valore.

Dopo aver firmato il registro andammo a pranzare al Tron, una chiesa riattata appena sotto il castello di Edimburgo, e poi mio fratello portò me e Will alla Camera Obscura per dare uno sguardo a tutta la città. Più tardi tornammo a casa a giocare con i bambini e a passare del tempo in famiglia. Quella sera mia madre organizzò una cena a cui vennero gli invitati al matrimonio. Bevemmo champagne e festeggiammo tutti insieme, la famiglia riunita e mio marito accanto a me. Ero al settimo cielo. Fu il giorno più bello della mia vita.

Dopo il matrimonio Will iniziò a essere più impegnato per la CIA nel Regno Unito: soprattutto, faceva da autista per le personalità in visita che avevano bisogno di personale specializzato e fidato, ossia di qualcuno in grado di fungere anche da guardia del corpo e con un lasciapassare di sicurezza.

Poi, verso la fine del 2002, la madre di Will fu ricoverata in ospedale e lui volle assolutamente dare una mano. Il padre non era in grado di pagare le cure mediche e mio marito aveva bisogno di raggranellare cinquemila sterline da mandare negli Stati Uniti. Ne parlammo e stabilimmo che avrei chiesto un prestito di settemilacinquecento sterline, il che significava che avrei potuto versarne duemilacinquecento per ridurre il mio scoperto in banca. Diedi a Will cinquemila sterline in contanti in modo che potesse mandarle a suo padre.

Stavo iniziando a essere coinvolta economicamente anche in altri modi. A un certo punto, Will ebbe bisogno di un'auto per un lavoro di autista perché l'ODCI non gliela forniva. Non poteva essere intestata a lui, perché c'era il rischio che risalissero a Edimburgo e a noi, perciò mi convinse a noleggiarla a nome mio. Non capivo perché gli servisse, anche se me lo spiegò più volte, e la cosa non mi lasciava tranquilla perché era illegale. Lui però insisteva di averne bisogno e mi garantì che si sarebbe trattato solo di un paio di giorni, ma alla fine la cosa andò avanti diversi mesi, prosciugando quasi tutto il mio stipendio. In quel periodo tornava a casa ma continuava a dire che la macchina gli serviva ancora qualche giorno, promettendo ripetutamente che stava per restituirla senza mai farlo finché io non mi arrabbiai sul serio minacciando di chiamare la polizia.

Adesso Will lavorava a tutte le ore e non veniva pagato, una situazione per cui non trovò mai una spiegazione soddisfacente. Io sprofondai sempre di più nei debiti ma siccome avevo un'ottima affidabilità creditizia la banca non fece altro che lasciar crescere lo scoperto, facendolo arrivare fino a settemila sterline prima di chiudere i cordoni della borsa. Era una situazione insolita per me ma cercai di non preoccuparmi troppo, dato che Will continuava a dirmi che la nostra situazione economica era sul punto di migliorare.

Quel che è certo è che ci serviva una pausa, dato che la situazione abitativa non era esattamente l'ideale. L'appartamento era piccolo, con due camere in cui dormivano i bambini mentre noi usavamo un divano letto nel soggiorno. Nonostante i problemi di soldi, cominciammo a parlare di comprare una casa più grande. Credevamo di poterlo fare dal momento che Will e il suo team erano in attesa di un compenso generoso per la missione a Jenin, soprattutto perché tenessero la bocca chiusa, in particolare riguardo al massacro. La cosa era finita su tutti i giornali e io lessi che una squadra investigativa dell'ONU era stata incaricata di scoprire la verità. Anche se Israele aveva accettato di far entrare i funzionari delle Nazioni Unite, all'ultimo momento l'esercito israeliano si rifiutò di incontrarli e da quel momento in poi non se ne seppe più niente: la storia era semplicemente scomparsa dai radar. Will avrebbe dovuto ricevere duecentocinquantamila dollari e con quel denaro, più quello ricavato dalla vendita della casa che sua zia gli aveva lasciato negli Stati Uniti, avremmo avuto soldi sufficienti per l'acquisto di una nuova casa.

Will mi mostrò il conto online della Bank of America su cui c'erano circa trecentocinquantamila dollari provenienti dalla vendita della casa, ed era previsto che ne arrivassero altri. Suo padre aveva accesso al conto e Will disse che si sarebbe fatto mandare i soldi non appena fossero state pagate le tasse sulla vendita. Dopo tutte le nostre difficoltà, credevo davvero che avessimo voltato pagina.

Nei primi mesi del 2003 iniziammo perciò a cercare casa e trovammo un bellissimo appartamento nella zona residenziale di Bruntsfield, a Edimburgo. Ce ne innamorammo e chiedemmo al proprietario quanto costasse: quattrocentocinquantamila sterline, rispose. E Will disse: «Affare fatto», senza esitazione. Compilammo i documenti e quando arrivò il giorno in cui avremmo dovuto versare il denaro Will era scomparso di nuovo. Giurava tutti i giorni che i soldi stavano per arrivare – c'era stato un intoppo, un ritardo, «Questo pomeriggio si risolverà tutto» –, ma non successe niente.

Alla fine fui costretta a rinunciare: disperata e orribilmente imbarazzata, dovetti dire ai proprietari di rimettere in vendita la casa. Loro lo fecero e per fortuna riuscirono a venderla a una cifra ben più alta di quella che avevamo offerto noi, ma ci addebitarono lo stesso diciassettemila sterline di costi aggiuntivi.

Will ricomparve giorni dopo che avevo dovuto fare marcia indietro sull'acquisto della casa e mi spiegò che i Servizi segreti si erano messi nuovamente di mezzo. L'agenzia delle entrate aveva bloccato il conto corrente per via della tassa sulla vendita della proprietà negli Stati Uniti e stava accertando il dovuto. Will mi disse che chiaramente era opera della CIA, la quale manovrava i fili dietro le quinte per impedirgli di avere i soldi, anche se non fu in grado di spiegarmi perché avrebbero dovuto farlo. L'agenzia delle entrate avrebbe tenuto bloccato il denaro finché la situazione non fosse stata chiarita e poi gli avrebbe dato quello che gli spettava. Non sapeva quando, ma mi assicurò che sarebbe successo “presto”.

Pensai che facesse tutto parte di un tentativo concertato di impedirgli di lasciare l’agenzia. Sembrava che i colleghi non vedessero di buon occhio la sua decisione di andarsene perché si consideravano una famiglia e la prendevano come un tradimento. Will li stava deludendo scegliendo me e i bambini anziché il suo dovere al servizio del Paese, ed era comprensibile che gli stessero rendendo la vita difficile: lo usavano come deterrente per evitare che altri seguissero il suo esempio.

6
Un ricordo bellissimo

Will continuava a essere depresso e aveva difficoltà ad affrontare le incombenze quotidiane. Aveva perso la vocazione ma era ancora legato ai Servizi segreti e così iniziò a detestare il lavoro che era costretto a fare e gli incarichi che lo allontanavano da casa. Era dimagrito e di umore tetro.

Nel febbraio del 2003 decidemmo di fare una puntata a Londra, come capitava di tanto in tanto. Will era riuscito a procurarsi dei biglietti VIP per *Il fantasma dell'Opera*, che era impaziente di vedere, in cui era incluso un evento speciale a base di champagne prima della rappresentazione. Mia madre accettò di badare ai bambini e noi partimmo nel pomeriggio.

Guidammo da Edimburgo a Londra a tempo di record, chiacchierando per tutto il tragitto. Will mi raccontò altri dettagli dell'orrore che aveva vissuto e di quello che aveva visto; parlò della carneficina, dei corpi senza vita dei bambini nelle strade e di quanto fosse insensato tutto quanto. Parlò di nuovo degli attentatori suicidi e del fatto che i palestinesi non avevano altro modo per far sapere al mondo la loro sofferenza. Ascoltarlo era affascinante perché riempiva alcuni vuoti e spiegava la depressione di cui soffriva.

Poco prima di quel viaggio, Avi, un amico di Will che faceva parte dei Servizi segreti israeliani, era rimasto ucciso in un attentato suicida a Tel Aviv. Anche se Will era chiaramente sconvolto dalla morte dell'amico, durante una cena con i miei famigliari era riuscito a mantenere un atteggiamento rilassato e scherzoso, fingendo che andasse tutto a meraviglia. Quella volta il suo autocontrollo mi aveva stupita... del resto, faceva parte del suo lavoro.

Quella sera non arrivammo in tempo a teatro perché ci perdemmo per le strade di Londra. Will era arrabbiato con se stesso per il contrattempo, ma io rimasi di umore allegro e gli dissi che era bello anche solo poter passare del tempo insieme. Andammo in albergo e ci godemmo una serata romantica.

La mattina dopo, passeggiammo per Londra tenendoci la mano e facendo shopping. Mi portò in diversi negozi di elettronica, fra cui uno in particolare che aveva un'intera sezione di attrezzature di sorveglianza: c'erano videocamere che potevano essere inserite all'interno delle lampadine e normali radiosveglie con dentro microfoni.

Era chiaramente un esperto e mi indicò dispositivi specifici, parlando a ruota libera di intercettazioni e di come funzionavano. Mi spiegò come individuare le apparecchiature e notare se c'era qualcosa di strano. Lo trovavo affascinante ma sapevo che c'erano cose che non avrei mai visto: per esempio, mi mostrò una presa elettrica con un foro in cui si poteva piazzare una telecamera al posto della vite e un rilevatore di fumo che in realtà era una telecamera dotata di cimice. I dispositivi migliori erano quelli con una fonte di alimentazione diretta, perché le batterie non duravano molto. Penne e pacchetti di sigarette potevano anche sembrare fantastici, ma in termini di sorveglianza avevano vita breve.

«In caso di dubbio», disse, «limitati a presumere che ti stiano spiando e andrai sul sicuro». Aggiunse che di solito il dispositivo di sorveglianza più efficace era un orologio, perché spesso veniva messo in un posto da cui lo si poteva vedere da ogni angolazione, il che a sua volta significava che questo poteva "vedere" ogni angolo della stanza. Mi mostrò che normalmente c'era un puntino nero, un foro in corrispondenza del dodici, attraverso il quale la telecamera poteva osservare tutto. In quel negozio erano esposti orologi di ogni genere.

«La cosa più facile e veloce», disse, «è entrare e guardare che orologio hanno, poi sostituirlo con il modello di sorveglianza».

Era un posto straordinario, una grotta di Aladino di penne dotate di telecamera e gadget per la spia comune, o forse non così comune. Will disse che spesso si faceva prima a comprarsi le cose da sé che aspettare di riceverle dall'agenzia e che ormai l'equipaggiamento disponibile sul mercato era altrettanto valido se non migliore di quello fornito dalla CIA.

Quella sera uscimmo a cena e acquistammo i biglietti per *I miserabili*, una produzione che avevo già visto e che mi era piaciuta moltissimo. Ma per Will era la prima volta e rimase sconvolto, al punto che tornammo a Edimburgo subito dopo lo spettacolo e lui non riuscì a spiccicare parola per tutto il viaggio. Fu la prima e unica volta che il suo modo di guidare mi spaventò, perché non capivo nemmeno se prestasse attenzione alla strada. Non disse cosa c'era che non andava, limitandosi a borbottare monosillabi incomprensibili. Mi mise addosso una gran paura mentre me ne stavo seduta al suo fianco cercando di capire che cosa lo avesse colpito. Forse perché il musical raccontava la storia di un delinquente pentito? All'inizio della nostra relazione mi aveva raccontato che una volta era stato in prigione: aveva solo diciotto anni ed era stato arrestato per aver firmato meno di cento dollari di assegni scoperti. Sua madre era nuovamente ricoverata e lui doveva trovare un modo per procurare da mangiare alla sorella. Will sapeva che sul conto non c'erano abbastanza soldi, ma non sapeva dove sbattere la testa. Mi disse che la difesa era stata ostacolata dalla percezione del giudice secondo cui un adolescente nero stava solo cercando di fregare il sistema, perciò lo aveva condannato a un paio di mesi di carcere per dargli una lezione.

Mi chiesi se il musical gli avesse fatto tornare in mente quel periodo orribile, ma poi riflettei che doveva essere più complicato di così. Forse le immagini della rivoluzione e di studenti che combattevano una guerra persa in partenza contro forze governative organizzate gli aveva fatto rivivere gli orrori di Jenin. Di una cosa ero sicura: non l'avevo mai visto in quello stato. Era come guardar sprofondare il terreno su cui poggiavo i piedi.

Preoccupata per le sue condizioni mentali, nei tre mesi successivi cercai di andarci piano. Lui continuava i suoi andirivieni e certe volte spariva per due o tre settimane di fila. Io mi sentivo sola e abbandonata ma cercavo di essere forte per lui. Mi disse che stava lavorando di nuovo a contratti informatici, ma non gli feci troppe domande; non volevo mettergli addosso altra pressione con il risultato di farlo crollare. In diverse occasioni mi disse di aver fatto un trasferimento online di cinquemila sterline sul mio conto in banca, ma quei soldi non comparvero mai. Quando indagai, giurò di averlo fatto e disse che si sarebbe rivolto alla banca. La cosa si ripeté più volte e io iniziai a chiedermi se non fosse il segnale di un esaurimento psichico, se stesse mentendo perché non riusciva ad affrontare la verità che non ci fossero soldi.

Nel maggio del 2003 Will tornò a casa piuttosto spesso e cominciammo a giocare a scacchi, un gioco in cui eravamo abbastanza bravi. Ordinavamo la pizza, aprivamo una bottiglia di vino e ci rilassavamo. Di solito mi batteva, ma quando vincevo io non se la prendeva, anzi; non era mai competitivo. Nonostante questi momenti di serenità, però, ero sempre preoccupata per la sua salute mentale e le nostre difficoltà economiche non fecero che peggiorare. Lui non offriva alcun sostegno finanziario per me o i bambini e io stentavo ad arrivare alla fine del mese. Dormivo male per via dello stress e del fatto che spesso stavo alzata fino a tardi a parlare con Will via MSN o e-mail. Iniziai a manifestare sintomi fisici: mi comparvero delle ulcere in bocca e perfino sugli occhi. Fui costretta ad andare in ospedale diverse volte e finii per portare una benda sull'occhio per curare un'ulcera particolarmente brutta sulla cornea dell'occhio destro. I medici dicevano che era conseguenza diretta dello stress e mi chiedevano se dormivo regolarmente, cosa a cui rispondevo sempre di sì.

Continuai a fare il mio lavoro, in campo pubblicitario, e avevo anche cominciato a insegnare, tenendo due o tre volte a settimana un corso per ragazzi di quindici o sedici anni su come avviare start up. Contemporaneamente avevo iniziato anche a dare lezioni di motivazione, public relations e marketing agli imprenditori, alla Camera di commercio. Scoprii che insegnare mi piaceva moltissimo e che ero brava a motivare, qualunque fosse l'argomento del corso. Facevo anche gli straordinari al lavoro, accettando di andare in ufficio il sabato mattina per guadagnare di più. Fu mia madre a renderlo possibile, tenendo le bambine mentre ero impegnata, tagliando così i costi dell'asilo nido.

Will continuava a mancarmi tantissimo quando era via; mi sforzavo di andare avanti con la mia vita e di essere coraggiosa, anche se ero sempre terrorizzata. Crescere due bambini piccoli non è mai facile, ma quando si è sole e si teme per la vita del proprio marito, e si è costrette a stare in guardia per proteggere la famiglia da "malintenzionati", è una fatica improba. Ero come la moglie di un soldato, senza però la rete di sostegno che hanno le mogli dei soldati. Adoravo le bambine e sapevo che i miei livelli di stress avevano ricadute su di loro, benché cercassi in tutti i modi di non darlo a vedere.

Nell'ottobre del 2003, all'avvicinarsi del nostro primo anniversario, decidemmo che saremmo andati in luna di miele e dietro richiesta di Will cercai un albergo con il letto a baldacchino e quella che lui chiamava una "vasca di bolle" in camera. Trovai il luogo perfetto a Shieldhill Castle, un posto lussuoso e fuori mano, e prenotai tre notti.

Come al solito, Will aveva margini ridotti. Mi mandò un messaggio per dirmi che era sul treno e io andai alla stazione di Waverly per incontrarlo. Aspettai tutti i treni fino alla sospensione del servizio, dopodiché salii in macchina. Non potevo andare a casa perché avrei disturbato le bambine e nemmeno me la sentivo di affrontare l'imbarazzo di dove dire che mi aveva dato buca un'altra volta.

Capivo. Significava che il telefono di Will era controllato e lui voleva indurli a credere che fosse su un treno. Però ero scocciata lo stesso. Telefonò per dirmi che sarebbe arrivato e di andare all'hotel: ci saremmo visti là. A quel punto era troppo tardi, così presi una stanza in un Holiday Inn e partii la mattina dopo.

Shieldhill Castle è stupendo, un posto che più romantico non si può, circondato da un panorama bellissimo. È un hotel raccolto e non era pieno; anzi, gli unici altri ospiti erano una coppia di tedeschi e una troupe della BBC venuta a riprendere un politico socialista che per una settimana avrebbe preso il posto del proprietario terriero per capirne lo stile di vita.

Arrivai e mi sistemai, feci un bagno e sedetti sul magnifico letto a baldacchino. Che stanza! Ma non c'era traccia di Will e a quel punto non mi aspettavo che si sarebbe fatto vedere. Pensavo di rimanere una notte e poi tornare a casa, così scesi a cena. La troupe della BBC era seduta a un grande tavolo al centro del ristorante e il cameriere mi fece accomodare a un tavolino accanto alla finestra proprio vicino a loro.

Dovevo essere una visione ben strana, una donna sola in un posto tanto romantico, così mi rivolsero la parola e mi chiesero cosa ci facessi lì.

«Sono in luna di miele», risposi.

Sbalorditi, vollero sapere dove fosse mio marito.

«Non ne ho idea», risposi.

Per la prima volta non feci alcun tentativo di difenderlo né di inventarmi una storia o una risposta credibili. Invece, cambiai argomento con la disinvoltura che viene solo da tre anni di pratica. Parlammo del programma che stavano girando e bevvi una bottiglia di vino da sola. Nel 1987 avevo lavorato per la BBC, agli studios del Television Centre, nel ruolo di vicedirettrice per *EastEnders* e *All Creatures Great and Small*, quindi avevamo delle cose in comune. Non li raggiunsi al loro tavolo, ma rimasi dov'ero, decisa a godermi l'esperienza da sola. In realtà, la cameriera contribuì non poco rovesciando il secchiello del ghiaccio che aveva messo accanto al mio tavolo. La bottiglia e i cubetti si sparpagliarono rumorosamente sul pavimento; lei era mortificata, ma io ero grata per il trambusto che aveva distolto l'attenzione da me. Dopo cena andai al bar e rimasi al bancone a bere whisky con il proprietario terriero e il figlio, facendo battute e godendomi la loro compagnia: ero decisissima a divertirmi nonostante tutto.

Will arrivò attorno a mezzanotte. Si presentò alla porta della stanza con una bottiglia di champagne e non si scusò nemmeno. Be', e perché avrebbe dovuto, visto che stava lavorando per il governo e non aveva scelto lui di essere trattenuto? Come la moglie di un medico reperibile, a quel punto avrei dovuto sapere quali erano le priorità.

Passammo tre giorni meravigliosi, sexy e romantici. Will usò il portatile occasionalmente e chiamò i colleghi, ma per la maggior parte del tempo fu rilassato. Passeggiammo nella campagna e attorno alla cappella; lanciammo bastoncini agli spaniel del castello; andammo in centro a prendere il tè; e mangiammo scones con marmellata e crema nella Oak Room Lounge. Il cibo era squisito, il personale amichevole e accogliente e il vino scorreva.

Ci godemmo la compagnia reciproca. Sempre gentile e premuroso, Will la rese una luna di miele memorabile e mi fece sentire speciale, amata e apprezzata. Facemmo diversi bagni nella Jacuzzi con in mano un bicchiere di bollicine, ridendo e raccontandoci aneddoti. Poi stavamo sdraiati nudi sul letto a guardare DVD e a bere altro champagne. Facemmo l'amore molte volte e ci sentimmo di nuovo uniti: il nostro rapporto ne uscì rivitalizzato e rafforzato.

La troupe della BBC lo innervosiva parecchio. Ovviamente, visto il mestiere che faceva, era importante che non comparisse in tv e temeva che lo riprendessero. Mentre ce ne stavamo andando, mi chiesero se potevano filmarci mentre pagavamo, ma Will declinò. Allora chiesero a me se volevo farlo da sola e io accettai con riluttanza. Detesto essere ripresa, soprattutto in video, ma ho un impulso altrettanto forte ad accontentare gli altri. Pagai la stanza e i pasti mentre la troupe della BBC mi riprendeva, con Will sorridente alle loro spalle. Il girato non fu mandato in onda.

Quella vacanza (a parte il siparietto con le riprese) fu e resta ancora oggi un ricordo bellissimo.

7
Vita nuova

Will stabilì che l'unico modo per uscire dai Servizi segreti era avviare un'impresa che non avesse a che fare con la CIA. A questo scopo, doveva assicurarsi che niente fosse intestato a suo nome e che nulla potesse portare a lui. Quindi mise in piedi una società a responsabilità limitata di cui sarei stata il direttore; sarebbe stato tutto a mio nome, compreso il conto corrente e quant'altro. Io dovetti firmare dei moduli e aprire la partita IVA, ma l'impresa era di Will. Era lui a tenere le redini, a versare l'IVA e a dirmi cosa fare del denaro. Io lavoravo ancora e, anche se ero brava nel campo del marketing e delle imprese, non avevo mai avuto una mentalità da contabile, perciò Will si sarebbe occupato interamente di questo. Aveva un progetto e io avevo fiducia che sapesse quello che faceva; ero convinta che fosse l'unico modo per voltare pagina e il titolo mi piaceva, anche se era solo sulla carta.

Non passò molto tempo che ottenne un contratto per lavorare come programmatore presso un'importante società di software di Cambridge, occupandosi di un aspetto specifico del loro software multimediale. Lui mi faxava le ore e io compilavo la fattura come aveva chiesto, poi la rimandavo all'amministrazione per il pagamento. D'un tratto iniziarono ad arrivare i soldi e la nostra vita cambiò, come aveva sempre promesso. Guadagnava fra le seimila e le diecimila sterline al mese e adesso potevamo permetterci di pagare le bollette. La vigilia di Natale andammo insieme a scegliere una macchina per me e ne acquistammo una a rate sulla base del reddito della società a mio nome. Era la prima volta che guidavo un'auto nuova ed era una sensazione bellissima; sembrava proprio che le cose girassero bene.

L'unico problema era che Will era sempre via, a lavorare a Cambridge. In genere tornava a casa la maggior parte dei weekend, parlavamo al telefono ogni giorno ed eravamo sempre su MSN. Detestavo che dovesse restare lontano e gli chiedevo spesso di trovare dei clienti a Edimburgo, ma lui mi ricordava che era così che funzionavano le cose quando si lavorava a contratto.

Riuscì comunque a venire a casa il giorno di Natale, il primo che riusciva a passare con noi, e fu meraviglioso svegliarsi la mattina del 25 con lui al mio fianco. Le bambine e io andavamo sempre dai miei per festeggiare con loro; quell'anno fu lo stesso e più tardi ci raggiunsero anche mia sorella con la famiglia e mio fratello. Ci fu la frenesia dell'apertura dei regali e poi un pranzo eccellente preparato da mia madre, come al solito. Partecipammo tutti al tradizionale gioco delle sciarade, che ci piaceva tantissimo. Era bello stare insieme e sentirsi una vera famiglia. Le bambine erano felici che ci fosse Will; alla fine le sue promesse cominciavano ad avverarsi: trascorrevamo più tempo insieme e vivevamo l'esistenza che aveva sempre desiderato per noi.

Passato Natale, cominciammo a fare progetti per il futuro. Nel mio appartamento stavamo stretti, soprattutto adesso che i bambini avevano cominciato a camminare e prendevano più spazio. Ora i soldi c'erano e Will suggerì di cambiare casa. Io però non ero ansiosa di ripetere l'esperienza della volta prima, così Will propose di prendere qualcosa in affitto finché non fossimo riusciti a ottenere il denaro dagli Stati Uniti, al tempo stesso risparmiando per avere più capitale.

Quindi alla fine del dicembre 2003 traslocammo in una casa magnifica con quattro camere da letto nella zona meridionale di Edimburgo. L'edificio era stato costruito su una cava ripristinata e si era inclinata parecchio senza però crollare. Se lasciavi cadere una biglia alla porta d'ingresso, rotolava lungo il corridoio, girava a sinistra, poi a destra, entrava in cucina e usciva dalla porta sul retro. Ci assicurarono che non si sarebbe inclinata ulteriormente, ma mi ci volle tempo per abituarmi al fatto che pendeva da una parte: quando avevo ospiti, dicevano che andava meglio dopo qualche bicchiere di vino.

La casa aveva una sala da pranzo, una cucina con il tinello separato, un soggiorno, la stanza dei giochi e il bagno con la doccia al piano terra, e quattro camere da letto più il bagno al primo. Aveva il giardino davanti e dietro e una veranda con il pavimento in legno. C'era spazio sufficiente e quel tipo di vita mi piaceva moltissimo; potevo finalmente tirare fuori le cose che mi aveva lasciato mia nonna e avere un salotto oltre che una stanza giochi per le bambine. La cosa più importante, però, era che si trovava nella zona giusta per la scuola dove desideravo mandare Robyn: l'avrebbe cominciata quell'estate.

Quando avevo dieci anni i miei genitori avevano acquistato una grande villetta nella stessa zona, a soli due isolati da questa, e a me sembrava di essere tornata a casa. Mi dava una bella sensazione, anche se era sbilenca. L'affitto era di millesettecento sterline al mese ma con le entrate di Will non era un problema. Affittai il mio appartamento a un'amica che era madre single e siccome era a corto di denaro non la tormentavo se per caso non pagava. Tutto sommato, non era poi questa gran cifra ed era un modo per tenere l'appartamento restandone la proprietaria.

Adibimmo una delle due stanze da letto più grandi a ufficio per noi e ci mettemmo due scrivanie, stampanti, un fax e così via. Finalmente pareva che la mia pazienza avesse pagato: adoravo quando Will era a casa e lavoravamo seduti l'uno accanto all'altra, io su report aziendali o di marketing e lui alla progettazione di siti web o al suo contratto con la società di software. L'ufficio a casa mi permetteva di lavorare da lì e mi consentiva molta più flessibilità.

Will passò i primi sei mesi del 2004 ad acquistare attrezzature per computer, cui aveva destinato un budget di diecimila sterline. La tecnologia e il web design iniziavano a prendere piede e internet stava diventando il principale mezzo di comunicazione globale. Erano passati poco più di dieci anni da quando il World Wide Web era stato reso accessibile al grande pubblico ma aveva già cambiato il mondo che conoscevamo. Comprò dei server su eBay, insieme a dischi di backup alimentati a batteria e hard disk; tutte cose che (anche se non ero proprio digiuna di tecnologia) erano oltre la portata delle mie conoscenze. Arrivati a maggio buona parte della sala da pranzo era occupata da due torri formate da rumorosi server ventilati di ultima generazione impilati uno sull'altro fino all'altezza della vita. I miei amici erano molto colpiti e scherzavano sulla sua capacità di dirigere una piccola nazione da casa. Io non ero al corrente di quello che girava sui server, a parte il suo lavoro di web design e le e-mail.

Will installò un modem wireless a banda larga in modo che potessimo lavorare da qualunque punto della casa e la roba multimediale su cui lavorava per il suo contratto era favolosa: tv tramite il pc, canali dal vivo che si potevano registrare o mettere in pausa e così via. Era divertente far vedere alla gente quello che faceva: ero orgogliosissima di lui. In quel modo poteva svolgere il lavoro di consulenza per l'ODCI e creare siti web per i suoi contratti coi privati. Ma la cosa più importante era che lo avrebbe aiutato a diventare indipendente e a lavorare da casa, con la conseguenza che la famiglia sarebbe stata unita, una cosa che lui desiderava almeno quanto me.

Un giorno rientrò entusiasta, dicendo che aveva trovato un'auto bellissima: potevamo andare a vederla? Lo accontentai e mi ritrovai davanti un enorme fuoristrada della Mercedes con i finestrini oscurati. Lui sembrava un bambino in un negozio di giocattoli, saltellava da un piede all'altro e continuava a ripetere: «Posso averla, per favore?»

Come avrei potuto dirgli di no? Il denaro era suo, anche se passava per il conto corrente bancario della mia società. Era al settimo cielo e non la finiva più di ringraziarmi; nessuno aveva mai fatto una cosa del genere per lui e per la prima volta aveva la sensazione che gli fosse stato dato qualcosa che non c'entrava con il lavoro. L'auto doveva essere intestata a me, ovviamente, e questa volta non battei ciglio, perché mi stavo abituando all'idea. Mentre firmavamo il finanziamento mi chiesero se volevo anche una carta di credito, visto che avevo ottenuto la pre-approvazione. Esitai: fino a quel momento non l'avevo mai voluta perché avevo paura di indebitarmi; andavo nel panico anche solo per un conto non pagato. Ma Will mi incoraggiò dicendo che mi avrebbe facilitato le cose, così accettai.

All'inizio Will mi passava circa tremila sterline al mese del suo stipendio per l'affitto e le rate dell'auto, il che me ne lasciava cinquecento per le bollette e la spesa. Fece in modo che ottenessi altre due carte di credito, compilando una richiesta online al mio posto. Tutto considerato era un bel periodo e sembrava che le cose sarebbero migliorate ancora.

Il rovescio della medaglia era che Will lavorava come un pazzo, dormendo in ufficio o in macchina quando era a Cambridge per risparmiare e massimizzare le ore fatturabili; in quel periodo faceva circa settantadue ore alla settimana.

Poi la situazione peggiorò di nuovo. Will riprese a sparire per via delle ingerenze della CIA e il contratto di Cambridge iniziò a risentirne. Poi mi disse di avere incontrato per caso un collega con cui aveva lavorato a un incarico precedente, cosa che gli rendeva difficile continuare a stare a casa senza metterci in pericolo. Quella persona poteva risalire fino a noi e dato che l'incarico era consistito nell'infiltrarsi in organizzazioni terroristiche, c'era un rischio serio di ripercussioni violente. Se lo avessero seguito fino alla sua casa in Scozia e alla sua vera famiglia, cioè alle persone cui teneva davvero, avrebbero potuto usarci per manipolarlo. C'era la possibilità che venissimo rapite o ferite per vendetta o per fargli pressioni.

Io ero terrorizzata e glielo dissi, soprattutto perché lui non era con noi a proteggerci nel caso ci avessero individuate. Rispose che avrebbe potuto procurarmi un'arma per difendere me stessa e le bambine, ma io rifiutai con decisione.

«E va bene, che ne dici di un taser, allora?», chiese.

«Che cos'è un taser?»

«Te ne procuro uno», rispose.

Nel giro di quarantott'ore ci venne recapitato il taser all'interno di un anonimo pacchetto marrone e Will si sedette alla scrivania a montarlo.

Aveva le dimensioni di un cellulare, con la punta conformata a U: quando lo accendevi e premevi l'interruttore generava una scarica di elettricità tra le due estremità della U. Era un'arma difensiva molto efficace e, a patto che l'aggressore non portasse un pacemaker, si sarebbe limitata a stordirlo. Però andava usata a distanza ravvicinata perché da lontano non funzionava. Sapevo che nel Regno Unito era illegale, ma ci era stata data dalla CIA per la protezione di un dipendente e della sua famiglia; Will mi disse che era tutto a posto e che era autorizzata. Tuttavia, non era saggio ostentarla e dovevo usarla solo per difendermi.

Will organizzò un appuntamento con un professionista dell'ODCI perché mi istruisse su come usarlo, ma per qualche motivo l'incontro venne annullato all'ultimo momento, così me lo insegnò lui. Mi fece vedere come la CIA addestrava a usare quello strumento di difesa, puntandolo contro l'aggressore per renderlo inoffensivo.

«Se colpisci un braccio o una gamba si limiterà a intorpidirgli l'arto; per metterlo fuori combattimento devi mirare al tronco, alla spalla o al collo».

Mi mostrò come afferrare un aggressore e difendere me stessa e le bambine toccandolo con la punta del taser. La cosa positiva era che anche se eri a contatto con la persona quando sparavi, non avresti preso la scarica.

Non fui mai costretta a usare il taser, ma mi consolava un po' sapere di averlo a portata di mano. Gli incubi però non cessarono: sognai ripetutamente di svegliarmi trovando gente in casa che voleva rapirci. Uomini che andavano nella camera delle bambine e io dovevo trovare un modo per fermarli. Dormivo male, con la sensazione di pericolo che non mi abbandonava mai, anche se a quel punto ormai ero abituata alla mancanza di sonno; era diventato uno stile di vita.

I miei timori erano tenuti sotto controllo solo dall'assoluta fiducia di Will nella sua capacità di proteggerci, anche quando non c'era. Eravamo sorvegliate e lui avrebbe saputo subito se qualcosa non andava. A dire la verità avevo più paura della CIA che dei "malintenzionati", perché a quel punto ero convinta che dessero la colpa a me della sua "diserzione". Ma Will mi disse che se ci fosse successo qualcosa, lui avrebbe danneggiato l'agenzia. Erano convinti che glielo avessi portato via, ma liberarsi di noi non lo avrebbe riportato indietro... al contrario, mi assicurò.

8
Un'estate di scoperte

Nel giugno del 2004 partimmo per la prima e ultima vacanza insieme come una famiglia, diretti ai Centers Park del Norfolk: l'unica settimana di sette giorni consecutivi passata insieme in quattro anni! Sembrava incredibile che avessimo trascorso così poco tempo fianco a fianco, ma la promessa aleggiava sempre nell'aria: le cose erano sul punto di cambiare. Tutto quello che doveva fare era lasciare i Servizi segreti e a quel punto saremmo stati liberi di avere una vita insieme; fino ad allora, c'erano i fine settimana o magari quattro giorni di fila. Certe volte si fermava qualche giorno ogni settimana con la promessa di restare di più, ma poi se ne andava di nuovo e quasi sempre senza preavviso.

Di quella vacanza avevamo un gran bisogno. Il mese prima avevo avuto un aborto spontaneo. Quel fatto ci aveva dato una speranza, per quanto esile, di poter avere un altro figlio e, benché tristi per la perdita, decidemmo di riprovare. La vacanza doveva essere un nuovo inizio, un'occasione di passare del tempo con le bambine e di riconfermare il nostro amore. Desideravo con tutta me stessa dare a Will il figlio maschio che gli avrebbe permesso di tramandare il nome di famiglia. Volevo ricreare il miracolo avvenuto con il concepimento di Eilidh e dare un fratellino alle mie adorate bambine. Will aveva sempre desiderato altri figli, ma avevamo creduto che fosse impossibile. L'aborto spontaneo rinfocolò quella speranza, che lui vedeva di buon auspicio per il futuro. Quando facevamo l'amore era più appassionato che mai e sosteneva che la prospettiva di una nuova vita intensificava le sue sensazioni e il piacere.

La vacanza fu bellissima. Will venne a Edimburgo e viaggiammo insieme, poi ci sistemammo in uno chalet che dava su un lago. C'erano anatre e cervi abituati all'uomo che si avvicinavano alla casa in cerca di briciole e avanzi, ogni genere di animale selvatico che entusiasmava le bambine. Non c'erano auto e andavamo in bicicletta dappertutto. Passammo il tempo passeggiando come una famiglia perfetta, felice e affettuosa. Le bambine erano al settimo cielo perché c'erano parchi giochi ovunque e la piscina era un paradiso. C'erano un sacco di cose da fare, per non parlare di avere il padre su cui arrampicarsi e da cui farsi coccolare. Lo adoravano tutte e due; anche se Robyn non era figlia sua, lo chiamava "papà" perché lo conosceva da quando aveva appena un anno.

Verso la fine della vacanza Will dovette assentarsi qualche ora per una riunione di lavoro. Giurò che sarebbe tornato e visto che aveva lasciato i bagagli, pensai che questa volta dicesse la verità. Non potevo fare niente per trattenerlo, perciò fui costretta a fare buon viso a cattivo gioco.

Mentre non c'era, entrai in camera e sul letto appena rifatto vidi una semplice fascetta d'oro, una fede, e non quella che gli avevo messo al dito il giorno del nostro matrimonio. L'anello che gli avevo dato io, di due misure troppo grande, l'aveva perso circa un mese dopo le nozze. (Non era mai tornato al negozio di Rose Street per ordinare la misura giusta.)

Lo presi in mano e lo guardai. Non c'erano incisioni. Era solo una fascetta d'oro della misura giusta per il suo anulare. Sul letto non c'erano avvallamenti: era liscio e immacolato… come se l'anello fosse stato posato con cura sopra il copriletto anziché essere caduto da una tasca per sbaglio.

Sedetti sul bordo del letto in preda alla confusione, stringendo in mano l'anello. Avevo la testa vuota e rimasi in quello stato non so per quanto tempo. Poi fui assalita da una ridda di domande e dubbi che mi impedivano di pensare lucidamente.

Il mio primo pensiero consapevole fu che stavo fissando la preziosa borsa marrone che Will aveva lasciato sul pavimento accanto al letto. Era la sua malconcia cartella portadocumenti che si portava dietro dappertutto, quella in cui teneva la pistola quando l'aveva e che chiudeva a chiave nella credenza di casa mia quando veniva a trovarmi. Era off-limits… la sua borsa privata. Ero oppressa dal senso di colpa e mi sentivo sleale, ma la necessità di scoprire che cosa stava succedendo era più forte, così la aprii. Quello che trovai mi sconvolse.

C'era un certificato datato 1992 con i dettagli del matrimonio fra William e una donna di nome Michelle; i passaporti di due bambini, uno di una femmina con i capelli scuri nata nel 1999 e uno di un bimbetto biondo di qualche anno più grande; documenti relativi a un mutuo e lettere legali indirizzate a "Signor e signora Jordan"; e i certificati di nascita di altri due bambini non collegati a Michelle, ma nei quali Will era indicato come il padre.

Era incomprensibile… come cercare di mescolare olio e acqua. Non aveva alcun senso e non riuscivo a comprendere le informazioni che avevo sotto gli occhi. Sapevo che Will mentiva; anzi, lo faceva per mestiere e certe volte in modo automatico, ma non a me, non riguardo a cose del genere! Era impossibile, non corrispondeva al lavoro che faceva e alla persona che era.

I passaporti dei bambini dicevano che di cognome facevano Jordan, ma io non vedevo alcuna somiglianza con Will… e comunque era impossibile visto che era sterile ed era rimasto sbalordito quando aveva scoperto che avevamo concepito Eilidh.

Dovevo scoprire cosa stava succedendo. Gli mandai un messaggio per dirgli che dovevamo parlare perché era successa una cosa. Lui tornò indietro immediatamente e io gli dissi che avevo trovato l'anello e avevo guardato nella borsa. Era un tradimento della sua fiducia e lui apparve subito seccato, ma capiva perché l'avevo fatto. Rimase calmo, come sempre, e disse che doveva fare una telefonata. Avrebbe dovuto dirmi tutto e doveva ottenere l'autorizzazione a farlo.

Rimasi seduta sul divano scioccata mentre lui si spostava in camera da letto per telefonare. Come poteva fare una cosa del genere? L'agenzia veniva sempre per prima. Ero furente che mi avesse messa di nuovo in secondo piano; mi serviva una spiegazione e lui obbediva alle regole. L'impiegato modello. Mentre lui parlava al cellulare io ribollivo di rabbia.

Ci volle un po' e quando tornò aveva l'aria sfinita. Era nei guai per aver lasciato incustodita la borsa ed essersi comportato in modo negligente; era arrabbiato con se stesso e turbato dal fatto che fossi stata costretta a passare una cosa del genere.

Si sedette e mi guardò dritto negli occhi, tenendomi le mani.

«Primo, sei la mia unica moglie. Non ho un'altra moglie né un'altra famiglia», esordì.

I documenti facevano parte della sua copertura: una donna inglese chiamata Michelle che lui aveva reclutato negli Stati Uniti dopo che la relazione con il marito violento era andata a rotoli. L'uomo aveva lavorato per il Pentagono, perciò lei e i figli erano già nel sistema. Era la candidata ideale per riportarlo nel Regno Unito e fornirgli una storia di copertura. Si trattava di un rapporto esclusivamente professionale per mezzo del quale si era procurato un rifugio e un'identità, mentre lei riceveva uno stipendio regolare, sebbene come rappresentante silenziosa del governo statunitense nel Regno Unito.

Il certificato di matrimonio era necessario per consentirgli di ottenere la residenza nel Paese, ma era un falso creato dall'ODCI. Doveva averlo con sé, insieme agli altri documenti, perché nel caso in cui qualcuno lo avesse fermato – le autorità britanniche o "altri", per dirla con le sue parole – tutto avrebbe puntato alla copertura e non alla sua vita reale.

Era così preoccupato dall'incontro con il "vecchio contatto ostile" avvenuto a Cambridge che aveva cominciato a portarsi dietro i documenti dappertutto per poterci proteggere nel caso lo avessero prelevato.

Michelle faceva parte della squadra: era una collega. Sì, aveva dei figli, ma non erano suoi e la loro relazione era solo di lavoro.

Poi mi strinse la mano un po' più forte e mi venne vicino: «Però c'è una cosa che devo dirti...»

Si interruppe, costringendomi a parlare per la prima volta da che era iniziata quella conversazione: «Sì... cosa?»

«Non ne sono orgoglioso e ho paura che verrò sminuito ai tuoi occhi. In passato ho fatto cose che non avrei dovuto fare, e sei stata tu a farmelo capire».

«Che cose?», chiesi. «Cosa vuoi dire?»

«All'inizio ho avuto una relazione con Michelle. Non è durata molto, ma era necessario».

«Per reclutarla?»

«Sì». Se ne vergognava e abbassò lo sguardo.

Gli coprii la mano con la mia, poi la tolsi. Ero ancora arrabbiata ma il suo disagio mi turbava. «E il mutuo? Perché hai lettere intestate a vostro nome?»

Will mi spiegò che l'ODCI aveva organizzato le cose per farli sembrare una coppia dieci anni prima, in modo che lui potesse rimanere nel Paese, ma che adesso stavano annullando gli accordi perché lui lasciava il servizio. Ovviamente avevano un mutuo cointestato ma era solo nominale, e dato che lui era stato in Palestina tutto quel tempo senza poterle fare avere del denaro, le rate e i conti non erano stati pagati. Si era ritrovata i creditori alla porta di casa e aveva chiesto dei prestiti. Mi disse che aveva con lei un debito di gratitudine perché lo aveva sostenuto e aveva mantenuto la calma. Era stata costretta a pagare i debiti di Will mentre lui era all'estero e adesso le doveva del denaro; a dirla tutta, era in guai seri e rischiava di perdere la casa se lui non risolveva la situazione, ma l'ODCI non voleva pagare per via del suo desiderio di lasciare il servizio attivo e perché si era trasferito altrove.

Era come essere tagliata in due: cervello, cuore e viscere lacerati a metà. Non esisteva persona al mondo con cui potessi parlarne, nessuno di cui potevo fidarmi eccetto mio marito, confidente e amico, il mio amorevole compagno. Ero intrappolata nel silenzio e dovevo prendere una decisione da sola. Non sapevo a cosa credere: avevo prove concrete dell'esistenza di un'altra moglie, ma anche una spiegazione che combaciava con il lavoro che faceva. Avevo prove concrete del mio, di matrimonio, e anche di altre cose: dove stava la verità?

Parlammo per ore e Will rispose a ogni domanda meglio che poteva, entrando nei dettagli. Girammo in circolo per la maggior del tempo e lui pazientemente ricominciava daccapo ogni volta, mostrandomi le cose da un altro punto di vista, da una prospettiva diversa, aiutandomi a capire. Alla fine ero più sfinita che arrabbiata o altro.

«E i bambini?», chiesi.

«Sono figli di Michelle», rispose semplicemente. «Lo vedi da te che non mi assomigliano per niente». Parlava in tono pacato, scegliendo le parole con attenzione e guardandomi in faccia. «Non sono di ascendenza mista, nemmeno lontanamente».

«No», ammisi, abbassando gli occhi.

Gli equilibri erano cambiati e il senso di colpa adesso ce l'avevo io. Stava solo facendo il suo lavoro, vivendo la vita che si era scelto molto prima di conoscermi per aiutare le persone coraggiose a proteggere il mondo dal terrorismo. Io avevo tradito la sua fiducia e avrei dovuto fare meglio di così.

«Mi fido di te», disse, «più di chiunque altro mi sia mai fidato in vita mia. Capisco perché hai frugato nella borsa. È stata colpa mia, non tua. Non avrei dovuto coinvolgerti e dimenticare l'anello è stata una stupidaggine. Non capisco come sia potuto succedere».

«Mi dispiace», dissi.

9
Sul lastrico

Finita la vacanza, andammo a Londra e salutammo Will all'aeroporto. Lui tornava in macchina a Cambridge per lavorare alla società di software mentre noi prendevamo un aereo per Edimburgo; lo avremmo rivisto il fine settimana successivo. In quel momento ero molto confusa e non ero del tutto convinta della storia che mi aveva raccontato, ma non avevo molta scelta se non credergli. L'alternativa era semplicemente inimmaginabile.

Un paio di giorni dopo Will mi chiamò in preda al panico. Era agitatissimo e percepii la paura nella sua voce. Non lo avevo mai sentito in quello stato e mi spaventò a morte. Avevo visto il suo passaporto? Lo aveva perso e non lo trovava da nessuna parte. Frugai nelle valigie diverse volte e cercai dappertutto. Non ce n'era traccia. Richiamò e mi chiese di cercare ancora; recuperarlo era di importanza "vitale". Pensava di averlo perso mentre era a Center Parks e io li chiamai per chiedere se per caso lo avevano trovato. Il gestore del posto mi disse che Will aveva telefonato di persona, completamente nel pallone, ma che il passaporto non era lì: avevano passato al setaccio ogni angolo dello chalet.

Chiesi a Will perché non poteva semplicemente fare denuncia di smarrimento, ma lui mi spiegò che non era un passaporto vero. Era un falso fabbricato dalla CIA e in quanto tale non poteva farselo sostituire, dato che aveva lasciato il servizio attivo. Avrebbero potuto usarlo contro di lui e doveva procurarsene un altro in modo autonomo. Per qualche motivo – rimase piuttosto sul vago – non poteva assolutamente rivelare alle autorità di averlo perso e, anche se lo tenni per me, sospettai che personale dell'ODCI si fosse introdotto nello chalet per rubarlo e mantenere il controllo su di lui.

Will doveva procurarsi un passaporto nuovo e disse che l'unico modo per tirarsi fuori dai guai e lasciare definitivamente i Servizi segreti era comprarne uno al mercato nero. Per farlo gli servivano soldi. Per uscire dalla CIA gli occorreva anche una nuova tessera della previdenza sociale, e avrebbe dovuto pagare pure per quella. Conosceva persone in grado di procurargli i documenti – le stesse che lo facevano per l'ODCI – ma servivano soldi. Aveva bisogno di centomila sterline.

Dato che guadagnava dalle seimila alle diecimila sterline al mese, sarebbe stato possibile racimolarne centomila nel giro di un anno, ma i soldi ci servivano subito. Il tempo era fondamentale e bisognava iniziare a pagare immediatamente le persone che avevano informazioni su di lui. Perlomeno, se fossimo riusciti a mettere insieme ora quella somma, avremmo potuto restituire i prestiti o il capitale con il suo stipendio. Quanto a dove sarebbero finiti i soldi, mi disse che meno ne sapevo e meglio era.

L'indennizzo del massacro di Jenin non si era mai materializzato, anche se si presumeva che sarebbe arrivato, e il denaro ricavato dalla vendita della casa negli Stati Uniti era ancora bloccato dall'agenzia delle entrate americana. Quindi le carte di credito si esaurirono tutte molto in fretta e Will mi chiese di procurarmene altre, quelle spettanti al coniuge, che usò. Spendeva soldi per noleggiare auto – anche se aveva la sua – e fare pagamenti a diverse società, fra cui un cinema multisala di cui era comproprietario, che lui sosteneva fossero semplicemente facciate per i suoi contatti che gli consentivano di muovere denaro. I pagamenti regolari erano meno visibili e meno tracciabili rispetto alle grosse somme di contanti, e pagando l'abbonamento satellitare di un collega era in grado di ottenere in cambio i contanti. Stava prelevando quasi tutto quello che guadagnava dal conto corrente della società, così aprii un nuovo conto per consentirgli di usare il vecchio per le spese e al tempo stesso cercare di mantenere un certo controllo sul conto principale. Trasferivo i soldi che chiedeva e dietro sua richiesta iniziai a depositare grosse somme in contanti su un conto intestato a M. Hayward. Ritiravo fra le cinquecento e le duemila sterline dal conto della società e le versavo sul conto di Michelle, cui lui aveva accesso e da cui poteva ritirare il denaro. Spesso mi mandava in diverse filiali cittadine per accertarsi che non fossi seguita e se gli mandavo contanti per posta dovevo fare in modo di non leccare il francobollo o la busta e andare alla posta centrale anziché infilarli in una cassetta qualunque.

Poi il contratto con la società di Cambridge venne rescisso. Benché fossero soddisfatti del suo lavoro, non potevano accettare il suo comportamento eccentrico e le assenze immotivate. Anche se doveva ancora fatturare dieci giorni, doveva prima restituire l'attrezzatura informatica, cosa che prometteva di fare ogni giorno, ma non fece mai.

La perdita delle sue entrate mi lasciò sul lastrico e le carte di credito sforarono il massimale. Accesi una seconda ipoteca sul mio appartamento e tirai su altre ventimila sterline, che usai per pagare parte degli scoperti delle carte di credito e dare a Will altri contanti, ma non bastava ancora. Ogni volta giurava che sarebbe stata l'ultima, ma ogni richiesta era più disperata, più urgente e più carica di potenziali ripercussioni negative per lui, quindi per me e per le bambine.

Decisi che non potevo andare avanti così e gli chiesi di darmi un quadro reale di quello che serviva per chiudere la faccenda, per saldare quello che doveva e chiamarci fuori definitivamente. Lui disse che mancavano solo quindicimila sterline, ma gliene servivano subito diecimila. Così mi risolsi a vendere il mio bellissimo appartamento. Chiesi diecimila sterline in prestito ai miei genitori e chiamai un agente immobiliare.

Due settimane dopo averlo messo in vendita si arrivò alle offerte conclusive. Era una casa bellissima che avevo comprato nel 1990 per trentacinquemila sterline e aveva stanze spaziose, la vista sul mare e una cucina economica antica. Avevo ricordi splendidi di quando ci vivevo ed era uno dei miei beni più preziosi, ma proteggere la mia famiglia era più importante; l'unica cosa che mi premeva era tenere al sicuro i bambini. Quindi accettai l'offerta più alta senza guardarmi indietro, centosessantacinquemila sterline: dopo aver estinto il mutuo originario e la seconda ipoteca che avevo acceso per Will rimanevano centocinquemila sterline in contanti. Restituii il prestito ai miei genitori e ridussi di nuovo lo scoperto delle carte di credito, poi consegnai a Will le quindicimila sterline che aveva chiesto.

Il giorno in cui ritirai il denaro in banca Will era seguito e scoppiò un pandemonio. Dovette venire a prendere i soldi nel cuore della notte; mi disse di aprire la porta sul retro e di rimanere al piano di sopra con le luci spente. Dovevamo stare attenti. Quando arrivò sussurrava e la cosa mi spaventò a morte. Rimase solo un paio d'ore, parlando a raffica e dicendo che si sarebbe sistemato tutto. Poi però dovette andarsene per non metterci ulteriormente in pericolo e mi lasciò di nuovo sola e terrorizzata.

Ma l'emorragia di denaro non si fermò. Gli servivano ancora soldi e poi altri ancora. Il denaro finì, adesso non ricordo nemmeno più in che modo. Se ci ripenso, è come assistere alla frenesia alimentare degli squali, e sono sbalordita di aver permesso che succedesse.

Benché avessi venduto l'appartamento solo nell'agosto del 2004, a dicembre di quell'anno dei soldi non restava niente.

10
Il cerchio si allarga

In quel periodo difficile, ci fu almeno una buona notizia. Nel luglio del 2004 avevo scoperto di essere di nuovo incinta e la cosa aveva reso felici entrambi. Ci eravamo messi d'impegno nel tentativo di avere un altro figlio e i nostri sforzi erano stati premiati. Pregai che fosse un maschio per poter dare a Will quello che desiderava tanto. Forse era un segno che le cose sarebbero migliorate e di sicuro parve spronare Will a risolvere le questioni in sospeso al lavoro e lo rese più determinato a trascorrere più tempo a casa.

Quando però lo annunciammo alla mia famiglia, non mostrarono altrettanto entusiasmo. Mia madre in particolare era scontenta perché riteneva che sarebbe gravato ancora di più sulle mie spalle ed era preoccupata di come avrei potuto cavarmela.

A quel punto dipendevo moltissimo da mia madre. Era sempre al mio fianco mentre Will non c'era; era l'altro adulto di riferimento per le bambine e la persona con cui parlavo tutti i giorni. Ormai era evidente che nutriva parecchia diffidenza verso Will, o perlomeno non gli stava più tanto simpatico. Pensava che mi stesse menando per il naso e non prendesse sul serio le sue responsabilità, che mettesse il lavoro davanti alla famiglia e che avrebbe dovuto crescere e iniziare a occuparsi di me e dei bambini. Avevo bisogno del sostegno di mia madre e così mi parve di non avere altra scelta se non spiegarle la situazione. Cominciai a raccontarle più cose di lui e del suo lavoro. Sapevo che potevo fidarmi della sua discrezione e dato che nel corso degli anni aveva conosciuto persone dell'ambiente dei Servizi segreti britannici, almeno avrebbe capito cosa stavo passando. Non ne fu felice, ma era una persona straordinaria e non insistette, dicendo che ovviamente mi avrebbe dato una mano, anche se mi ammonì a stare attenta e a convincere Will a stare a casa più spesso.

Quando però i problemi economici peggiorarono, i miei genitori erano sempre più incavolati. Dalle conversazioni che avevo fatto con mia madre sapevano del lavoro di Will ma solo in maniera vaga. Poi venne il giorno in cui mio padre cercò di introdurre il discorso con lui chiedendogli cosa implicava l'«altro» lavoro e per quale ragione non era ancora riuscito a «venirne fuori». Will fu colto alla sprovvista perché non aveva idea che sapessero tutte quelle cose e quando tornammo a casa si arrabbiò parecchio con me. Disse che aveva con sé il cellulare e che la conversazione avrebbe potuto essere ascoltata; ci sarebbero state delle «conseguenze» asserì, e pareva quasi spaventato. Vederlo in quello stato mi mise in ansia.

Lo convocarono quasi subito e in seguito mi disse che i colleghi lo avevano picchiato di brutto, anche se non poteva biasimarli: lui stesso era stato parte attiva in pestaggi analoghi quando altri avevano pasticciato e rivelato informazioni. Quando eri consapevole che la sicurezza dell'intera squadra dipendeva dalla lealtà e dalla capacità di tenere la bocca chiusa, comprometterla era una violazione grave. Mi sentii malissimo per essere stata la causa di una cosa del genere. Non era stata colpa di mio padre, ma mia, per aver rivelato che dietro le frequenti assenze di Will c'era più di quanto credessero.

La cosa positiva che ne venne fu che Will ora era autorizzato a includere i miei genitori nella cerchia ristretta di coloro che sapevano. Ne fui immensamente grata, perché in quel modo avrei avuto qualcuno con cui parlare; ero soprattutto ansiosa che mia madre ne sapesse di più: speravo che avrebbe creduto al fatto che Will mi era fedele.

Mia madre era la persona a me più vicina a parte mio marito ed era la mia amica più cara. Era l'unico altro adulto che mi volesse davvero bene oltre a Will e io avevo bisogno che loro due fossero dalla stessa parte.

Quando Will tornò a casa la volta successiva organizzammo di andare a trovare i miei genitori. Messi da parte i telefoni e preparato il caffè, ci sedemmo a parlare. Will raccontò tutta la storia dall'inizio: come lo avevano reclutato e poi lo avevano mandato in tutto il mondo, in Giappone, Brasile ed Europa; che quando ero incinta di Eilidh era nei territori palestinesi; e che adesso aveva lasciato il servizio attivo e lavorava come consulente.

Si soffermò a descrivere nei particolari la missione a Jenin e il massacro, dicendo che lo aveva turbato al punto da fargli cambiare idea sull'agenzia cui aveva dedicato la vita. Desiderava uscirne e avere una vita normale. Voleva provvedere a me; avremmo superato quella fase insieme e apprezzava moltissimo il sostegno che mi avevano dato mentre era via, anche se le cose sarebbero cambiate nel giro di pochissimo. Li rassicurò del fatto che mi amava. Non penso che i miei genitori gli credessero del tutto ma, come me, nemmeno dubitavano e non capivano cosa avrebbe ottenuto da tutta quella manfrina se non era vero. Come me, gli accordarono il beneficio del dubbio. Si fidavano del mio giudizio e del fatto che io gli credevo. Ne riparlai con loro quando Will se ne andò di nuovo e mi sembrò che fossero più rilassati al riguardo, anche se adesso erano preoccupati dei pericoli che correvamo.

Quando c'era, Will lavorava da casa, costruendo siti web per clienti privati e analizzando video e fotografie per il MOD e la CIA. Prestava servizio distaccato per il MOD alla base aerea RAF Brize Norton, in particolare verificando materiali video e fotografici. Mi mostrò alcune delle cose che stava facendo e una mi colpì moltissimo. Era il video dell'esecuzione di un uomo di nome Kenneth Bigley che era stato preso ostaggio in Iraq. Mi spiegò che era in grado di stabilire che si trattava di un falso perché c'erano delle incoerenze nella continuità. Erano stati decapitati altri due ostaggi americani e Will aveva verificato che i video della loro esecuzione erano reali. A quel punto li avevano passati in tv, ma io ne avevo visto uno sul telefono di Will prima che arrivasse ai notiziari.

Will mi raccontò che in realtà Bigley era stato aiutato a fuggire dai Servizi segreti britannici, quindi il video mandato ai media all'inizio di ottobre era sospetto. Alla fine i notiziari avevano riferito che Bigley era riuscito a scappare, anche se in seguito cadde nuovamente nelle mani dei terroristi che lo giustiziarono comunque. Come aveva detto Will, il primo video era un falso; mi spiegò che Bigley era morto per un colpo alla testa e non decapitato. Quella storia mi faceva stare male e non sollevai domande né cercai altre informazioni.

Will stava esaminando anche fotografie di ostaggi e di presunte atrocità commesse dai soldati americani in Iraq. Molte delle cose a cui lavorava comparivano sui media qualche giorno dopo e quelle che aveva dichiarato false lo erano davvero. Uno dei motivi per cui gli avevano assegnato quell'incarico era la sua conoscenza approfondita dell'area; per esempio, mi fece vedere una foto con degli ostaggi appoggiati a un muro in blocchi di calcestruzzo e mi spiegò che nella regione non esistevano edifici costruiti con quel materiale. Poi mi mostrò il video di un veicolo dell'esercito in Medioriente e stabilì che era una montatura perché si vedeva la targa e avevano controllato: il veicolo non aveva mai lasciato il Regno Unito. Anche quel video finì sui notiziari come un falso.

Verso la fine di ottobre del 2004 stavamo lavorando fianco a fianco nel nostro ufficio, io sul mio computer e lui sul suo. Mentre scrivevo un report per un cliente tenevo aperto il sito delle notizie flash della BBC e all'improvviso lessi che era morto Yasser Arafat. Dato il legame di Will con quella zona, in cui aveva trascorso tanto tempo, mi bloccai stupita.

«È morto Yasser Arafat», gli dissi girandomi verso di lui.

Lui non alzò neanche la testa e continuò a digitare come se niente fosse, limitandosi a replicare: «No, non è morto».

«Sì», dissi io. «È morto. L'hanno appena detto al notiziario».

«No, non è così», rispose semplicemente Will. «Me l'avrebbero detto, se fosse morto».

Inarcai un sopracciglio ma continuai a lavorare; mi avrebbe spiegato cosa intendeva quando fosse stato meno concentrato su quello che stava facendo, immaginai. Circa due ore dopo la BBC smentì la notizia: Yasser Arafat non era morto, era ancora vivo ma in gravi condizioni ed era ricoverato in ospedale. Si erano sbagliati e Will aveva ragione. Non fece commenti su come lo sapeva né tornò sull'argomento: un'altra di quelle cose di cui non poteva parlare. Arafat morì non molto tempo dopo, senza risvegliarsi dal coma che i media avevano scambiato per morte.

Will non stava a casa molto, ma quando c'era portava una ventata di novità. Era ancora affettuoso, gentile ed era bello sentirsi parte di qualcosa di più grande; dopotutto, lavorava per il bene collettivo.

Così la vita andò avanti. Anche se Will non lavorava più a contratto, continuava a viaggiare in lungo e in largo per il Paese in cerca di nuove opportunità, anticipando sempre le mosse della gente che pagava per ottenere i documenti che gli servivano a lasciare la CIA. Ripeteva il solito ritornello di dover stare lontano per proteggerci e tenere la famiglia al sicuro, ma non mi diceva mai cosa intendesse. Ogni settimana, ogni giorno prometteva che sarebbe venuto a casa, ma lo faceva di rado. Spesso mi diceva che era per strada e si teneva in contatto finché io pensavo che fosse a mezz'ora di auto, dopodiché si limitava a sparire per uno o più giorni. Ero sempre in ansia per lui e mi chiedevo perché non mi dicesse che non riusciva a tornare. Ero sempre più esasperata dalle sue promesse che le cose stavano per cambiare, ma gli credevo ancora e mi aggrappavo a quella speranza; in fin dei conti, la situazione era già migliorata nettamente in passato.

Benché avesse giurato e spergiurato che mi sarebbe stato vicino durante questa gravidanza, tornava a casa sempre meno spesso e io mi ritrovai di nuovo a vivere nell'angoscia per la sua incolumità, col pancione e sola con due bambini piccoli.

11
Il seme del dubbio

E poi il dubbio si fece risentire. No, non è esatto. Un giorno successe una cosa incomprensibile che mi ossessionò per mesi.

Will era via a cercare lavoro. Io ero incinta, lavoravo e badavo a due bambini piccoli, spaventata dall'eventualità che uno dei "malintenzionati" da cui Will ci proteggeva potesse scoprirmi. Fu in quel periodo che gli partì una chiamata per sbaglio. Partecipavo a una riunione e scoprii che mi aveva lasciato un messaggio nella segreteria telefonica. Quindi mi sedetti in macchina e lo ascoltai.

Capii quasi subito che mi aveva telefonato per errore perché si sentivano solo voci di sottofondo, una donna e dei bambini che parlavano. Sembrava una famiglia in procinto di salire su un'auto e io rimasi immobile... paralizzata, con il telefono all'orecchio. Una voce di donna disse: «È tuo?», e poi il chiacchiericcio di due o tre bambini, da cui emerse una voce che chiedeva: «Dove andiamo, papà? ...Papà? Dove andiamo?» A quel punto udii Will, insolitamente irritato ma era di sicuro lui. «Mettetevi la cintura, adesso!», sgridò i bambini e io mi sentii gelare il sangue. Non credevo alle mie orecchie; non aveva senso.

Ascoltai il messaggio ripetutamente. Mi sforzai di sentire qualcos'altro, qualcun altro, qualunque cosa in grado di chiarirmi la situazione. Ascoltai la sua voce, il tono seccato, infastidito; non è così che si parla ai figli degli altri, ma non lo avevo mai sentito usare quel tono neppure con i nostri bambini.

Lo chiamai, gli dissi di nuovo che dovevamo parlare, che volevo sapere cosa stesse succedendo. Volevo la verità! Così lui venne a casa, accertandosi di non essere seguito.

Questa volta non fu tanto gentile. Era scocciato che gli stessi facendo di nuovo il terzo grado.

«Sai di Michelle! Sai che la vedo, e che ha dei bambini! Perché ti fai questo?», disse.

Ero arrabbiata e sconvolta e gli chiesi se i bambini fossero suoi. Sottolineai che aveva detto di aver avuto una relazione con lei all'inizio e dovevo sapere se avesse mentito sulla faccenda di essere sterile. Lui era ferito e deluso, e sostenne che da me si aspettava di più. Mi aveva detto fin da subito che non poteva avere figli ed era stato solo quando si era messo con me che le cose erano cambiate. Qualcosa che aveva a che fare con il nostro legame, il nostro amore, aveva reso possibile creare la vita. Come potevo sminuire quella magia, quel miracolo, gettandogli in faccia simili accuse?

Gli chiesi perché uno dei bambini lo avesse chiamato papà e lui rispose che non era l'unico uomo presente: il ragazzino si era rivolto al padre, che stava caricando attrezzature di sorveglianza nel bagagliaio dell'auto e gli aveva risposto. Lo avevo sentito, no? «No», dissi.

Non ero convinta e continuai a incalzarlo. Gli chiesi perché avesse urlato a bambini che non erano i suoi e lui ribatté che li conosceva da quando erano nati ed era l'unica figura maschile sempre presente nella loro vita; certe volte si arrabbiava e perdeva la pazienza, soprattutto se c'era il rischio che finissero sotto attrezzature pesanti. Non ricordava esattamente cosa avesse detto, ma dei bambini che correvano in giro mentre si spostava dell'attrezzatura erano un brutto affare e lui temeva che si sarebbero fatti male se non fossero rimasti seduti al loro posto.

«Sono tutti figli di padri diversi», disse. Nessuno dei padri veri si faceva vedere un granché, perciò Will era l'unico modello maschile che avessero. Aveva fatto del suo meglio per essere un esempio solido e li considerava una specie di famiglia, soprattutto prima di averne una sua.

A quel punto l'irritazione svanì e lui mi prese le mani, guardandomi negli occhi. «Sai come stanno le cose, Mary», disse. «Conosci la situazione e detesto che per te sia così difficile. Detesto che ci costringa a stare lontani. Non lo sai quanto mi pesa stare lontano da te e dalle bambine? Sei tutta la mia vita, non sapevo neanche cosa significasse vivere finché non ti ho conosciuta».

Parlammo di nuovo per ore finché non fui semplicemente troppo stanca per riuscire a pensare con lucidità. Mia madre aveva sempre detto che non bisognava mai lasciare le liti in sospeso e io cercavo istintivamente di risolvere le discussioni senza dormirci sopra. Ero esausta e Will continuava a ribadire con forza tutto quello che aveva detto. Non erano figli suoi; la famiglia era la sua copertura, quella che gli offriva una base nel Regno Unito. Rispose alle stesse domande più e più volte, ripetendo con calma che la sua famiglia eravamo noi e che mi stava dicendo la verità.

Per l'ennesima volta mi arresi e gli concessi il beneficio del dubbio. Corrispondeva a quello che sapevo già, anche se non gli credetti mai più fino in fondo. Nella mia mente si era insinuato il tarlo del dubbio che da quel momento in avanti non fece che crescere pretendendo di essere ascoltato: una pianticella di realtà che lottava per sopravvivere nell'ombra di una vegetazione fitta, oscura, piena di spine, che risucchiava tutta la luce.

12

Più niente da dare

Fu lì che le strade si divisero nettamente. Una storia o l'altra. O era un marito fedele e affettuoso, un agente dei Servizi segreti che prendeva il suo lavoro seriamente, oppure era un bigamo che mentiva e ingannava. Aut aut. Io avevo già percorso un lungo tratto dell'alternativa marito fedele e non avevo dubbi che il suo lavoro fosse reale, dato che moltissimo di quello che diceva e faceva confermava ciò che mi aveva raccontato. Era il suo lavoro a definirlo, ciò di cui viveva e l'aria che respirava. L'altra alternativa era già fuori portata; non potevo imboccarla adesso perché fra una strada e l'altra si era aperto un baratro impossibile da attraversare.

Vedevo il ciglio opposto del baratro e capivo dove avrebbe portato quel sentiero: bancarotta, una vita da madre single di bambini senza padre, disperazione e vergogna. L'alternativa che stavo percorrendo dava speranza: le continue rassicurazioni che le cose erano sul punto di migliorare; la fine imminente dell'emorragia di denaro; la promessa di risolvere i problemi e invertire il processo; il voto che presto sarebbe stato a casa più spesso, che saremmo stati una famiglia e lui avrebbe provveduto ai bambini. Era la differenza fra tutto o niente, speranza o disperazione.

La storia si ripeteva. Ero sola e incinta, e lottavo per tenermi a galla economicamente. Almeno avevo mia madre con cui parlare, dato che adesso conosceva la situazione ed era supportiva anziché critica. Non le piaceva affatto quello che stava succedendo ed era preoccupatissima per me, anche se faceva del suo meglio per nasconderlo, perché era consapevole che se avesse cercato di allontanarmi da Will mi avrebbe persa e basta. Io mi sforzavo di essere forte e di dimostrarle che me la cavavo, ma almeno potevo raccontarle qualcosa di quello che stavo passando. Le confidavo di sentirmi sola o spaventata, arrabbiata o triste, e lei c'era sempre.

Anche gli altri famigliari erano preoccupati e mia sorella cercò più volte di convincere Will a tornare, scrivendogli e-mail che facevano appello al suo senso di responsabilità. Una volta, poco prima della nascita del nostro secondo figlio, gli scrisse:

Caro Will,

ti scrivo per chiederti cosa combini. La mia sorellina, Mary, sta per partorire il tuo secondo figlio; è molto stan-

ca e le sarebbe utile un po' di sostegno. Non pensi che sia il momento di tornare a casa per occuparti di lei e della tua famiglia? Mary affronterà qualunque cosa ed è disposta a parlare dei problemi di lavoro, di soldi o di qualunque altra ragione ti tenga lontano da lei.

Ti prego, sii onesto con Mary: è il fulcro di ogni rapporto che funziona. La vita famigliare porta via tempo, richiede impegno, è frustrante e talvolta, si spera, offre grandi soddisfazioni e gioia (come probabilmente sai già). Se queste parole ti toccano, fallo sapere a Mary.

Ogni tanto i miei figli mi mandano ai matti e avere un partner al mio fianco con cui parlare alla fine della giornata fa un'enorme differenza. A dire la verità, non so come Mary riesca a cavarsela da sola quando tu non ci sei.

Mary non mi racconta niente di quello che fai, ma dovevo scriverti per farti sapere che sono preoccupata e prendere le difese di mia sorella e dei miei nipoti.

Tua cognata in pensiero, sorella di Mary
Isobel

Will rispondeva dicendo a Isobel quanto amava me e i bambini, e quanto avrebbe voluto stare con noi se solo avesse potuto.

Per un po' lei si sentiva rasserenata e aveva l'impressione che lui si stesse sforzando ma, come me, quella sensazione svaniva quando non si faceva vedere.

Questa volta in particolare Will si aprì un po' di più con mia sorella, spiegandole che lui e io non avevamo rotto, tutt'altro, e che non c'era cosa che desiderasse di più al mondo che essere a casa a occuparsi dei bambini, sia dei due che già c'erano sia di quello in arrivo. Semmai, le tensioni fra noi nascevano dall'amore inappagato, erano il risultato dell'incapacità di sostenerci a vicenda come avremmo scelto di fare in altre circostanze.

Invidiava l'unità della nostra famiglia e lo feriva che lei pensasse che non si occupava del benessere di sua moglie e dei suoi figli. Avrebbe tanto desiderato poterle dire di più e spiegare la situazione con maggior chiarezza. Ma le assicurava che il tempo avrebbe guarito tutte le ferite e la storia, soprattutto una volta «rivelate appieno le circostanze concomitanti», sarebbe stata un giudice più benevolo delle sue azioni. Quella era la sua unica consolazione, affermava, mentre continuava a fare ciò che poteva per tornare da me e dai bambini.

Proseguiva dicendo che niente, tranne questioni «di vita o di morte», avrebbe potuto impedirgli di essere al mio fianco per la nascita di nostro figlio: «Non ho lasciato Mary [...] è mia moglie, ora e per sempre, e intendo passare il resto della mia vita con lei e la nostra famiglia. Nulla può cambiare il fatto che [...] senza di lei sono solo la metà di ciò che potrei essere».

Era d'accordo con mia sorella e le assicurava di essere consapevole che io ero tutto quello che lei diceva io fossi e anche molto di più, proprio come solo il suo partner conosceva davvero Isobel per quello che era, e tutto ciò che lei rappresentava per lui. Affermava di essere orgoglioso di poterla chiamare cognata.

In sua assenza sprofondammo nei debiti. Le carte di credito erano al limite ma Will continuava a usarle ogni giorno. Alla fine mi bloccarono i conti, ma solo quando il massimale era stato superato del cinquanta per cento, in un caso con uno scoperto di quindicimila sterline. Anche a quel punto, Will continuò a usarle per piccole somme, venti o trenta sterline qua e là, diverse volte al giorno; in quel modo sfuggiva alle maglie del sistema e riusciva a farsi accettare i pagamenti.

Tutte le volte che comparivano nuovi addebiti Will giurava che sarebbe stata l'ultima volta. Spesso sosteneva che c'era stato un errore, così chiamai le società delle carte di credito contestando diversi pagamenti che lui negava di aver fatto e ottenni perfino delle carte nuove perché lui pensava che i colleghi dell'ODCI stessero mettendogli i bastoni fra le ruote a bella posta.

Verso la fine di dicembre del 2004, però, la situazione era sempre più disperata. Il denaro ricavato dalla vendita dell'appartamento era finito e non avevo più credito. Non avevo più niente, ma a Will ne servivano ancora. Un giorno mi chiamò in preda al panico.

«È successa una cosa; è colpa mia, mi sono lasciato sfuggire una cosa… una persona. È una faccenda seria. Mi servono duemila sterline entro oggi. Assolutamente! Riesci a farti venire in mente qualcosa, Mary?»

«No», risposi, abbattuta.

«E tuo fratello o tua sorella? Possono prestarceli? Glieli restituirò nel giro di un paio di settimane. È una cosa seria, Mary! Solo non dirgli per cosa ti servono! Meglio se pensano che sono per te».

Mi disse che se non fossi riuscita a procurarmi quella somma tutto quello che avevamo fatto fino a quel momento si sarebbe rivelato inutile; avremmo perso ogni cosa e il pericolo era molto concreto.

Ero disperata. Will mi aveva già portato via tutto quello che avevo, ma se non trovavo queste duemila sterline avrei perso ogni cosa. Chiesi a mio fratello se poteva prestarmi dei soldi. Will aveva insistito parecchio che non gli dicessi per cosa mi servivano, ma non avevo intenzione di mettermi a mentire adesso, andava contro i miei princìpi. Alla fine gli dissi che erano per Will ma che non potevo spiegargliene la ragione e mio fratello arrivò in mio soccorso.

Venne da me con duemila sterline in contanti e mi chiese se andasse tutto bene. Ma io ero ancora intrappolata. Le cose erano così lontane dall'andar bene che non ero neanche sicura che qualcuno mi avrebbe creduta, e temevo che esprimere a voce i sospetti che avevo messo a tacere dentro di me, li avrebbe resi reali. Ero convinta di essere in pericolo, di essere spiata e anche ascoltata: se avessi detto a mio fratello cosa stava succedendo avrei potuto mettere in pericolo anche lui.

Così gli risposi che era tutto a posto. Sorrisi e gli chiesi come stava, perché aveva anche lui i suoi problemi. Lo ringraziai di cuore e non appena se ne fu andato chiamai Will per dirgli che avevo i soldi che gli servivano. Passò da casa al volo per prendere i contanti, poi disse che doveva uscire per andare a consegnarli prima di fare un po' di shopping natalizio. Anche se non aveva molti soldi, voleva prendere qualcosa per me e le bambine, cosa che all'epoca trovai commovente. Era contento perché perlomeno il denaro gli avrebbe permesso di essere a casa con noi per Natale; tuttavia, non comparve e io lo rividi solo fugacemente nel gennaio del 2005.

A quel punto rimaneva qualche giorno ma poi spariva di nuovo e quella situazione stava logorando il nostro rapporto. Prometteva di tornare a casa praticamente ogni giorno, sostenendo che era in macchina e stava arrivando. In numerose occasioni mi chiese di mettere insieme cento sterline per la benzina e io svuotavo i conti, solo per non vederlo manco in foto. Certe volte mi diceva di aver finito i soldi e di essere costretto a dormire in macchina; spesso esauriva il credito del telefono e non poteva nemmeno chiamarmi, e spegneva il cellulare per poter dormire. Altre volte sospettava di essere seguito e faceva immediatamente inversione senza avvisarmi perché non voleva portare i "malintenzionati" fino a noi.

Confessai a mia madre che iniziavo a essere alquanto scocciata del fatto che scomparisse, ma non potevo dirle delle minacce da cui ci proteggeva perché l'avrei spaventata troppo.

Stavo diventando sempre più sospettosa, visto che le promesse di Will non si concretizzavano e lui non aveva ancora trovato un lavoro per mantenere la famiglia. Poi, nel gennaio del 2005 i nostri cellulari non potevano più fare chiamate in uscita perché non avevo pagato la bolletta ed ero costretta ad ascoltare i messaggi della segreteria da una linea fissa. Dato che sia il suo telefono che il mio erano intestati a me, scoprii d'un tratto che potevo ascoltare anche i suoi, di messaggi. Se prendevo il messaggio per prima e non lo salvavo né lo cancellavo, lui non se ne sarebbe accorto; e se non poteva accorgersene lui, lo stesso valeva per chiunque altro.

Ascoltare i suoi messaggi diventò una specie di droga. Anelavo a una prova, in un senso o nell'altro... qualcosa che mi rivelasse che cosa stava succedendo.

In questo modo scoprii che Michelle era arrabbiata con lui perché aveva preso la sua macchina ed era scomparso: aveva detto che sarebbe andato in farmacia e non era più tornato; scoprii che stava comprando una casa: in seguito mi disse che stava facendo finta per salvare le apparenze; scoprii che la loro babysitter non era stata pagata e che l'agenzia era alquanto scocciata di essere stata presa per il naso; scoprii che in effetti stava portando avanti la sua storia di copertura con Michelle. Non mi pareva che fra loro ci fosse affetto o amore; nei messaggi lei gli urlava contro ed elencava cose da fare in un tono molto professionale.

Non avevo ancora prove.

Nel febbraio del 2005 Will mi contattò di nuovo: aveva disperatamente bisogno di cinquemila sterline. A quel punto, però, non avevo più niente e non potevo chiedere ulteriori prestiti in banca né usare le carte di credito. Chiesi di nuovo aiuto a mio fratello, senza desiderare affatto che mi dicesse di sì, e lui mi domandò se era per me o per Will. Quando gli dissi che erano per Will, rispose: «Allora no». In cuor mio ringraziai mio fratello, perfino in quel momento, perché avevo ormai capito che il bisogno di soldi di Will era come un pozzo senza fondo. Ma non riuscivo ancora a rinunciare alla speranza e, come un giocatore che ha già perso tutto ma si trova in tasca un'ultima sterlina, cercai l'ultima fonte da cui potessi racimolare del contante. Alla fine, riscattai la mia assicurazione sulla vita – l'unica cosa che mi rimaneva, la polizza che avevo stipulato per l'acquisto dell'appartamento – e misi insieme le ultime cinquemila sterline per mio marito, perché cos'altro potevo fare?

L'affitto della casa non veniva pagato e i proprietari iniziarono ad assillarmi. Will giurò di aver fatto un bonifico sul loro conto e che tutto si sarebbe risolto. Rassicurazioni che iniziavano a mostrare la corda e che avevo già sentito troppe volte.

A marzo ero incinta di otto mesi e non avevo neanche i soldi per fare la spesa, figurarsi pagare l'affitto o le bollette. Inghiottii quel poco di orgoglio che mi restava e chiesi a mia madre se potevamo andare a stare da lei fino alla nascita del bambino. I miei genitori ci accolsero volentieri e senza giudicare. Ci diedero da mangiare e offrirono a me e alle bambine compagnia e sostegno… con un neonato in arrivo, fu un'àncora di salvezza che mi diede un minimo di stabilità.

Will insisteva ancora che l'affitto della casa era stato pagato e disse che avrebbe parlato direttamente con il proprietario per capire perché non l'avevano ricevuto, e io lo lasciai fare. I contatti con lui sembravano diradarsi. Non lo vedevo da gennaio e ricevevo sempre meno e-mail e messaggi, benché in ciascuno promettesse che stava tornando a casa.

Poi, due settimane prima che partorissi nostro figlio, ricevetti un'e-mail disperata. Era un'altra richiesta di una grossa somma di denaro, esattamente come le tante che mi aveva mandato, ma questa volta scendeva nei dettagli e spiegava perché stavamo passando tutti quei guai.

Era il 16 marzo 2005 e Will esordiva dicendo che probabilmente era l'e-mail più difficile che avesse mai dovuto scrivermi. Stava per divulgare informazioni riservate ma sentiva di non avere scelta, perché erano in gioco la mia sicurezza e quella della nostra famiglia. Poteva solo sperare che avrei capito e magari perfino perdonato alcune delle sue decisioni che ci avevano portati a quel punto.

Dopodiché mi avvisava che non avrebbe potuto parlare chiaro, ma leggermente in codice. Sapevo già alcune delle cose in cui era stato coinvolto in passato ed era meglio non mettere troppe informazioni in un'unica e-mail. Poteva comunque dirmi che nel corso di alcune operazioni interne era entrato in contatto con personaggi "poco raccomandabili" e perfino organizzazioni che avevano fornito informazioni, armi leggere, talvolta anche personale. In particolare, nell'ultimo incarico, che aveva richiesto di infiltrarsi nella comunità musulmana britannica, erano coinvolte diverse persone pericolose. Affermava che tali operazioni venivano «fatte in genere tramite un intermediario», qualcuno già dentro la comunità e fidato ma che si era disaffezionato alla causa. Tale intermediario, di cui faceva il nome, era il figlio di un «uomo d'affari di Bradford che da molti anni ha legami con attività antioccidentali in tutta la zona settentrionale».

Will mi aveva parlato a lungo di queste cose in passato, ma non le aveva mai messe per iscritto. Adesso mi stava raccontando nel dettaglio un incarico di spionaggio nel quale aveva dovuto reclutare una persona che lo introducesse in un gruppo riguardo al quale avevano bisogno di informazioni. Mi stava rivelando i particolari e le persone coinvolte, e la cosa mi scosse profondamente. Non era mai successo e il fatto che sentisse la necessità di parlarmene era foriero di guai grossi; significava che era in grave pericolo lui, o che lo eravamo noi. Ero terrorizzata e affascinata al tempo stesso.

Stando a quanto diceva Will, il fratello minore del suo contatto era rimasto ucciso durante le sommosse scoppiate a Bradford nell'estate del 2001 ed era stato questo episodio a indurlo a mettere in dubbio la propria partecipazione alle attività del padre, spingendolo a chiedersi se fossero coerenti con gli insegnamenti della sua fede. Will aveva fatto leva su queste incertezze per farselo amico e convincerlo ad aiutarlo a infiltrarsi nella comunità.

Una volta completato l'incarico, Will si era esfiltrato seguendo le normali procedure e per quanto lo riguardava la cosa finiva lì. Ma non aveva messo in conto di imbattersi nella stessa persona dopo aver accettato il contratto per la società di software di Cambridge. Il secondo mese che lavorava lì, gli avevano presentato un analista di dati "in visita" dal Pakistan. Era il suo giovane contatto, che aveva cambiato aspetto e assunto un'identità diversa. Il problema era che anche lui aveva riconosciuto Will.

Will sosteneva di essere stato scoperto da un "segno" e che era per quel motivo che il lavoro a Cambridge era sfumato. Ecco perché la nostra vita era diventata di botto piena di insidie. Stavo cominciando a capire dove voleva andare a parare, ma non capivo ancora perché Will me lo stesso raccontando adesso e con tutti quei particolari.

Proseguiva spiegando che con il mio aiuto economico era riuscito a costruirsi un'identità per lasciare la CIA. Doveva assicurarsi che tutte le tracce della società di software di Cambridge puntassero alla base di Oxford – cioè a Michelle – anziché alla Scozia e alla sua vera famiglia. Ma era convinto che il contatto avesse informato altri agenti di dove si trovava, specialmente perché qualcuno aveva controllato il suo numero di registrazione alla società presso cui lavorava. Ne era seguita una frenetica corsa contro il tempo per contattare chiunque potesse essere implicato e aiutarlo ad andarsene immediatamente per evitare gravi ripercussioni.

Spiegò che da quando aveva lasciato la società di Cambridge non aveva fatto altro che cercare di "sparire" e di recidere tutti i legami con chiunque potesse puntare nella direzione sbagliata, soprattutto a noi. La situazione aveva parecchie ramificazioni e si era fatta più complicata quando aveva perso l'accesso ad alcuni privilegi del suo vero datore di lavoro, la CIA; era stato costretto a rivolgersi ad alcuni "indesiderabili" e a «fare alcune cose non proprio trasparenti», circostanza di cui si rammaricava. «L'ho fatto solo perché temevo veramente per la vostra incolumità, e anche per la loro, e con il bambino in arrivo, non potevo proprio correre il rischio di trascurare alcun dettaglio».

A quelle parole sentii un brivido corrermi lungo la schiena e scorsi in fretta il messaggio. Se Will temeva per la nostra incolumità, allora eravamo in grave pericolo. Aveva sempre avuto enorme fiducia nella sua capacità di proteggerci; adesso sembrava meno sicuro e la cosa non mi sfuggì. Per una volta, non sembrava trattarsi di soldi, ma poi mi fu chiaro che cosa gli serviva e perché era sceso così nei dettagli. Scriveva:

Mary, ho bisogno che tu faccia una cosa per me. So che andrà contro tutto quello che hai detto e sarà fonte di grande dolore per te, e potrebbe anche allontanarti dalla tua famiglia per un po'. Devi sapere che è l'unica ragione per cui ti ho raccontato tutte queste cose e che ti scrivo per pura e semplice disperazione. Ho bisogno di cinquemila sterline senza poter fare alcuna promessa su quando le restituirò.

Gliene servivano tremila per venerdì e duemila entro la fine della settimana successiva. Se fossi stata in grado di confermargli che era possibile, lui avrebbe «dato istruzioni di fare ciò che era necessario» e sarebbe tornato a casa per restare il giovedì.

Provai una stretta al cuore; sapevo di non aver modo di mettere insieme una somma del genere.

Andava avanti spiegando che i suoi piani per il futuro erano cercarsi qualunque lavoro disponibile, preferibilmente a Edimburgo o nei dintorni, poi ricominciare daccapo economicamente e dal punto di vista personale, ricostruendo tutto quello che era andato perduto. Avrebbe dovuto tenere a bada i creditori, promettendo e agendo d'astuzia, poi lavorare sodo per restituire il denaro. Voleva a tutti i costi godersi i primi mesi della vita di nostro figlio e riscoprire le figlie, per non parlare di sua moglie. Sosteneva di non avere alternative e non poteva dirmi che cosa sarebbe successo se non avessi potuto aiutarlo. Aggiungeva che in passato aveva sempre minimizzato i rischi di quello che faceva, ma che adesso non era più possibile. Per dirla con le sue parole, non aveva «mai gridato al lupo» prima d'ora.

La cosa più importante, proseguiva, era che per nessuna ragione dovevo parlare con qualcuno di ciò che stava succedendo. Doveva restare un segreto ben custodito, indipendentemente da quanto sarebbe stato difficile per me. Sottolineò che non potevo farne parola con i miei famigliari: «Non dovranno mai saperlo, Mary, per il nostro bene». Si rendeva conto che ciò avrebbe significato dover mentire per procurarmi i soldi; si sentiva tremendamente in colpa, ma non c'era altro modo. Al massimo, mi concedeva che, dopo che tutto fosse finito, se lo avessi desiderato mi avrebbe raccontato quali erano state le sue "istruzioni", anche se ovviamente non avrebbe potuto parlarne con nessun altro. Asseriva anche che non avrebbe messo a rischio la vita di altre persone.

Aveva passato ore a cercare di trovare il coraggio di mandarmi quel messaggio, ma non esistevano altre strade. Non aveva scelta, sul serio, e lo rattristava che la nostra prima conversazione degna di questo nome in due mesi dovesse riguardare un argomento del genere, mettendomi in ansia a ridosso della nascita di nostro figlio.

Ma nonostante tutte le minacce velate contenute nell'e-mail, non potevo fare niente; e anche se prometteva di tornare a casa se ci fossi riuscita, non credevo che lo avrebbe fatto. Sapevo di non avere nient'altro da vendere né alcun mezzo per raccogliere altro denaro, e non avrei mentito ai miei famigliari. Questo era un problema nostro, non loro, e non li avrei messi nella stessa situazione in cui mi trovavo io, soprattutto non con l'inganno. Avevo tirato una linea, nella testa e nel cuore. Basta. Ero al verde e avevo deluso mio marito e il padre dei miei figli; non avevo più niente da dare.

Piansi, sconfitta e consapevole che non rimaneva nulla, poi risposi a Will.

Oh, amore mio,

non so davvero cosa potrei fare… non è questione di chiedere altri soldi ai miei famigliari… non me li darebbero. Neil e Isobel mi hanno già prestato tutto quello che avevano. Non credo che me li darebbero neanche se li implorassi, perché non ho restituito a Neil le duemila sterline che mi ha prestato la vigilia di Natale. Non so proprio dove potrei prendere altri soldi, Will. Sono completamente al verde e ho cercato di farmi fare credito solo per sopravvivere!

Non ho idea di cosa potrei fare, non lo so davvero. Cinquemila sterline vanno semplicemente oltre qualunque somma potrei trovare in questo momento. Non mi è rimasto niente da vendere e come potrei chiederli a qualcun altro?

Dio mio, Will, di certo sai che non c'è nulla che io possa fare, non è così?

Will rispose quella sera, chiedendomi di nuovo di farmi venire un'idea: «Posso solo dire che se esiste qualcosa cui puoi pensare nelle tue fantasie più sfrenate, è il momento di farlo... è il momento dell'azzardo».

Stava implorando il mio aiuto ed era chiaramente in difficoltà. Riconosceva che ci faceva una ben misera figura come marito e ripeté che gli dispiaceva moltissimo.

Ero disperata, ma non c'era niente che potessi fare. Niente. Sapevo di averlo deluso e che probabilmente era finito tutto, ma in un certo senso sapevo anche che altrimenti non sarebbe mai finita; una parte di me era sollevata che non mi fosse rimasto niente da dargli.

13

Iniziare a prepararsi

Alla seconda e-mail implorante di Will risposi ripetendo che non potevo fare niente. Non si fece più sentire e mi spaventai a morte. Passai i giorni successivi a mandargli messaggi ed e-mail per avere conferma che era ancora vivo. Rispondeva, ma fugacemente, sostenendo che era sempre in movimento. Capiva che non ero in grado di aiutarlo e mi perdonava. Non mi avrebbe detto per nessun motivo quello che stava facendo, tranne che avrebbe risolto tutto in modo da poter essere a casa per la nascita del bambino. Dovevo mandargli un messaggio quando sarebbe iniziato il travaglio e lui sarebbe arrivato, a qualunque costo.

Nostro figlio nacque il 1° aprile 2005. Mandai un messaggio a Will quando iniziarono le contrazioni e lui rispose di essere per strada. Ancora una volta, fu mia madre a portarmi all'ospedale e a restare al mio fianco, tenendomi la mano. Stavolta il parto fu più facile, con le contrazioni che spingevano al posto mio, lasciandomi piuttosto ai margini. Perlomeno avevo il protossido d'azoto come anestetico e non solo l'ossigeno!

Ormai ero diventata così brava a controllare le mie espressioni esteriori che le ostetriche non avevano idea che fossi vicinissima a partorire. Dissi con calma che il bambino stava nascendo, ma siccome non urlavo non mi presero sul serio. L'ostetrica commentò che ero proprio bella rilassata nel momento stesso in cui una contrazione particolarmente forte ruppe le acque, cogliendola di sorpresa e inzuppandola da capo a piedi. Poi, senza darci il tempo di fare altro e senza che dovessi spingere, Zach schizzò fuori come una palla da rugby. Era un bellissimo bambino di tre chili e trecentosessanta grammi con un'espressione stupefatta per essere venuto al mondo in modo tanto rude.

Mia madre doveva tornare a casa per dare una mano a mio padre con le bambine e quindi non aveva messo in conto di fermarsi abbastanza per veder nascere mio figlio. Ma Zach venne al mondo non più di venti minuti dopo che eravamo arrivate all'ospedale, quindi non ebbe il tempo di andarsene. Ero felice che lei fosse lì con me, felice di avere qualcuno con cui condividere quell'esperienza. Mia madre era impressionata: mi aveva vista partorire due volte, senza altro che il protossido d'azoto per il dolore, e non avevo mai gridato. Ero riuscita a concentrarmi sul risultato anziché sulla sofferenza, e avevo vissuto attivamente l'esperienza invece che averne paura. Era indicativo del mio approccio generale alla vita.

Zach era perfetto e me ne innamorai all'istante, e passai ore a rimirarlo piena di meraviglia. Anche questa volta, però, per tutte le venti ore in cui rimasi in ospedale aspettai l'arrivo di mio marito, continuando a lanciare occhiate alla porta. Quando gli telefonai per chiedergli dov'era, mi sentii dire che era per strada ma sarebbe arrivato di lì a poco. Non comparve mentre ero in ospedale e anche se mi mandò dei messaggi per dirmi che era orgoglioso di me e di nostro figlio, non si fece vedere nemmeno dopo che fui tornata a casa.

A quel punto i miei famigliari erano seriamente in pensiero per me e sconcertati dal fatto che Will si fosse perso anche la nascita del suo secondo figlio. Mia sorella Isobel gli scrisse di nuovo dicendogli che era preoccupata per me, cercando di aiutarmi nell'unico modo che aveva a disposizione; ma, come me, ottenne solo promesse che sarebbe arrivato se avesse potuto.

Mi ero sempre immaginata la gravidanza e il parto come un periodo di nove mesi in cui sarei stata accudita e coccolata. Mi avrebbero portato gelato e sottaceti per le voglie nel cuore della notte e poi, una volta nato il bambino, mio marito e io ci saremmo dati di gomito a vicenda per dire "tocca a te" quando piangeva. Me l'ero immaginata come un'esperienza condivisa fra due adulti che si amavano. La realtà era stata alquanto diversa. Avevo avuto tre bambini, tutti praticamente da sola. Sapevo che Zach era l'ultimo e che non avrei mai più rifatto un'esperienza del genere, così rinunciai a quel sogno.

Will vide suo figlio a maggio, dopo che io avevo parlato direttamente con il proprietario della casa in affitto e accettato di portar via le nostre cose per metterle in un magazzino. Will girava per il Paese nel tentativo di risolvere il pasticcio in cui era finito perché non ero riuscita a trovare i soldi che gli servivano. Dormiva in macchina e viveva come un miserabile. Ma, come sempre, non scendeva nei particolari né mi diceva cosa stesse succedendo, sostenendo che era meglio che non lo sapessi. Gli servivano i server, per poter sperare di aggiudicarsi un lavoro, così venne a prenderli quando traslocai; si prese anche il taser, che non avevo intenzione di portare a casa dei miei genitori.

Zach aveva sei settimane e Will rimase a bocca aperta davanti a suo figlio. Lo tenne in braccio e giocò con lui; vederli insieme mi fece provare una grande gioia. La sua assenza e il fatto che mi avesse lasciata di nuovo sola durante la gravidanza e il parto mi avevano ferita profondamente, ma ormai era acqua passata e io non sono mai stata il tipo di persona che cova risentimento. Will giurò che anche solo venire a prendere i server era rischioso, così lo lasciai andare. Passammo un paio di giorni a svuotare la casa e a portare tutto quello che avevamo in un magazzino, dopodiché Will se ne andò con i server in macchina.

A giugno le cose migliorarono all'improvviso. Will aveva trovato un'altra professionista che poteva lavorare per la società. Si chiamava Alice e lui le aveva fatto un contratto di appalto per cui la nostra società agiva come un'agenzia interinale: lei svolgeva il lavoro e noi fatturavamo al cliente, poi le pagavamo un monte ore settimanale stabilito. Io non vidi il contratto, perché lo aveva firmato lui, ma a quanto pareva Alice avrebbe procurato alla società un guadagno di quattrocentoquindici sterline al giorno; perciò mi sembrava strano che avesse accettato di lavorare per ottocento sterline la settimana e ne chiesi conto a Will in svariate occasioni. Lui affermò con assoluta sicurezza che era tutto a posto, dicendo che guadagnava molto più di prima e che da lì a qualche mese le aveva promesso un aumento o l'assunzione. Avremmo valutato la situazione dopo i primi tre mesi.

Volevo parlare con Alice, così Will mi diede il suo numero ma mi avvertì che era molto nervosa. L'aveva conosciuta anni prima, quando lavorava in un ruolo gestionale per la CIA, e l'aveva incontrata di nuovo di recente. Era stata vittima di una relazione violenta e si stava ancora riprendendo. Mi consigliò di non dirle che eravamo sposati, perché avrebbe potuto sminuire la società ai suoi occhi. Le parlai e mi feci dare i dettagli del conto corrente in modo da poterle versare i soldi, poi chiesi conferma della somma di ottocento sterline alla settimana.

Will mi disse che per le prime quattro settimane avrebbe preso lo stipendio ogni sette giorni e in seguito i versamenti sarebbero diventati mensili, così organizzai le cose con la banca e Alice iniziò a lavorare a luglio del 2005.

Poi Will ottenne un contratto con l'ufficio del vice primo ministro nel centro di Londra. Il dilagare del terrorismo e in particolare gli attentati del luglio 2005 mi preoccupavano molto, ma lui era ansioso di accettare il lavoro. Ebbi l'impressione che prendesse seriamente i miei timori ma il bisogno di lavorare ebbe la meglio e la considerava un'ottima opportunità. Avrebbe lavorato come consulente informatico per la realizzazione di un nuovo sistema gestionale e la cosa gli avrebbe aperto un sacco di porte.

Mi chiedevo come avesse fatto a ottenere un incarico del genere, visto che eseguivano dei controlli sui nuovi dipendenti, ma Will disse che era stata una passeggiata. L'agenzia che gli aveva offerto il contratto gli aveva chiesto di portare con sé dei documenti d'identità il primo giorno, in particolare il passaporto, che lui non aveva più. Ma aveva aggirato i controlli di sicurezza limitandosi ad affermare che le verifiche erano già state fatte e che avevano fotocopiato il suo passaporto la settimana prima. Comunque avesse fatto, la passò liscia e iniziò a lavorare nell'agosto di quell'anno. Dal mio punto di vista di semplice cittadina, rimasi turbata dalla facilità con cui era riuscito a farla in barba ai sistemi di sicurezza interna del governo.

Perciò adesso la società aveva due fonti di guadagno e i soldi iniziarono ad arrivare di nuovo. Venivano depositati sui conti della società e Will decideva con me le somme che potevo prelevare per iniziare a pagare i debiti che aveva accumulato. Lui teneva il resto, chiedendomi di versarlo sul vecchio conto che usava per le "spese" e su quello di M. Hayward cui aveva accesso. Non restava denaro per pagare l'IVA e le tasse, ma Will continuava a ripetere che l'agenzia delle entrate non usava la violenza e poteva aspettare.

Quello che non si poteva ignorare, tuttavia, erano le continue richieste della finanziaria tramite cui avevamo comprato il fuoristrada Mercedes. I pagamenti erano in arretrato di mesi e insistevano che mi portassi in pari, ma era impossibile. Chiesi più volte a Will che almeno restituisse la macchina; lo minacciai perfino di chiamare la polizia, anche se non sapevo cosa avrei potuto dirgli, e lui prometteva ogni giorno che l'avrebbe restituita. Poi si guastò e finì in un'autofficina inglese per essere riparata, quindi non poteva riportarla indietro. Alla fine la finanziaria ne ebbe abbastanza delle sue giustificazioni e mi citò in tribunale.

Will parlò direttamente con i legali della società finanziaria e si mise d'accordo su delle scadenze di pagamento prima della convocazione in tribunale, in modo che la comparizione sarebbe stata una formalità. Si era accordato per novecentocinquanta sterline al mese, una somma completamente irrealistica. Non mi diede retta quando gli dissi che non saremmo riusciti a far fronte a una cifra simile, limitandosi a dirmi di avere fiducia in lui.

Andare in tribunale fu un'altra esperienza estremamente imbarazzante. Non avevo alcuna familiarità con quel genere di situazioni ed ero spaventata a morte. Non riuscivo a capacitarmi di quanto la mia vita fosse cambiata in quegli ultimi cinque anni. Prima di conoscere Will, non avevo mai avuto il conto in rosso e anche se non ero ricca, avevo duemila sterline di risparmi, un appartamento di cui avevo pagato il mutuo per dieci anni, una polizza di assicurazione sulla vita e un lavoro sicuro. Adesso ero in un'aula di tribunale a dover rispondere di insolvenza. Un tempo ero in pace col mondo, ero spensierata, allegra e divertente. Adesso vivevo nella paura, soffrivo di insonnia cronica e mi sentivo intrappolata nella mia stessa vita. La cosa peggiore era che, sebbene mi rendessi conto del cambiamento, non riuscivo a vedere una via d'uscita capace di farmi tornare a essere la persona che ero stata.

Fino ad allora, avevo cercato di allargare i miei orizzonti provando nuove esperienze. Per esempio, siccome ero spaventata dall'altezza, ero andata a fare bungee jumping per affrontare la paura anziché farmi condizionare da essa. Mi sforzai di far rientrare il tribunale in quella categoria, ma fu molto spiacevole. Prima dell'udienza rimasi seduta in macchina un'ora a piangere. Ero così sopraffatta che avevo la sensazione di annegare. Will aveva giurato che non mi avrebbe lasciata andare in tribunale da sola, ma a quel punto se non si fosse fatto vedere non mi avrebbe fatto né caldo né freddo. Ero ormai abituata a essere piantata in asso; anzi, in realtà me lo aspettavo.

Il tribunale era un posto piuttosto ordinario e per niente spaventoso. Me l'ero immaginato come quelli che vedi alla tv, con le pareti rivestite di pannelli e un banco sopraelevato su cui avrei dovuto stare in piedi. In realtà era molto diverso. L'aula aveva cinque file di sedie disposte come al cinema a entrambi i lati di una porta centrale. Al centro c'era un lungo tavolo messo ad angolo retto rispetto allo scranno del giudice, che consentiva alle parti di guardare il giudice in faccia.

Quando entrai c'erano diverse persone in attesa della loro udienza, superate in numero dagli avvocati in toga e parrucca che rappresentavano i loro clienti. Chiesi a una giovane avvocata dove dovessi andare e lei mi disse di controllare l'elenco sulla scrivania per capire quando era previsto il mio caso, poi di sedermi e aspettare di essere chiamata. Feci come mi aveva detto.

Stare in piedi davanti a uno sconosciuto che ti guarda letteralmente dall'alto in basso e sottoporsi a un giudizio legale è una cosa umiliante. Non si ha alcun controllo sulla situazione e ci si sente degradati. Quando chiamarono il mio nome, sentii gambe e braccia pesantissime; mentre mi dirigevo vero il giudice ebbi la sensazione di camminare in mezzo a una poltiglia densa e fredda. Sentii addosso gli occhi dell'altra decina di persone a disagio che aspettavano il loro turno.

L'avvocato della finanziaria prese la parola per confermare che era stato raggiunto un accordo. Il giudice lo rampognò perché avevano pasticciato coi documenti legali, asserendo che volevano il valore totale dell'auto "più" l'auto anziché "o": una bella pretesa! Inoltre, non avevano menzionato le spese legali. Quindi si rivolse a me e mi fece alcune domande, anche se non riesco a ricordare quali. Poi mi dissero che l'udienza era conclusa. Non avevo idea di cosa fosse successo né cosa avessero deciso. Ero lì solo con il corpo, ma a quanto pareva l'offerta di Will era stata accettata e il primo pagamento era previsto per la fine del mese. Non riuscivo a credere che stesse succedendo davvero.

Inutile dirlo, i pagamenti non vennero effettuati e di lì a un mese il tribunale mi intimò di restituire l'auto; solo che io non ce l'avevo.

L'unico obiettivo di tutta quella manfrina in tribunale era stato di prolungare di un mese l'uso dell'auto da parte di Will. Mi ero sobbarcata quell'esperienza spiacevole solo per rimandare l'inevitabile. Scrissi agli avvocati dicendo che la Mercedes era in un'officina in Inghilterra e che non ne avevo saputo più niente.

Nel frattempo il congedo di maternità era finito, così ricominciai a lavorare come consulente marketing e motivatore, e decisi di cercarmi un appartamento. Stavo ancora dai miei genitori e avevo bisogno di un posto mio, dove rimettermi in sesto e vivere senza contare su Will. Mi aveva detto che stava iniziando a sistemare le cose, ma non potevo fare affidamento solo su questo. Nell'agosto del 2005 trovai una casa carinissima con un affitto non molto alto e ci traslocai con i tre bambini.

Will si faceva vedere di tanto in tanto, talvolta un weekend sì e uno no. Non molto dopo il trasloco riuscimmo perfino a passare un paio di giorni a Londra mentre mia sorella Isobel badava ai bambini. Andammo finalmente a vedere *Il fantasma dell'Opera* e poi cenammo in un ristorante giapponese dove a quanto pareva il personale conosceva Will, che fu accolto calorosamente. Quando gli chiesi come facessero a conoscerlo, lui mi spiegò che pranzava spesso lì. Era un locale delizioso dove i clienti sedevano lungo i tre lati del bancone mentre il cuoco cucinava davanti ai tuoi occhi. L'uomo scambiò battute con Will ed entrambi apprezzammo la sua performance; il cibo era buonissimo e fu una bella serata.

Mentre eravamo a Londra Will parlò spesso al telefono con Alice: mi spiegò che l'ex la molestava e che aveva bisogno di parlare con qualcuno. Il periodo trascorso alla CIA era stato una delusione per lei, continuò, e non aveva tutti i torti perché l'avevano trattata male. Perciò quando, un paio di mesi dopo il viaggio a Londra, scomparve nel nulla, la cosa non parve poi così strana. Will era parecchio scocciato ma disse che era morto suo zio e Alice era tornata dalla madre per starle vicina.

Portò a casa i server da qualunque fosse il posto dove li teneva. Ma dato che nel mio appartamento non c'era spazio per montarli e io non avevo alcun desiderio di averli in mezzo ai piedi, Will collegò solo quello piccolo per le e-mail posandolo sulla credenza, mentre gli altri finirono in magazzino.

Una sera di ottobre del 2005 mio fratello Neil e la sua fidanzata Cathy ci invitarono a cena e fu una delle rare occasioni in cui Will riuscì a essere presente. Neil è un giocatore di rugby di quarantasei anni con il fisico adatto a quello sport e regge l'alcol più di chiunque conosca. Gli piace divertirsi e si gode la vita, senza figli a ostacolarlo e con la donna perfetta al suo fianco. Neil aveva deciso che era venuto il momento di conoscere meglio mio marito, oltre che di sfidarlo per vedere fin dove riusciva ad arrivare. Will non reggeva l'alcol: dopo due drink iniziava a parlare a ruota libera lasciandosi sfuggire cose che avrebbe dovuto tenere per sé, e spesso avevo scoperto più di quanto volesse rivelarmi semplicemente rabboccandogli il bicchiere.

Mi angosciava l'idea che se avesse bevuto troppo avrebbe potuto compromettersi con mio fratello, così ci accordammo per una parola in codice, "zio", che avrei pronunciato qualora si fosse messo a parlare di cose di cui si sarebbe pentito.

Fu una serata piacevole e rilassante. La cena era squisita e noi quattro ci intendevamo a meraviglia. L'appartamento di mio fratello è molto accogliente e dopo cena ci accomodammo in salotto a sorseggiare vino e a chiacchierare, mentre Will parlava sempre più apertamente del suo lavoro. A metà serata lasciai perdere la parola in codice e gli dissi senza mezzi termini che probabilmente avrebbe dovuto interrompere quella conversazione. Mio fratello lo aveva riempito di alcol sufficiente ad affondare una barca ed eravamo circondati da almeno sei bottiglie di vino vuote. Visto che io non bevevo perché dovevo guidare e che Cathy si era limitata a un paio di bicchieri, vi lascio immaginare in che stato fossero i due uomini.

Nemmeno mio fratello ricorda tutto quello di cui si parlò, però rammenta che Will diede dimostrazione della sua conoscenza dell'ebraico, del giapponese e dello spagnolo e che raccontò le atrocità perpetrate durante il massacro di Jenin. Spiegò com'era sopravvissuto in mezzo alle macerie e che lui e la sua squadra erano stati costretti a eludere le truppe regolari finché non li avevano recuperati. Raccontò delle missioni e degli incarichi all'estero; di cose che la CIA gli aveva chiesto di fare; di com'era entrato nei Servizi segreti e poi aveva perso la fiducia in quello che faceva. Parlò perfino dell'assassinio di John F. Kennedy e disse che era stato usato uno speciale proiettile rivestito in teflon fabbricato apposta per la CIA. All'epoca era impossibile per un civile procurarsi un proiettile del genere, il che implicava che l'agenzia aveva avuto mano nell'uccisione.

Will tenne banco per ore, dopodiché si diresse verso il bagno. Quando non tornò, andammo a controllare; era piegato sulla tazza a vomitare, con la faccia verdastra. Rimase in bagno tutta la notte e gli portammo perfino un materasso visto che non riusciva a smettere di rigettare. Cathy è un'infermiera e lo controllava a intervalli regolari, temendo che avesse un'intossicazione da alcol, così io lo lasciai a riprendersi e tornai a casa dai bambini che avevo affidato alla babysitter.

Dopo quella serata, Neil finalmente si convinse che Will era chi diceva di essere. Mio marito aveva superato il test improvvisato di mio fratello, e un altro membro della mia famiglia sapeva e capiva che cosa avevo tenuto segreto per cinque anni. Anche se temevo che Will si sarebbe pentito, l'episodio mi fece sentire più sicura. Adesso che lui in persona aveva detto a un altro come stavano le cose, avrei ottenuto il supporto e la comprensione di cui avevo bisogno senza violare la consegna del silenzio.

Will stette male un paio di giorni ma disse che aveva apprezzato la serata e non si pentiva di quello che aveva detto. Aggiunse che si fidava di mio fratello e della fidanzata e che se mi aiutava a gestire la situazione, allora tanto meglio.

14
Un brutto giro di giostra

Nel novembre del 2005 Will fu arrestato. Mi telefonò per chiedermi di chiamare l'ufficio del vice primo ministro e riferire che sarebbe arrivato tardi al lavoro. Era tutto a posto, mi assicurò. C'era stato un malinteso con l'officina della Mercedes, che aveva addebitato il costo delle riparazioni sulla carta di credito sbagliata; la situazione si sarebbe risolta facilmente. Sarebbe uscito in fretta perché era in possesso di una parola che poteva usare per segnalare che faceva parte dei Servizi segreti.

Era calmissimo, così feci come mi chiedeva e dissi al datore di lavoro che avrebbe fatto tardi. Il suo capo rispose che non c'era problema e di non preoccuparmi.

Qualche ora dopo ricevetti una chiamata della polizia a proposito della Mercedes: mi chiesero dov'era l'auto, dato che era intestata a me, e io risposi che la guidava mio marito in Inghilterra. Mi ringraziarono e riappesero. Will si infuriò con me: ci avevo messi tutti in pericolo, affermò, anche se io non capivo come. Disse che la polizia non era quello che sembrava e che facevano parte di un quadro più ampio. Gli chiesi com'era possibile che un'informazione banale come sapere che lui guidava la macchina costituisse un rischio, al che lui ribatté che adesso sapevano che ero sua moglie e potevano usare me e i bambini per arrivare a lui. Non riuscivo a capire perché la facesse tanto lunga, ma d'altro canto all'epoca non sapevo neanche che per lui quella doveva rivelarsi una svolta drammatica.

Sospirò e mi assicurò che sarebbe andato tutto bene, avrebbe risolto le cose, ma aggiunse che la situazione sarebbe peggiorata prima di migliorare.

«Sarà un brutto giro di giostra», disse, «ed è arrivato il momento che tu decida a cosa credi davvero».

Se non altro, sapevo che il suo lavoro era vero: la CIA, il pericolo e la paura. Scelsi di credergli e mi fidai che fosse in grado di proteggerci.

Nel corso delle indagini sulle sue attività, l'ufficio del vice primo ministro venne informato dell'arresto per truffa e rescisse il contratto. Era rimasto un'altra volta senza mezzi di sostentamento. E io dovevo nuovamente cavarmela da sola, oltre a soddisfare le sue continue richieste di soldi.

15
L'ultimo Natale

Will aveva promesso che sarebbe stato a casa per Natale, ma come al solito saltò fuori una cosa più pressante. Mi disse che ci stava proteggendo e che era più importante tenere la sua famiglia al sicuro, soprattutto adesso. Non mi lamentai per l'assenza, ma lo feci perché il conto della società veniva usato per pagare un'altra auto a noleggio; il conto era scoperto per la rata da settecentocinquanta sterline di un'auto di cui non sapevo niente. Disse che era un errore e che avrebbe sistemato tutto.

Quando tornò a casa, all'inizio di gennaio, festeggiammo il Natale insieme ai bambini e aprimmo i regali: i tanti che avevamo per lui e quelli che aveva portato per noi. La nostra famiglia si riunì per l'ultima volta.

Will giocò coi bambini e coccolò sua moglie; aiutò a pulire e preparò la cena. Disse che adesso era a casa, che le cose erano cambiate; avrebbe trovato lavoro, un lavoro normale, molto presto, perché alla fine era fuori dalla CIA.

Ma c'erano ancora problemi da affrontare: la polizia aveva trovato il taser in macchina quando lo aveva arrestato, insieme a documenti relativi alla sua storia di copertura. Dato che alcuni di essi riguardavano Michelle, stavano parlando di accusarlo di bigamia. Ma si sarebbe sistemato tutto, perché i documenti erano falsi e la polizia avrebbe dovuto trovare un vero atto di matrimonio per poter sostenere l'accusa; il quale ovviamente non esisteva, perché non era davvero sposato con Michelle. Il dipartimento ufficiale della CIA avrebbe chiarito tutto e, anche se non l'avesse fatto, le accuse di bigamia, truffa e possesso illegale di armi gli avrebbero procurato solo un paio di mesi di prigione. Una cosa che poteva gestire senza problemi. Anzi, quasi quasi gli sembrava una vacanza, non doversi nascondere e scappare di continuo. Continuò a ripetere che era sollevato, perché senza quella spada di Damocle sulla testa sarebbe stato libero. Non potevano accusarlo due volte dello stesso reato e una volta uscito sarebbe rimasto a casa per sempre.

Il suo atteggiamento riguardo alla situazione – era quasi euforico – mi rassicurò. Sono una che pensa positivo e speravo per il meglio. Non volevo che andasse in prigione – l'idea mi terrorizzava –, ma lui sembrava non darci peso. Era cintura nera di karate e non aveva paura dei detenuti, e poi sapeva già cosa aspettarsi.

Era a casa solo da due giorni quando ricevette la telefonata di una società che gli chiedeva di sostenere un colloquio il giorno dopo. Sembrò nuovamente che ci fosse speranza e che alla fine sarebbe riuscito a sistemare tutto.

Quella sera la passammo chiacchierando. Mi feci una doccia e lui si unì a me. Ci insaponammo a vicenda e restammo abbracciati nudi. Poi ci sedemmo sul letto e lui mi asciugò i capelli. Quando lo avevo incontrato li portavo corti e me li ero fatti crescere solo perché lui aveva detto che li preferiva lunghi. Si mise alle mie spalle e me li pettinò, usando con fare esperto spazzola e phon; fu un'esperienza meravigliosa.

In un certo senso fu più intimo che fare l'amore; l'espressione di un'emozione più profonda di qualunque altra avessi mai conosciuto. Quando finì di asciugarmi i capelli mi sdraiai sul letto e ci baciammo. Lui mi disse che mi amava e che ero la sua ragione di vita, che finché non mi aveva conosciuta non sapeva cosa fosse l'amore o cosa significasse avere una famiglia. Poi me lo ripeté con il corpo, baciandomi dappertutto e usando le mani per portarmi a vette inesplorate di passione. Fu la massima espressione d'amore: puro, incontaminato, senza freni. Fu delicato ed eccitante, indescrivibilmente profondo. In quel momento lo amai più che mai, con tutta me stessa. Sapevo che mi amava e non avevo dubbi riguardo alla sua fedeltà o ai suoi sentimenti.

La mattina dopo uscì per il colloquio dicendo che sarebbe tornato la sera. Fu l'ultima volta che vidi mio marito.

Quella sera non rientrò a casa e benché ogni giorno mandasse messaggi, telefonasse e scrivesse e-mail dicendo che era per strada, non tornò mai. Tutte le volte che non arrivava sosteneva di non potermi dire perché e io sapevo che era meglio non insistere altrimenti non avrei fatto altro che provocare tensioni. Immaginai che stesse di nuovo nascondendosi, tenendo lontani da casa i «figuri poco raccomandabili» e dormendo in macchina.

Disse che il colloquio era andato bene e che la società era interessata ad assumerlo. Però volevano delle referenze e Will aveva dato il mio nome; quel lavoro gli serviva per rimettersi in carreggiata e aveva bisogno del mio aiuto.

Ero agitatissima per quella telefonata e non sapevo assolutamente cosa avrei detto.

«E se mi fanno domande specifiche? E se vogliono sapere i dettagli tecnici?», chiesi.

Will mi disse che volevano solo sapere che era affidabile e avrebbe fatto un buon lavoro. Be', sapevo che avrebbe fatto un buon lavoro se i Servizi segreti lo avessero lasciato in pace. Affidabile? Se la CIA non lo risucchiava di nuovo, può darsi. Accettai.

Will mi istruì e io mi ritrovai per l'ennesima volta nella posizione di dover mentire per lui. Avevo fatto l'attrice di teatro e se necessario ero in grado di tirar fuori un tono sicuro, ma dentro di me tremavo. Il potenziale capo, un certo Christopher, mi telefonò e parlammo. Mi fece delle domande e io risposi, dicendogli che Will era bravo nel suo lavoro, che per quanto ne sapevo era la verità. Indagò sulla sua affidabilità e io dissi che era a posto. Mi chiese quale fosse il suo difetto più grande e io mi misi a ridere. «La puntualità», risposi. Mi era semplicemente sfuggito di bocca. Gli raccontai che c'era stata un'occasione in cui i problemi ad arrivare in orario gli avevano fatto perdere il contratto; ma sottolineai che era un periodo particolarmente stressante e che mi sarei stupita se si fosse ripetuto. Mi sentivo uno schifo a dire bugie a quell'uomo. Credo che dentro di me stessi cercando di avvertirlo e che le bugie mi avessero stufata.

Christopher mi ringraziò e gli offrì il lavoro.

16
A un passo dal baratro

Un paio di settimane dopo ricevetti una telefonata da Will. Il tono serio mi fece capire istintivamente che dovevo sedermi.

«Dobbiamo parlare», esordì. «È successa una cosa di cui devi essere informata».

Mi sentii gelare.

«Sai dell'indagine», proseguì. «Be', la polizia ha intenzione di accusarmi». Mi raccontò che lo avrebbero incriminato per bigamia e detenzione illegale di armi da fuoco: avevano preso il possesso del mio taser fornito dalla CIA più seriamente di quanto si aspettasse. Mi sentii subito in colpa: stava finendo nei guai per aver cercato di farmi sentire al sicuro, visto che era per quel motivo che si era procurato il taser. Intendevano andare avanti anche con l'accusa di truffa che, mi assicurò, era solo un malinteso e sarebbe stato chiarito senza troppi problemi.

«Ma c'è qualcos'altro», aggiunse. «Dieci anni fa ho dovuto eseguire un incarico nel corso del quale avevo bisogno di ottenere informazioni da una persona particolarmente malvagia detenuta in un carcere per colpevoli di crimini sessuali. Per avvicinarmi a lui, dovevo entrare e per consentirmi di farlo fu fabbricata un'accusa contro di me».

«Cosa?», dissi.

I Servizi segreti avevano usato una ragazza adolescente per costruire le accuse. Mi disse che gli avevano dato quindici mesi da trascorrere in prigione ma che aveva ottenuto l'informazione che gli serviva dopo sette ed era uscito subito dopo aver portato a termine l'incarico. La CIA aveva eliminato i fascicoli, però adesso li aveva tirati fuori di nuovo per dargli una lezione. Di conseguenza, lo accusavano di non aver comunicato l'indirizzo di residenza come imponeva la legge sui reati sessuali: ogni colpevole di simili crimini era tenuto a farlo per dieci anni dopo la scarcerazione.

Senza lasciarmi il tempo di pensare, proseguì dicendo che aveva organizzato le cose perché parlassi con la ragazza coinvolta – erano rimasti in contatto – che adesso aveva più di vent'anni ed era disposta a raccontarmi com'era andata, dimostrando così che mi stava dicendo la verità. Si rendeva conto di mettermi in una posizione difficile, ma sapeva che non avrei mai creduto che fosse un pedofilo. Nel frattempo, però, la polizia mi avrebbe telefonato per accertarsi che fossi a conoscenza delle accuse, soprattutto di quella di bigamia e di mancata comunicazione dell'indirizzo di residenza.

Mi disse di non fare domande. I poliziotti non erano quello che sembravano e in questa vicenda agivano anche altri attori. Disse che avrebbero potuto raccontarmi solo determinati fatti, ma se avessi fatto delle domande c'era la possibilità che intuissero qualcosa di più e mi incastrassero. Aggiunse che la polizia era già stata da Michelle e che le avevano perquisito la casa, ma lei era del mestiere e aveva capito la situazione. Io dovevo liberarmi di tutto quello che la riguardava – ricevute di bonifici sul suo conto corrente, qualunque riferimento, ogni informazione in mio possesso –, perché sarebbero venuti a perquisire anche casa mia e se avessero trovato qualcosa mi avrebbero accusata di complicità nel reato di bigamia.

A quel punto ero spaventata sul serio.

Precisò che lui avrebbe potuto farsi un periodo in galera – era un rischio accettabile –, ma senza di me i bambini sarebbero stati affidati ai servizi sociali e Dio sa cosa gli sarebbe successo.

Distrussi tutto quello che avevo: i documenti dei depositi; il riferimento della camera di commercio che avevo scoperto nel 2000, nel quale Michelle era indicata come direttore della società di Will; le ricevute di migliaia e migliaia di sterline depositate sul suo conto corrente. Feci tutto a pezzi e lo bruciai come mi era stato detto, dopodiché misi la cenere in un sacchetto e lo infilai nel bidone della spazzatura di un vicino mentre camminavo per strada, attenta a controllare che non mi seguissero. Quando il poliziotto mi telefonò, mi nascosi dietro uno shock simulato per quello che mi stava dicendo: che mio marito era un bigamo e un pedofilo. Sapevo già che non era vero e, sempre come mi era stato detto, non feci domande. Il poliziotto, che si presentò come Peter, esordì dicendo che doveva comunicarmi alcuni fatti alquanto spiacevoli: Will aveva una condanna per aver molestato una bambina da quando aveva nove anni finché ne aveva compiuti tredici; era inoltre accusato di bigamia e truffa, detenzione illegale di armi da fuoco e mancata comunicazione dell'indirizzo di residenza. Gli dissi che Will mi aveva appena chiamata e che ero troppo sconvolta per parlare; era vero, ma non per il motivo che credeva lui.

I poliziotti erano al corrente che avevo dei figli e informarono i servizi sociali; fui contattata da un'assistente sociale che voleva fissare un appuntamento con me.

D'un tratto tutti i dubbi che avevo sparirono. Non c'era verso di indurmi a credere che Will fosse un pedofilo: era impossibile e basta. Questo rafforzò la mia fiducia in lui e il baratro tra i miei due percorsi mentali si allargò: l'alternativa non era solo spiacevole, era inaccettabile e incomprensibile. Lui era mio marito, amico oltre che amante; era il padre dei miei figli e io sapevo che non sarebbe stato capace di molestare un bambino.

Provai un'immensa lealtà verso di lui: veniva vittimizzato dopo aver dedicato tutta la sua esistenza a difendere l'Occidente solo perché adesso desiderava una vita diversa; gli mettevano i bastoni fra le ruote per nessun'altra ragione che il suo desiderio di tirarsi fuori dall'agenzia. Lo faceva per noi, per proteggerci e per poter tornare a casa. Lo faceva per me.

Will mi parlò a lungo dell'incontro con l'assistente sociale: come avrei dovuto comportarmi e cosa avrei dovuto dire. Arrivai con un'ora di anticipo e vagabondai per la zona in cerca di un posto dove aspettare. Alla fine trovai un locale cupo come il mio umore e mi sedetti centellinando una tazza di caffè americano. Ero terrorizzata da quello che mi aspettava. Come avevo fatto a ridurmi in quello stato? Solo pochi anni prima ero in grado di pagare i conti, ero indipendente e sicura di me. Avevo vissuto in un mondo normale con degli amici fantastici e parlavo con tutti. Adesso ero sola e mi sentivo completamente persa. Avevo ancora degli amici ma non gli raccontavo cosa stava succedendo. Mi sentivo intrappolata dietro un muro di silenzio; l'unica persona con cui potevo parlare era braccata da forze da cui non avevo alcuna speranza di poterla difendere.

Ero su un terreno totalmente sconosciuto.

L'ufficio dell'assistente sociale era spoglio e piuttosto disordinato. C'erano sedie di plastica e una pila di riviste consunte dedicate a storie vere di omicidi, tradimenti e tutto l'assortimento di disumanità del genere umano. Fissai le riviste con le foto di gente normale colta in situazioni fuori dell'ordinario. Non avevo mai comprato né letto roba del genere e rimasi sconvolta nel constatare che adesso la mia vita somigliava ad alcune delle storie strillate su quelle copertine chiassose.

L'assistente sociale era amichevole ma guardinga e si presentò reggendo fra le braccia un faldone enorme. Mi portò in una stanzetta in cui c'erano tre poltroncine da ufficio e un radiatore, ma niente tavoli né altri arredi. Pensai di nuovo a quanto fosse spoglio e poco accogliente quel posto.

Mi sedetti e la ascoltai mentre mi diceva che mio marito era un pedofilo condannato che si era dichiarato colpevole di aver molestato una bambina da quando lei aveva appena nove anni fino ai tredici. La ragazzina si chiamava Anna e Will era un amico di famiglia. L'avevano condannato a quindici mesi di prigione nel 1997 ed era stato rilasciato dopo sette. Una valutazione psicologica aveva stabilito che non provava rimorso per ciò che aveva fatto e mostrava poca simpatia per la sua vittima; il rapporto affermava che era ad alto rischio di recidiva. Ciononostante, quando era uscito di prigione la famiglia della vittima aveva continuato ad avere contatti con lui e gli aveva permesso di passare del tempo sia con Anna che con altri abitanti della casa.

L'assistente sociale parlò anche dell'altra moglie e dell'altra famiglia di Will, dicendomi che avevano cinque figli. "Dio mio", pensai. "Cinque figli!" L'assistente sociale menzionò anche i figli nati dal precedente matrimonio di Michelle. Non avevo idea che avesse tutti quei figli, ma corrispondeva a quello che Will mi aveva detto di lei. Chiesi all'assistente sociale di dirmi cos'altro c'era nel faldone, ma lei doveva attenersi a ciò che era accessibile pubblicamente, come i particolari legali della condanna e i dettagli riguardanti la mia situazione e i miei bambini.

Seguii il consiglio di Will: mi nascosi dietro una facciata di shock, anche se in realtà non dovetti fingere. Sentire cose del genere sul conto dell'uomo che ami non è una passeggiata, per usare un eufemismo.

L'assistente sociale era paziente e calma, ma non riuscì a sondare la mia reazione. L'avrei lasciato entrare in casa se fosse tornato? Risposi che non lo sapevo. Erano cose successe dieci anni prima; avrei dovuto ascoltare la sua versione della storia. Voleva rivedermi e incontrare i bambini, per essere certa che non fossero stati molestati. Sapevo che non era così, ribattei, ma lei chiaramente non condivideva la mia sicurezza.

«Non è mai stato solo con loro», le dissi, ed era la verità. Era a casa così poco che non ero mai uscita lasciandolo solo; con i bambini c'ero sempre io. Del resto, non aveva mai mostrato molto interesse e in genere ero io che creavo le occasioni per il contatto fisico; dovevo perfino chiedergli di parlarci al telefono quando chiamava. Era un uomo riservato e benché gli dicesse spesso che li amava, non era particolarmente affettuoso e non interagiva fisicamente; non li metteva mai a letto né li aiutava a vestirsi. Con me era espansivo, ma con i bambini no.

«E che mi dice di quando lei dormiva?», chiese.

«Non avevo un sonno molto profondo quando lui era a casa», ribattei. «Se si muoveva nel letto mi svegliava, perché non ero abituata che dormisse con me». Vero, di nuovo.

«Non può saperlo», commentò.

«Posso eccome», risposi.

Da piccola ero stata molestata da un conoscente dei miei genitori, un uomo che giocava a nascondino con noi e trovava me per prima. Un passatempo innocente con un secondo fine. Il mio molestatore ne aveva fatto un gioco segreto fra me e lui, e all'epoca io non sapevo che fosse sbagliato. Non mi rendevo conto che mi stava facendo del male né avevo le parole per raccontarlo a qualcuno. I ricordi rimasero bloccati finché non compii diciassette anni, quando venne fuori tutto all'improvviso. Mi ci volle molto tempo per venire a patti con ciò che era successo e in particolare con i miei sentimenti verso me stessa, perché non avevo creduto che fosse sbagliato. Alla fine, comunque, mi resi conto che avevo una scelta e decisi di non essere più una vittima.

Quindi avevo dato un'educazione sessuale alle mie figlie a partire dai tre anni: un discorsetto semplice, concreto, scientifico, della serie "ecco come funziona". Avevo detto loro che potevano toccarsi il sedere e lavarsi fra le gambe, ma che nessun altro poteva farlo senza il loro permesso. Avevo fatto qualche ricerca su internet e avevo scoperto che i pedofili non molestano i bambini in grado di parlare scientificamente di sesso, soprattutto perché possono descrivere che cosa gli è successo. Quando un pedofilo tasta il terreno (mostrando il pene al bambino, per esempio), se il piccolo dice: «Quello è il tuo pene», lascia perdere: quel bambino non è una buona vittima. Il controllo e le molestie spesso dipendono dal silenzio, e dal fatto che il bambino non ha le parole per spiegare né le conoscenze per capire.

Avevo fornito ai miei figli il linguaggio e le conoscenze al punto che a cinque anni Robyn, la mia primogenita, aveva chiesto al padre naturale e alla sua nuova fidanzata: «Papà, tu metti lo sperma dentro Linda?» Al che lui si era quasi strozzato e aveva farfugliato una risposta confusa.

Avevo detto ai miei bambini che se un adulto qualunque – non importava chi – avesse cercato di toccarli in modo inappropriato era una persona molto cattiva. Avevo aggiunto che se qualcuno si fosse raccomandato di non dire a mamma una certa cosa, quello era un segnale d'allarme. Significava che era l'adulto a fare qualcosa di sbagliato, non loro, e che avrebbero dovuto riferirmelo immediatamente.

Mi stupisce moltissimo che diciamo ai bambini di stare attenti agli sconosciuti ma non cosa potrebbero fare questi sconosciuti, e perché. La maggior parte delle vittime di abusi vengono molestate da una persona che conoscono, non da un estraneo, eppure continuiamo a tenere i bambini all'oscuro al punto che quando succede pensano di aver fatto qualcosa di sbagliato.

Sapevo che le mie bambine avevano capito benissimo, perché un giorno in cui mia madre me le teneva mi telefonò furente per dirmi che Robyn (che all'epoca aveva quattro anni) non voleva che le lavasse il sedere durante il bagno. Anche se mia madre, una donna formidabile di cui Robyn si fidava, aveva insistito, la bambina aveva tenuto duro: «No, lo faccio io». Ero completamente d'accordo con mia figlia e lo dissi a mia madre. Ero così fiera della mia piccolina.

Quindi confermai all'assistente sociale di essere sicura che non fossero state toccate. Ero certa – anche se questo non lo dissi a voce alta – che mio marito fosse un eroe e non avrebbe fatto una cosa del genere.

Lei mi comunicò che se fosse tornato a casa avrei dovuto informare i servizi sociali, e che non doveva stare nell'appartamento.

Uscii dall'ufficio dell'assistente sociale in preda a una ridda di emozioni contrastanti. Intontita e distrutta, non solo sentivo di essere finita in acque infide, avevo la netta sensazione di essere sul punto di affogare. Chiamai Will mentre camminavo per strada e gli riferii cosa mi avevano detto riguardo ad alcune informazioni contenute nel fascicolo. Lui parve irritato e replicò: «Sì, sembrerebbe così». Mi raccontò che quando le avevano chiesto di dare una mano la ragazza in realtà aveva quattordici anni, e che aveva firmato una dichiarazione per confermare che capiva di cosa si trattava e qual era il lavoro di Will. Mi rassicurò dicendo che adesso aveva ventitré o ventiquattro anni e che quella sera le avrebbe chiesto di parlarmi al telefono per dimostrare oltre ogni dubbio la verità delle sue affermazioni.

La chiamata vitale venne rimandata, ma qualche giorno dopo fece in modo che io e la ragazza ci parlassimo e che lei mi mandasse una dichiarazione particolareggiata di quello che era accaduto. Will mi diede istruzioni di telefonare nel bel mezzo di una conversazione su instant messenger e mi raccomandò di non usare il mio vero nome per nessuna ragione.

La chiamai sul numero di cellulare che mi aveva dato Will. Lei mi disse come si chiamava e la data di nascita per confermare la sua identità e disse che la dichiarazione che stava per mandare in quel momento era sua, e veritiera.

Io risposi: «Grazie… grazie mille», e la chiamata terminò.

Poi tornai al computer e ripresi a chattare con Will. «Cosa sa Anna di me?», gli chiesi. Sapeva solo che ero una persona molto vicina a lui che aveva bisogno di conoscere qualche particolare in più del suo passato.

Poi arrivò la dichiarazione:

Salve,

mi chiamo Anna e ci tengo a farle sapere che Bill mi conosce da quando avevo nove anni. È stato buono con me, anche se lo vedevo poco per via del suo lavoro con il governo (dice che lei è al corrente di questa cosa…), e mi ha dato una mano senza mai chiedere niente.

Ho sempre saputo che un giorno o l'altro questa cosa sarebbe saltata fuori di nuovo e anche se è passato tanto tempo, ripensarci e parlarne mi mette ancora molto in imbarazzo. Fummo tutti istruiti su cosa dire e abbiamo fatto come ci avevano chiesto. L'unica cosa che so è che, qualunque fosse l'obiettivo, venne raggiunto e in seguito per un certo periodo le cose andarono alla grande. Non so esattamente di cosa si tratti, però so che per lei l'unica cosa importante da sapere è che stavamo tutti obbedendo a degli ordini, che non c'era nulla di vero e che non c'è stato mai nulla di meno che normale. Successivamente fummo sottoposti a molti colloqui con persone di [la città di Anna], ma da allora non siamo più stati contattati da nessun assistente sociale.

Ho accettato di fare una breve videochiamata domenica sera nel caso le serva sapere altro e per farle vedere chi sono. Davvero, è una brava persona e non mi ha mai fatto niente di male.

Spero le sia stato utile. A

Se poteva dirlo lei, allora le cose stavano come affermava Will. La videochiamata non ci fu, però, perché ricevetti un'e-mail in cui mi informava che era subentrato un altro impegno.

Adesso avevo le prove ma non potevo riferirle a nessun altro, men che meno ai servizi sociali.

Nel frattempo, Will rischiava la prigione e stava cercando in ogni modo di far derubricare certe accuse, come quella di truffa, che continuava a sostenere essere frutto di un malinteso. Aveva incontrato delle persone importanti e mi disse che gli era stato chiesto di fare certe cose in cambio di "favori", ossia della riduzione delle accuse. Will mi disse che il suo avvocato aveva suggerito che io scrivessi al Crown Prosecution Service, il pubblico ministero nei processi penali, nella speranza che avrebbero lasciato cadere l'accusa di bigamia. Era convinto che sarebbe stato utile, quindi buttò giù la minuta della lettera che poi mi chiese di spedire. Ecco cosa diceva:

Il mio nome è Mary Jordan (nata Turner Thomson) e scrivo per conto di William Jordan, che è stato arrestato con il sospetto di bigamia dalla polizia di Witney, Oxon, e deve presentarsi domattina al commissariato per la formalizzazione delle accuse.

Credo ci siano diverse cose che la persona incaricata di stabilire se accusarlo dovrebbe conoscere per prendere una decisione equa ed equilibrata che non danneggerà né penalizzerà tutti quelli coinvolti più di quanto non abbia già fatto la rivelazione in sé.

Ritengo importante dire che, sebbene io sia la parte lesa, non mi sento "vittimizzata" nel senso che si dà comunemente a questo termine. Anche se non ero al corrente che fosse sposato finché non è venuto alla luce, è giusto dire che all'epoca in cui è stato commesso il reato era in corso una relazione fra me e Will e, considerato che c'era un bambino in arrivo, capisco che abbia avvertito una notevole pressione a fare ciò che ha fatto per dare legittimità alla situazione. Benché abbia sempre "lavorato lontano" da casa (per ragioni più chiare oggi che allora...), è sempre stato un padre e "marito" affettuoso e presente, che continua ancora oggi a sostenere economicamente la nostra famiglia.

Quello che vi chiederei di prendere in considerazione è l'effetto di questa accusa sui bambini: la pubblicità e lo stigma che porterà con sé, sia oggi che in futuro, l'impatto sulle sue possibilità di sostenere economicamente le persone coinvolte e l'annullamento di tutto l'investimento fatto nel costruire l'autostima di bambini amati e accuditi da due genitori. Credo sinceramente che tutto questo sia una punizione sufficiente di per sé e che ulteriori provvedimenti non faranno altro che penalizzare quelli di noi che sono davvero innocenti di qualunque reato.

La contestai, facendogli notare che non ero incinta quando ci eravamo sposati – Eilidh era nata il febbraio precedente –, ma Will replicò che quel che contava era il principio. A quel punto mi limitai a fare quello che mi aveva chiesto: stampai la lettera sulla mia carta intestata e la inviai per fax.

Vidi un'altra volta l'assistente sociale e di nuovo dovetti essere evasiva. Insistette perché decidessi cosa fare; voleva venire a casa mia a vedere se ero una madre adeguata.

Di nuovo, ero spaventata a morte e mi sentivo in trappola. Non potevo e non volevo perdere i miei bambini, per niente e per nessuno. Non ho mai capito quelle che mettono il marito davanti ai figli, e se mi fosse stata data una scelta non l'avrei fatto.

Will affermò che mi stavano tormentando e che non avevano il diritto di farlo. Disse che avrei dovuto parlare con un avvocato e suggerì che andassi da uno cui si era rivolto in passato, il quale era al corrente che era un agente dei Servizi segreti. Organizzò l'appuntamento, ma mezz'ora prima mi chiamò per dirmi che mi aveva dato il contatto sbagliato e che non era la persona giusta. Ci andai lo stesso. Sapevo che gli avvocati erano vincolati al segreto professionale e finalmente avrei potuto parlare con qualcuno; era l'occasione per rompere il silenzio e farmi ascoltare.

L'avvocato fu brutale nel senso più vero della parola. Era la prima volta in sei anni che cercavo di spiegare la mia situazione e trovai difficilissimo liberarmi del condizionamento; mi fu quasi impossibile tirar fuori le parole, se non per descrivere la situazione attuale.

Mi parlò fuori dai denti. Quella storia l'aveva già sentita: aveva difeso dei pedofili e gli avevano propinato di tutto, da: “È stato Dio a dirmi di farlo” alla bufala dell’“agente dei Servizi segreti”.

«Ma ho parlato con le persone coinvolte, so chi sono», replicai, alla disperata ricerca di comprensione.

«No», ribatté lui. «Se è stato in un carcere per crimini sessuali ha una cerchia di contatti e di persone che lo spalleggiano. Questa gente si aiuta a vicenda a trovare le vittime… ecco come funziona».

Uscii dall’ufficio sconvolta. Salii in macchina e piansi tutte le mie lacrime. Ero affranta e scoraggiata: non perché credevo che l’avvocato avesse ragione, o perché fosse cambiato qualcosa, ma perché era emersa una verità molto semplice.

Credevo a Will, ma l’avrei lasciato senza pensarci due volte piuttosto che perdere i miei bambini. Se il mondo esterno – gli assistenti sociali e l’avvocato – la pensava in un altro modo, allora dovevo porre termine alla relazione comunque. Chiamai Will e glielo dissi. Non importava come stessero davvero le cose, l’avvocato mi aveva detto che se avessi continuato ad avere una relazione con lui, i servizi sociali mi avrebbero portato via i bambini; era stato molto chiaro riguardo al fatto che non avevo diritti in merito. Non avrei permesso che succedesse.

Ero a pezzi. “Loro” avevano vinto.

Will non era d’accordo e mi chiese di ripensarci. Disse che i servizi sociali non avevano alcun diritto di prendere i bambini e che lui sarebbe andato agli incontri di terapia o avrebbe fatto qualunque cosa servisse per tenere unita la famiglia. L’avremmo superato.

Ne dubitavo molto ed ero giù di morale. Non riuscivo più a pensare e decisi di prendermi una pausa. Mia sorella si sposava il giorno dopo – il 1° aprile 2006 –, che era anche il primo compleanno di mio figlio.

Avevo bisogno di pensare a qualcos'altro e gli dissi che mi serviva una settimana per rifletterci sopra. L'udienza del suo caso era fissata per il 5 aprile e avremmo visto come andava, poi avrei deciso cosa fare.

Per qualche giorno mi sforzai di distrarmi, tenendomi occupata con il matrimonio di mia sorella e cercando in ogni modo di nascondere i dubbi sul mio, di matrimonio. Sfruttai l'occasione per concentrarmi su qualcos'altro che non fosse la mia situazione e passare del tempo con i miei bambini e la mia famiglia, consapevole che ben presto sarebbe cambiato drasticamente tutto. Cercai di parlare con mia sorella Lisa, che era tornata a casa per l'occasione, ma scoprii di non riuscire a spiegare cosa stava succedendo e l'unica cosa che ottenni fu farla preoccupare per le mie condizioni mentali.

Finiti i festeggiamenti, rimasi sospesa in un limbo mentre aspettavo il giorno dell'udienza in tribunale di Will. Mi aveva detto che avevano lasciato cadere due accuse, ma restavano quella di bigamia e di possesso illegale di armi. Doveva comparire in tribunale il 5 aprile 2006.

Alla fine arrivò l'alba del giorno fatidico e io paventavo la telefonata della sua avvocata. Mi tenni occupata e tentai di distrarmi preparando i bambini per uscire.

Poi suonò il telefono…

17
L'altra signora

«Parlo con la signora Jordan?», chiese la voce femminile all'altro capo del telefono.

«Sì», risposi, mentre sentivo montare l'ansia.

«Io sono l'altra signora Jordan», disse e, senza darmi il tempo di reagire, sganciò la seconda bomba: «Ti è stato detto che sono un'agente?»

Sbalordita, risposi senza pensare: «Sì».

«A me è stato detto che l'agente eri *tu*», replicò.

Improvvisamente sentii ribollire il sangue nelle vene e fui percorsa da una vampata di calore che mi arrivò al cervello; iniziai a tremare. Non mi era mai capitato niente del genere ed era una reazione puramente fisica, non emotiva. In quel momento non provavo niente, ero insensibile nel vero senso della parola. Nulla di ciò che avevo provato era reale, nulla di ciò che sapevo era reale; tutto sparito. La facciata della mia vita stava andando in pezzi. Sapevo che diceva la verità. Probabilmente lo sapevo da un po', ma mi ero rifiutata di crederci, mi ero rifiutata di abbandonare la speranza e accettare che la mia bizzarra esistenza fosse fasulla. Adesso la speranza era morta, non restava più niente, e sotto sotto avevo sempre saputo che questo momento sarebbe arrivato.

Per più di un'ora ascoltai Michelle raccontarmi la sua verità e distruggermi la vita. Avevo l'impressione che si stesse costringendo a restare calma, anche se percepivo la rabbia nella sua voce. Mi disse di aver creduto che Bill, come lo chiamava lei, fosse un funzionario dei Servizi segreti e che il numero a cui mi aveva chiamata fosse una linea d'emergenza del ministero della Difesa, che lui le aveva proibito di usare. Dopo aver intuito che qualcosa non andava, aveva chiamato comunque, infrangendo le regole del suo "addestramento", cosa che io non avevo mai fatto. Nella sua voce c'era una nota di disperazione, come se sentisse la necessità di sapere il più possibile dopo quello che aveva scoperto.

Ero sotto shock, perciò quando Michelle mi chiese se poteva venire a casa mia, risposi automaticamente di sì e le diedi il mio indirizzo. Adesso mi chiedo che cosa mi sia saltato in mente, ma il fatto è che non riuscivo a pensare. Il mondo in cui avevo vissuto non esisteva e io mi sentivo distaccata dalla realtà; ero precipitata in un limbo dove non ero consapevole di nient'altro se non del deserto lasciato da quelle rivelazioni. Senza riflettere sulle possibili conseguenze, mi limitai ad accettare e permisi che il mondo mi crollasse addosso senza ribellarmi. Michelle mi diede precise istruzioni di non parlare con nessuno – *nessuno*, sottolineò – e riagganciò per venire a Edimburgo.

Qualcuno mi stava nuovamente dicendo di stare zitta, ma questa volta non avrei obbedito. Chiamai un'amica, una buona amica che mi era rimasta accanto, e per la prima volta chiesi aiuto. Lei mollò quello che stava facendo per correre da me, e io le raccontai tutto.

18
Nove banali parole

Non furono le parole «io sono l'altra signora Jordan» a levarmi il terreno da sotto i piedi, ma: «A me è stato detto che l'agente eri *tu*». Furono quelle nove parole a colmare finalmente la distanza tra i due cigli del baratro e a farmi capire dove stava la realtà.

Dentro di me, fu come essere trasportata per una distanza inimmaginabile da una realtà a un'altra. Fui scaraventata in un'altra dimensione, dove mio marito non era mio marito; dove il mio amico, il mio amante, mi aveva usata e abusata per anni; dove il padre dei miei figli mi aveva mentito e aveva rischiato di perdere i bambini senza esitare un attimo... tutto solo per ottenere quello che voleva. Adesso ero in un mondo nuovo, in cui avevo amato e vissuto con il nemico, nel quale l'uomo che avevo conosciuto e sposato non esisteva.

Tutto per nove banali paroline.

Era il pomeriggio del 5 aprile ed era tutto il giorno che parlavo con la mia amica, una donna concreta, razionale, meravigliosa e premurosa con una vita e dei problemi suoi. Aveva conosciuto Will e nutriva il forte sospetto che qualcosa non fosse come sembrava, anche se non avrebbe saputo dire esattamente cosa. Me lo aveva detto anni prima, ma aveva anche detto che "se" era un imbroglione, allora "era davvero bravo"; e se io gli credevo, allora lei mi avrebbe sostenuta. Aveva aspettato pazientemente che scoprissi la verità, restandomi accanto mentre il treno a poco a poco deragliava, e adesso era lì a raccogliere i cocci. Un'amica vera: una persona che mi aveva messa in guardia ma aveva accettato che non le dessi retta, e io apprezzavo che non mi giudicasse.

Non rimase a bocca aperta né mi compatì; composta e salda, mi accarezzò una mano e ascoltò... per quanto tempo, non saprei davvero dire. Mentre parlavamo, in un angolo del cervello percepivo l'altra donna, la sua altra moglie, che guidava avvicinandosi a casa mia e alla verità.

Will mi mandava messaggi, in preda al panico perché non rispondevo al telefono. Gli avevo scritto per chiedergli com'era andata in tribunale, ma si era limitato a dirmi che l'udienza era stata posticipata. Però voleva che depositassi altre cinquecento sterline sul conto di

Michelle e disse che stava scoppiando un casino; le accuse contro di lui sarebbero state lasciate cadere solo se avessi soddisfatto la sua richiesta.

Ignorai i messaggi e, quando telefonò per capire perché non avevo fatto quello che mi aveva chiesto, usai il suo trucchetto di ribattere che non avevo ricevuto i messaggi e che probabilmente il mio telefono non funzionava.

Michelle arrivò intorno alle cinque del pomeriggio e io le andai incontro alla porta. Non ero pronta a invitarla in casa, così andammo in un caffè delle vicinanze. Era un locale piacevole, tranquillo e con separé in cui potevamo sederci a parlare senza che qualcuno ci sentisse.

Eccola lì. La sua altra moglie, anche se una parte di me non era ancora convinta che fosse vero.

Michelle ha solo cinque anni più di me ed è molto più bassa. Aveva i capelli lunghissimi che stavano ingrigendo e mi diede la sensazione che non si prendesse cura di sé. Pensai che era una cosa che ci accomunava, mettere su peso con le gravidanze: o era solo il risultato di essere state tenute in una condizione di infelicità e isolamento? Feci uno sforzo per ricordarmi quando avevo smesso di curarmi di me stessa e del mio aspetto. Negli ultimi cinque anni avevo messo su più di venticinque chili e di colpo fui consapevole del mio corpo e del mio aspetto esteriore.

Michelle mi parve molto decisa e organizzata; sembrava aver pianificato cosa dire e come sarebbe dovuto svolgersi quell'incontro. Io ero guardinga, sul chi va là. A chi potevo credere?

Mi disse che aveva sette figli, cinque con Will e due dal matrimonio precedente con un uomo violento che aveva lavorato davvero per il Pentagono americano. Era sposata con Bill, come lo chiamava lei, dall'ottobre del 1992 e aveva tollerato numerosi tradimenti, fra cui uno mentre erano in vacanza in Giappone (non si trovava là per una missione, come aveva dichiarato) e uno con una ragazza che si era suicidata un paio d'anni prima.

Mi raccontò che aveva avuto una storia con la babysitter dei loro figli e che la ragazza aveva due bambini da Will. Uno aveva quattro anni, nemmeno un anno più di nostra figlia, e quindi concepito quando io ero incinta e Will doveva essere in Israele. Anche Michelle aveva avuto un bambino suppergiù nello stesso periodo, il che significava che tutte e tre eravamo incinte contemporaneamente.

Ascoltai, ancora incerta su cosa credere. Fra me e Michelle c'era un muro: io ero ancora condizionata a non fidarmi di nessuno tranne Will. Lei mi fece vedere il certificato di matrimonio e i passaporti dei bambini, ma io non le dissi che li avevo già visti. Poi mi mostrò le fotografie dei figli. Quella della bambina di sette anni mi raggelò: era la mia bambina di quattro anni cresciuta; sarebbe potuta essere una foto di mia figlia. Non c'era alcun dubbio, nessun posto dove nascondersi, nessuna possibilità di salvezza. Era il padre di quella ragazzina, esattamente com'era il padre dei miei figli, e mi aveva mentito fin dalla primissima e-mail, con ogni parola che gli era uscita di bocca.

Michelle proseguì dicendo che aveva un figlio anche negli Stati Uniti, un ragazzo di vent'anni avuto da una fidanzata che viveva laggiù, il che portava a dieci il numero totale di figli di cui eravamo a conoscenza fino a quel momento: cinque con lei, uno negli USA, due con la tata di Michelle e due con me... da un uomo che era sterile per via di una "brutta parotite" avuta da piccolo.

Aggiunse che lavorava per il ministero della Difesa e l'intelligence britannica. Lo sapeva per certo perché lei aveva vissuto quella vita per anni ed era per quel motivo che aveva creduto che io fossi un'agente. A quelle parole, le fondamenta delle mie convinzioni si sbriciolarono. Non lavorava né per il ministero della Difesa né per la CIA. Entrambe eravamo spaventate e non sapevamo a chi rivolgerci; le dissi che mi aveva dimostrato di essere della CIA, ma lei sapeva che non era così.

Michelle sosteneva di avere contatti al ministero della Difesa, fra cui un uomo chiamato "Michael" con cui comunicava online ogni giorno. Ribattei che avevo sentito Will rispondere al telefono dicendo di essere Michael, ma lei non mi credette. Proseguì spiegando che "Michael" non poteva essere Bill perché parlava con lui al telefono mentre era online con Michael; sapeva che non erano la stessa persona.

Continuai a cercare di convincerla che era possibilissimo fare una cosa del genere, ma lei non mi stava a sentire. Adesso capivo come doveva essersi sentita la mia amica quando aveva provato a parlarmi mentre ero ancora plagiata: dovevi usare tatto, quasi camminare sulle uova, da quanto era fragile quello stato mentale. Michelle mi raccontò che si era ripresa Bill dopo che era stato in carcere per reati sessuali; non lo aveva riaccolto subito, ma alla fine gli aveva permesso di tornare a casa, per il bene dei bambini e perché non ce la faceva a mantenere la famiglia da sola. Sapeva che era colpevole, ma gli credeva quando diceva di essersi pentito.

A quel punto erano passate tre ore e io dovevo tornare dai miei figli, mentre Michelle doveva loggarsi per parlare con Michael. Andammo a casa mia, dove c'era la mia amica che si stava occupando dei bambini.

Michelle incontrò i miei figli e io fui costretta a chiederle di non parlare dell'argomento davanti a loro. Commentò che i bambini si somigliavano tantissimo, non molto utile quando cercavi di individuarli. Mise il naso dappertutto. Volle vedere la parte del letto dove dormiva Will, i suoi vestiti e la sua roba. Volle sapere che regali mi aveva fatto e indicò cose che erano "sue".

A un certo punto fece un gesto verso uno scaffale e disse: «Quelli sono i suoi libri».

Dovetti correggerla: «No, quelli sono miei».

Sembrò che l'avessero schiaffeggiata. «Hai molto più in comune con lui tu di me», disse.

Parlò con la mia amica, dicendole alcune delle cose che aveva raccontato a me. Ma Michelle aveva ancora il controllo della conversazione; io ero docile, remissiva e sotto shock. Mi feci portare in giro per casa mia, aprendo porte e armadi in modo che lei potesse esaminare la mia vita e vedere dov'era stato suo marito. La mia amica dovette andarsene e io lasciai sola Michelle un momento – l'unico di tutta la serata in cui non la tenni d'occhio – per salutarla.

La mia amica mi prese per un braccio e mi disse: «Stai attenta: ha in mente qualcosa».

Michelle aprì il portatile e si collegò alla rete, ma Michael non era online. Chiamò Bill, che le rispose immediatamente. Lei gli parlò e mi fece ascoltare la conversazione: gli chiese perché Michael non fosse online e Will rispose che avrebbe risolto la cosa.

Con lei Will era sottomesso, docile e arrendevole. Era un rapporto diverso da quello che aveva con me.

Quella sera Michelle continuò a telefonargli e lui rispose sempre; io lo chiamai numerose volte e venni ignorata. Mi mandò un messaggio dicendo che era nei guai perché non avevo depositato i soldi che mi aveva chiesto e che si sarebbe fatto vivo entro la fine della serata: dovevo solo aspettare. In un'occasione, Michelle lo chiamò per dirgli che Michael era offline e Bill rispose con voce assonnata, sostenendo che stava dormendo.

Michelle voleva sapere dove fosse finito il denaro; doveva provenire dal ministero della Difesa, visto che erano loro a pagare le auto a noleggio sue e di Will. Le dissi che per quello aveva usato le mie carte di credito. Lei volle vedere le prove e io gliele mostrai, anche se ebbi l'impressione che non riuscisse a capire, perché continuò a ripetere che era il ministero della Difesa a pagare le spese della sua famiglia.

Accennò alla volta in cui Bill era tornato a casa con quindicimila sterline in contanti, quelle ricavate dalla vendita del mio appartamento. Mi disse che quando era venuto a prendere i soldi aveva in macchina tutti e cinque i bambini, perché erano stati sfrattati un'altra volta e non avevano un posto dove stare. A quanto pareva, tutta la messinscena da film di spionaggio di quella sera, quando mi aveva chiesto di lasciare aperta la porta sul retro e rimanere al piano di sopra con le luci spente, serviva semplicemente a tenermi in casa in modo che non vedessi i bambini e loro non potessero guardare all'interno dell'abitazione. Li aveva lasciati fuori due ore mentre era in casa con me.

Mi raccontò come le aveva dimostrato di essere chi diceva di essere; le volte in cui le aveva detto cose che poi sarebbero passate nei notiziari, roba da ministero della Difesa. Parlammo dei dettagli, del modo in cui guidava e così via. Michelle mi rivelò una cosa che mi lasciò sbalordita: Will non aveva la patente. Disse che ne aveva solo una provvisoria, ma chissà come era sempre riuscito a farla franca con le multe per eccesso di velocità. Nel periodo in cui lo avevo conosciuto aveva circa dieci multe per eccesso di velocità, ma era sempre riuscito a farle "sparire" senza conseguenze.

Parlammo tutta la notte e per poco non chiamammo la polizia insieme; adesso vorrei averlo fatto, ma eravamo spaventate a morte. Il problema non era solo lui, e lo sapevamo tutt'e due. Michelle era preoccupata soprattutto per i soldi: come avrebbe fatto Bill a continuare a mantenere i figli, per esempio a pagare la retta universitaria? Frequentavano scuole private e lei aveva una tata a tempo pieno, benché non lavorasse. Le nostre vite non sarebbero potute essere più diverse: io dipendevo da mia madre che mi teneva i bambini solo perché potessi barcamenarmi per il rotto della cuffia; lei viveva in case di lusso, pagava scuole private e aveva babysitter a tempo pieno.

Parlò di metodi per poterlo controllare economicamente, tenendolo fuori di galera e facendolo lavorare così che riuscisse ancora a mantenerla. Io non riuscivo a vedere altro che terribili storture; non avevo alcun piano per il futuro, tranne proteggere i miei figli.

Michelle mi raccontò che l'aveva portata a Londra, dove avevano visto *Il fantasma dell'Opera* e poi erano andati a mangiare nello stesso ristorante giapponese dove era stato con me. Anche con lei aveva dichiarato che era la prima volta che assisteva a quell'allestimento. Telefonò perfino ai genitori di Will e mi lasciò ascoltare la conversazione; riferì di aver scoperto un'altra avventura del marito e loro dissero che non approvavano quel genere di comportamento, definendolo "assurdo", ma sembrava che non sapessero niente di me e Michelle non disse nulla degli ultimi sviluppi. Mi parvero le stesse persone con cui avevo parlato io, ma come facevo a esserne sicura?

Michelle continuò a raccontare a ruota libera. Quando lei e Will si erano conosciuti, in America, lui era sposato con un'altra donna, Alexis. Non avevano figli e a quanto pare Alexis era rimasta sconvolta quando aveva scoperto che Will aveva messo incinta Michelle, al punto che aveva chiesto il divorzio. Michelle mi raccontò che dopo la separazione ad Alexis le cose erano andate bene e che in seguito si era risposata. Mi disse anche di essere in contatto con l'ex fidanzatina da cui Will aveva avuto il figlio oggi ventenne e di avere un buon rapporto con lei. In realtà, Will mi aveva parlato della sua innamorata Devi, una compagna della scuola superiore con cui aveva perso la verginità.

Alle sei del mattino Michelle si fece improvvisamente aggressiva nei miei confronti: avvicinò la faccia a pochi centimetri della mia e mi disse che ero stata stupida a sovvenzionarlo. Ebbi l'impressione che fosse sul punto di avere un crollo nervoso e per un attimo pensai che avrebbe potuto farmi del male. Desideravo che se ne andasse ma non volevo farla arrabbiare; era solo un'altra vittima, ma aveva subìto il lavaggio del cervello per sedici anni e sapevo d'istinto di non potermi fidare di lei. Non me l'ero sentita di andare a dormire con Michelle in casa e d'un tratto mi sentivo stanchissima; le dissi che dovevo riposare un po' e lei si mise a raccogliere le sue cose. Eravamo d'accordo che entrambe avremmo lasciato Will/Bill e lei mi chiese di non dirgli che ci eravamo viste, per darle la possibilità di allontanare i bambini.

Michelle se ne andò e io non riuscii a fare altro che lasciarmi cadere seduta sul letto, immobile.

Parte seconda

LO SPECCHIO OSCURO

1
Un barlume di luce

Sola per la prima volta da quando il mio mondo era cambiato, rimasi seduta in un vuoto sospeso. Avevo attraversato il baratro e conoscevo la verità. Dopo lo shock iniziale, che mi aveva lasciata intontita, provai un'emozione potentissima che può essere descritta solo come "sollievo". Ero libera. Libera dalla paura di essere seguita o di finire nel mirino di agenti nemici dai contorni vaghi: non esistevano e nessuno mi dava la caccia; libera dai servizi sociali che minacciavano di portarmi via i bambini, perché adesso potevo dire la verità; libera dalla mia prigione di silenzio e bugie.

Negli ultimi cinque anni la mia vita era sembrata spesso quel momento dei gialli in cui l'avvocata di un sospettato di omicidio scopre una prova fondamentale, come una macchina per scrivere con una "k" difettosa che la spinge a dubitare di tutto quello che il suo cliente le ha detto. La prova sembra dimostrare al di là di ogni dubbio che la situazione non è quella che credeva lei; che la persona di cui si fidava non è chi pensava che fosse. Quando lei all'improvviso capisce la verità, in sottofondo si sente una musica d'archi che mette i brividi. Ma poi il cliente torna da lei e le dimostra che tutte le macchine per scrivere di quella partita hanno la "k" difettosa e lei si ritrova al punto di partenza, convinta di nuovo a credergli. Almeno adesso era finita; il film poteva terminare e io potevo riavere una vita normale.

Non ero felice, niente del genere, ma adesso sapevo che cos'era successo davvero; apparteneva tutto quanto al passato e potevo lasciarmelo alle spalle. Avevo una possibilità di essere serena, perché il futuro dipendeva da me e dai miei figli.

Rimasi seduta immobile più o meno mezz'ora, poi mandai un messaggio per comunicare a Will che il nostro rapporto era finito. Non diedi spiegazioni, mi limitai a scrivere:

Sono stata sveglia quasi tutta la notte tentando di capire cosa fare. Non sono felice di come stanno le cose e mi sono resa conto che non mi darai ciò di cui ho bisogno né comunicherai con me in modo ragionevole o credibile. Abbiamo provato e riprovato a risolvere le cose e non ha funzionato, tutto qui. Immagino che contiamo troppo poco per te e a me non basta.

La risposta che mi mandò era breve ed esasperata. Will asseriva di essere stato in piedi tutta la notte nel tentativo di rimanere un passo davanti alle persone cui doveva dei soldi. Non apprezzava la mia mancanza di sostegno e sembrava pensare che stessi solo cercando di provocare l'ennesima lite. Disse che aveva cercato di spiegarmi la situazione, ma che se avevo bisogno di qualcuno a cui dare la colpa della nostra situazione difficile potevo accomodarmi e darla direttamente a lui.

Chiaramente non credeva che parlassi sul serio riguardo alla fine della nostra relazione e nei giorni successivi cercò più volte di mettersi in contatto con me. Chiamava e io non rispondevo al telefono; mandò un messaggio dopo l'altro chiedendo perché non volevo parlargli. Non si dava per vinto facilmente, anzi non si dava per vinto e basta, anche se aveva scoperto che cos'era successo non appena Michelle era tornata a casa, perché lei gli aveva immediatamente raccontato tutto.

Continuò a mandarmi messaggi e lunghe e-mail di spiegazioni. Non tralasciò nessuna tattica: rabbia per non aver rispettato le sue regole che prevedevano di contattarlo quando Michelle mi aveva chiamata; suppliche di non lasciarlo; indifferenza; tentativi di lusingarmi; alla fine riconobbe quello che aveva fatto e mi chiese di perdonarlo. Iniziò ad ammettere alcune bugie; è vero, i bambini erano suoi ma non erano la sua vera famiglia... non mi avrebbe spiegato cosa intendeva neppure sotto tortura. È vero, la babysitter aveva due figli suoi ma quello era un incarico. Tentò con ogni mezzo di riportarmi nel suo mondo e di insinuarsi di nuovo nella mia mente.

Dopo qualche giorno gli parlai un'altra volta al telefono e gli chiesi di darmi delle spiegazioni, di dirmi perché l'aveva fatto. Si limitò a rispondere che c'erano dei motivi, però non poteva parlarne al telefono; mi chiese ripetutamente di incontrarlo, ma rifiutai. Avevo paura di vederlo di persona: sapevo il potere che esercitava con la sua presenza e temevo di soccombere.

Non se ne diede per inteso e continuò a farmi pressioni perché ci vedessimo. All'inizio, temetti che si sarebbe presentato alla porta senza preavviso, ma poi cominciai a pensare in modo più lucido e mi resi conto che non lo avrebbe fatto. Arrivare senza annunciarsi mi avrebbe messa immediatamente sulla difensiva, mentre se avesse avuto il permesso di venire, anzi se era atteso, ciò avrebbe significato che ero disposta a parlare e che volevo qualcosa da lui; sarebbe stato un segnale del fatto che credevo che avrebbe potuto darmi delle risposte e che speravo avesse una qualche spiegazione per tutto quanto.

Andò avanti imperterrito a telefonarmi e mandarmi e-mail, affermando che non stava più con Michelle, anche se poi mi chiamava lei per chiedermi se mi avesse appena chiamata, visto che era uscito di casa di soppiatto.

Il 1° maggio 2006 mi scrisse un'e-mail di tre pagine, ripetendo quanto ero importante per lui e supplicandomi di ripensarci.

Mi domandò se avessi riflettuto bene sulla fonte di tutte le storie oltraggiose che avevo sentito sul suo conto; di certo capivo che in parte erano motivate dalla ripicca. Quello che c'era tra noi era veramente speciale; eravamo destinati a stare insieme e lui si rifiutava di credere che l'intensità del sentimento che aveva provato fosse stata a senso unico.

Tirava in ballo la volta in cui avevo detto di avere la sensazione di conoscerlo davvero, l'uomo reale dietro la maschera; disse che aveva "fiducia in questo" e nel fatto che, una volta passato lo shock di quelle rivelazioni menzognere, mi sarei resa conto che era ancora così. Se mi fossi attenuta a quello che sapevo di lui, allora avremmo trovato un modo di superare quel casino. Soprattutto, affermò, dovevo credere che mi amava ancora: quello sarebbe sempre stato impossibile da negare.

Scriveva: «Dentro di te sai che ho sempre e solo cercato di essere il vento sotto le tue ali, di vederti aspirare a tutto ciò che hai il potenziale di ottenere, e di costruire la tua sicurezza e la tua autostima per darti il coraggio di realizzare qualunque cosa tu desiderassi». Sosteneva che quando stava con me la vita assumeva nuovo significato; aveva scoperto un nuovo scopo e una felicità mai provata prima.

Si rifiutò di parlare di quello che mi aveva raccontato Michelle, ripetendo che lei aveva i suoi motivi per dire le cose che aveva detto. C'erano spiegazioni per tutto, ma la situazione legale gli impediva di darmele in quel momento; dovevo aspettare e tutto si sarebbe chiarito: «la storia lo avrebbe vendicato». Mi disse che quando mi aveva conosciuta pensava sinceramente di non poter avere figli, ma aveva mentito sul motivo. C'erano delle risposte, affermò, ma io non gli credevo.

Una sera di maggio mi chiamò al telefono con la voce impastata da ubriaco; dai rumori in sottofondo sembrava che stesse guidando. Disse che gli dispiaceva, che meritavo di meglio. Gli chiesi perché lo aveva fatto: perché le bugie… perché tutto quanto?

«Oh, Mary, sono un bastardo, tutto qui. Ormai dovresti saperlo».

Gli chiesi cosa ne avesse fatto dei soldi e lui promise che me lo avrebbe detto l'indomani… ma non lo fece mai. Era solo un altro modo per tenermi sulla corda, una tattica dilatoria per trovare una breccia.

Era comunque terrificante, perché tutte le volte che si faceva sentire io percepivo l'attrazione, capivo quanto sarebbe stato facile credergli. Ma non sarei mai tornata da lui a prescindere, perché era pericoloso sia per me che per i bambini, da ogni punto di vista: fisico, emotivo e mentale.

Avevo pensieri altalenanti: mi chiedevo se si fosse davvero innamorato di me e poi non fosse riuscito a dirmi che era già sposato. Pensavo che mi amasse, poi mi rendevo conto che non era così; lui si faceva sentire e io credevo di nuovo che mi amasse. Fu un periodo orribile, in cui ero disorientata e instabile. Anche i bambini ne risentirono, perché ero turbata e sconvolta, ma i miei amici e i miei famigliari mi si strinsero intorno. Non ricordo molto di quelle prime settimane, però rammento che più tempo passava dal giorno in cui avevo visto Michelle, più mi si schiarivano le idee.

In molti sensi era come svegliarsi dal coma o rinvenire dopo l'ipnosi. Com'era riuscito a manipolarmi fino a quel punto? Com'era possibile che non mi fossi accorta di quello che stava succedendo? Michelle mi tempestava di telefonate per farmi una domanda dietro l'altra, la maggior parte su particolari intimi della mia relazione con Will. Avevo l'impressione che esigesse informazioni come la moglie che parla con l'amante compiacente, ma io non ero stata un'amante, non consapevolmente; ero stata una moglie anche io. Lo ero ancora finché non fosse stato giudicato colpevole di bigamia; dovevo continuare a ricordare a me stessa che anche Michelle era una vittima.

All'inizio, rispondevo automaticamente. Mi stava ancora dando soldi? «No!», ribattei, sbalordita dalla domanda.

Non mi aveva mai dato soldi. Si era ripreso tutto il denaro che aveva depositato sul mio conto, lasciando solo una piccola somma per pagare gli scoperti di alcune carte di credito e mantenere i bambini. Ma le carte di credito erano oltre il massimale e Will le prosciugava di continuo con auto a noleggio, serate al cinema, affitto e spesa. Adesso che conoscevo la verità, capivo a cosa corrispondevano gli addebiti. Will aveva messo centoventinovemila sterline sul conto della società e ne aveva prelevate centottantottomila. Io avevo acceso una seconda ipoteca sul mio appartamento, raggranellando diciannovemila sterline per lui; gli avevo lasciato prendere tutti i soldi guadagnati dalla società e poi avevo venduto l'appartamento, mettendo insieme più di centocinquemila sterline di capitale. Quando anche quei soldi erano finiti, avevo chiesto in prestito diciottomila sterline ai miei famigliari e oltre a questo per cinque anni avevo anche mantenuto da sola la nostra famiglia, dando da mangiare ai bambini e pagando un affitto per avere un tetto sopra la testa.

Avevo debiti per oltre cinquantaseimila sterline fra prestiti e carte di credito, perché lui aveva usato le carte intestate a me per mantenere un'altra famiglia o altre famiglie, altre donne e vite parallele. Non solo aveva sperperato fino all'ultimo centesimo dei guadagni, ma mi aveva anche portato via tutto ciò per cui avevo lavorato una vita intera. Solo per tenere in piedi le sue bugie. E a me restavano ancora i conti da pagare. In totale, compresi i soldi che aveva preso dalla società e da me, più i debiti che mi aveva lasciato sulle spalle, Will mi aveva derubata di centonovantottomila sterline.

All'inizio, Michelle mi disse che stava cercando di allontanarsi da Will, ma quasi subito parve nuovamente risucchiata nella storia. La cosa peggiore era che capivo benissimo il perché: ce lo aveva davanti agli occhi ogni giorno, a tenerla per mano e a guardarla in faccia ripetendole che era l'unica persona di cui lei poteva fidarsi. Era come essere vittima di un incantesimo, ed era spaventoso pensare al potere che un tempo aveva avuto su di me. Riuscivo benissimo a figurarmelo mentre le diceva che non era degno di lei credere a quella storia assurda: «Pensaci, Michelle, sai cosa faccio; sai che ci sono motivi per cui ho dovuto avere dei figli con lei». L'avrebbe fatta sentire in colpa per avermi contattata, addossandole la responsabilità del fatto che la loro vita era andata in pezzi e alla fine l'avrebbe indotta a pensare di averlo tradito. Non si fece sentire per un po' e io cercai di parlarle, senza riuscirci. Ero preoccupata per come sarebbe potuta andare a finire. Lasciai perdere per un paio di settimane, poi richiamai e lei rispose, terrorizzata.

«Non posso parlare con te», sussurrò disperata, in tono cospiratorio. «Torna alla storia originale. Quello che credevamo all'inizio è vero. È tutto vero!» Sembrava spaventata a morte. «Non posso parlare con te, dovrò fare rapporto».

«Non è reale, Michelle; è solo Bill», dissi.

«No, non capisci. Sei stata incastrata, non ti rendi conto? Pensaci! Sei stata incastrata per avere figli con quest'uomo. La sua genetica e i tuoi contatti!»

«Di cosa stai parlando?», le chiesi.

«Pensaci! Pensa ai tempi in cui viviamo, all'11 settembre, pensa a chi sono i nostri nemici. Non ci sono abbastanza persone di ascendenza mista che entrano nei Servizi segreti!»

«Oh, Michelle, no».

«Non posso parlare con te. Dovrò fare rapporto».

Avrei tanto voluto aiutarla, ma sapevo di non poter fare niente. Sembrava convinta che in tutta quella storia Will fosse una pedina anziché quello che tirava i fili, e capivo perfettamente perché. Era bravissimo, quasi geniale, a controllare le persone e a convincerle che la storia fantasiosa che raccontava fosse l'unica spiegazione possibile degli eventi assurdi che capitavano. La sfida era aperta e lui combatteva per tenersi stretto almeno una delle sue vittime.

Will mi disse che Michelle stava solo cercando di sbarazzarsi di me, come di una concorrente, perché voleva tutti i suoi soldi per sé e per i bambini. Le interessava soltanto il denaro; le era chiaro che Will era innamorato di me e che per lui contavo solo io. Non sapevo a cosa credere, ma capii che non potevo prendere per buona la storia di Michelle e certamente non mi fidavo di Will.

Passarono alcuni mesi prima che parlassi di nuovo con Michelle e a quel punto stavo affrontando un'altra situazione dolorosa in famiglia: mia madre aveva il cancro e stava facendo la chemioterapia. Era malata da un anno ma aveva sempre minimizzato. Io avevo fatto quello che potevo per dare una mano e lei aveva continuato caparbiamente la propria vita, rifiutandosi di rivelare a chiunque che stava perdendo la battaglia con un linfoma non-Hodgkin.

Durante l'estate, però, le sue condizioni peggiorarono: perse molto peso e faceva sempre più fatica a respirare. A luglio fu chiaro che la malattia stava avendo la meglio. Siccome non lavoravo, passai molto tempo ad accudirla e a portarla agli appuntamenti medici; e dato che mio padre non ce la faceva a reggere la situazione, diventai il punto di riferimento del suo medico curante.

Il 7 agosto 2006 ero seduta in un bar in un silenzio sbigottito dopo aver parlato con il suo medico. Fissavo una tazzona di caffè consapevole che avrei dovuto telefonare ai miei fratelli e andare da mio padre. Stavo cercando di capire come dire loro che mamma stava morendo e che le restavano da vivere pochi giorni, qualche settimana al massimo. L'avevano informata ma lei semplicemente non lo accettava; mi disse che doveva credere che sarebbe stata meglio. Era fatta così:

una donna forte, coi piedi per terra. Mi sarebbe mancata tantissimo; era una figura importante per me ed era stata la mia forza, soprattutto in quel periodo orribile. Almeno mi aveva vista libera dalla mia prigione; almeno sapeva che ero in via di guarigione.

Mentre ero seduta al bar mi suonò il cellulare. Vidi il numero di Michelle ma risposi prima di rendermi conto chi fosse a chiamare. Mi aggredì: «Ti sta dando ancora soldi?»

«Cosa?», chiesi a voce bassa.

«Il denaro continua a sparire; ti sta dando ancora soldi?», ripeté in tono accusatorio.

Alla fine mi riscossi, rifiutandomi di continuare a tenere un atteggiamento remissivo. «Michelle», dissi, «non ho intenzione di rispondere ad altre domande. Ho appena scoperto che mia madre sta morendo e non ne posso davvero più di questa storia. Perché continui a dargli soldi? Perché stai ancora con lui?»

Quel modo prepotente di trattarmi come se fossi un'amante che non contava niente alla fine mi aveva dato sui nervi. Intuivo che anche Michelle mi stava manipolando, a suo modo. Non mi considerava una vittima sua pari, ma solo una donna che aveva fuorviato il marito. Sembrava ritenere assurdo che lui prendesse anche solo in considerazione l'idea di contribuire al mantenimento dei bambini che aveva avuto con me.

Lei esitò. «Non sto più con lui; sta prendendo i soldi ai bambini».

«E allora allontanali da lui», replicai.

Disse in fretta che doveva andare e mise giù.

Ma prima di quell'incidente sgradevole, avevo compiuto un percorso di scoperte. Dopo le prime rivelazioni riguardanti Will, avevo provato l'impulso irresistibile di saperne di più. Ero sicura che avesse ingannato altre donne e volevo salvarle a tutti i costi. Chiamai alcuni numeri di una vecchia bolletta telefonica del suo cellulare che mi era stata inviata perché veniva pagata tramite la società. Parlai con un addetto al recupero crediti che stava cercando di incassare tasse comunali non pagate sulla casa di Michelle nel Lancashire; un altro uomo che diceva di essere un amico di famiglia, ma che aveva intrattenuto lunghe conversazioni con Will alle ore piccole; e poi chiamai un numero a cui rispose una ragazza. Mi chiese chi fossi e io le dissi che ero una delle mogli di Will. Era Anna, la ragazza delle molestie, per le quali era stato ritenuto colpevole; la giovane con cui avevo parlato brevemente e aveva detto che mi avrebbe mandato una dichiarazione per confutare le accuse di abuso contro di lui.

Anna mi confessò che adesso molte cose acquistavano senso. Le chiesi della dichiarazione e lei rispose di aver detto ciò che le era stato imposto di dire al telefono – proprio come avevo fatto io in numerose occasioni –, ma di non aver mandato nessuna dichiarazione. Le raccontai che ero stata molestata da bambina e indagai con qualche esitazione su quello che le era successo, ma lei disse semplicemente che non si trattava solo di quello.

Nei due mesi successivi parlai con Anna in diverse occasioni e lei cercò di convincermi che Will lavorava per il ministero della Difesa, sostenendo di esserne sicura perché l'aveva portata in diverse basi dell'aeronautica. Disse anche che senza di me era disperato e che si era messo a bere forte; non lo aveva mai visto in quello stato. Cercai di spiegarle che erano tutte bugie, che non era chi sosteneva di essere, ma lei non mi credeva. Sapevo che era inutile, ma dovevo fare un tentativo. Intuivo che Anna fosse la vittima principale di tutta quella storia, perché era stata abusata e manipolata fin da bambina e Will la teneva ancora in pugno. Non poterla aiutare mi gettava nella disperazione.

In seguito, quando Will era in carcere, le parlai di nuovo e capii che stava iniziando a liberarsi di lui. Mi confessò che era stato il suo contatto del ministero della Difesa a dirle cosa riferirmi riguardo al non essere stata molestata e al lavoro di Will alle basi aeree. Le spiegai che quella persona in realtà era Will e lei rispose che adesso se n'era resa conto, aggiungendo che non lo sentiva dall'inizio di settembre del 2006, lo stesso momento in cui era sparito anche Will. Anna ha riconosciuto che cosa le ha fatto quell'uomo; è una persona dotata di una forza straordinaria e chiaramente si sente responsabile per gli altri. Sono convinta che supererà la tempesta e, a patto che riesca a liberarsi di lui e a darci un taglio, penso che se la caverà. Come me, però, non so come potrà fidarsi di nuovo di qualcuno.

Mi misi in contatto anche con Alice: era un'amica di Will, ma siccome aveva detto di averla conosciuta tramite i Servizi segreti, quella era ovviamente una bugia. Magari aveva qualche risposta che avrebbe potuto aiutarmi. Mandai un'e-mail a un vecchio indirizzo, dicendo che volevo parlare con lei di un lavoro rimasto in sospeso riguardante Will. Mi telefonò e parlammo, e la situazione si rivelò molto diversa da quello che avevo pensato.

2
Alice

Alice non aveva lavorato per i Servizi segreti e non era una persona ansiosa, come mi aveva fatto credere Will. È una donna intelligente e con la testa sulle spalle finita anche lei nelle sue grinfie.

Alice è una madre single con due figli grandicelli e aveva conosciuto Will online nel maggio del 2005, solo pochi giorni dopo che era venuto a riprendersi i server in seguito al trasloco, quando aveva visto per la prima volta Zach, appena nato.

Il compleanno di Will è il 22 maggio e lui la contattò quel giorno, affermando che se avesse risposto gli avrebbe svoltato la giornata. L'aveva corteggiata nello stesso modo in cui aveva sedotto me e aveva perfino organizzato un appuntamento con lei il giorno del mio quarantesimo compleanno – il 5 giugno –, ma piuttosto stranamente non si era fatto vedere. Aveva chiesto perdono spiegando di essere stato trattenuto da urgenze di lavoro, e Alice aveva accettato di vederlo in un'altra occasione.

Si erano incontrati e avevano iniziato una relazione che si era trasformata in fretta in un appassionato rapporto a distanza. Will le disse che lavorava in campo informatico e che il suo unico contratto era con una grande società di software di cui doveva aprire la sede inglese e per conto della quale doveva lavorare in tutto il Regno Unito e a Bruxelles.

Si erano visti solo qualche volta quando le chiese dei soldi. Nel giugno del 2005 la chiamò in preda al panico, affermando che gli avevano rubato la macchina con il portatile e le carte di credito; gli restava solo il cellulare. Disse che siccome il computer non era assicurato doveva comprarne un altro per lavorare ed era disperato. Si vergognava, ma non poteva prestarle dei soldi? Lei gli diede il denaro appena ricevuto per aver venduto la sua auto a un'amica, quattromilacinquecento sterline, che lui promise di restituirle entro un mese. Gli lasciò anche usare la sua carta di credito per pagare una bolletta del cellulare in modo da poter tornare a lavorare e tirarsi fuori dai pasticci.

Will disse ad Alice di aver messo su una società con dei cittadini americani che lavoravano tutti su contratti software e progetti per il ministero della Difesa. Le raccontò addirittura che stava occupandosi della digitalizzazione dei filmati delle telecamere a circuito chiuso relativi agli attentati di Londra del 7 luglio. Le diceva quando e quali informazioni sarebbero state riportate dalla stampa prima che facessero puntualmente la loro comparsa. A un certo punto le propose un contratto, offrendosi di prenderla come dipendente della "nostra" società con un salario base di ottocento sterline a settimana e un bonus di quattromila ogni tre mesi. Alice accettò e iniziò a lavorare per lui nel luglio del 2005. Mi mandò il documento del trattamento di fine rapporto circa sei volte, convinta che io fossi la contabile della società e un'amica intima di Will, ma io non lo ricevetti mai. Will le diede numeri di fax e indirizzi, ma ancora non sappiamo che fine abbiano fatto quei documenti.

Dopo poco tempo che si conoscevano Will le chiese di andare a vivere con lui e la portò a Londra, a quanto diceva nell'appartamento che aveva in città… una casa che per quanto ne sappiamo noi non esiste. Ma durante il viaggio in macchina lui ricevette una chiamata che gli ordinava di andare immediatamente a Bruxelles per gestire un problema legale della società di software, così Alice dovette andare a stare da una cugina.

In luglio Alice tenne perfino i server per una settimana mentre io stavo dai miei genitori; le aveva detto che nel suo ufficio non c'era spazio e le aveva rifilato una storia. Li aveva recuperati una sera per riportarli a Edimburgo nell'appartamento in cui avevo traslocato ad agosto.

Le disse che aveva conosciuto un paio di persone online e che era uscito con altre due donne dello stesso sito su cui si erano incontrati loro. L'aveva anche portata in gita a Londra. In un'occasione, aveva passato la giornata a telefonarle perché l'ufficio contabile della società, cioè io, aveva depositato milleduecento sterline sul conto di Alice dato che il suo aveva dei problemi. Lei doveva prelevare i soldi in contanti e portarglieli a Londra, poi sarebbero andati a teatro e avrebbero trascorso una bella serata insieme. Le andò incontro a Paddington Square e la portò in un ristorante giapponese, dove lei notò che tutti i camerieri gli sorridevano; dopo aver sentito la mia storia, ne capì il motivo. All'epoca, lui le disse che ci era stato con almeno un'altra delle donne con cui era uscito. Lui aveva preso la "solita" bistecca in salsa teriyaki carissima e aveva passato la serata a bere champagne al calice. Il denaro non sembrava un problema, ma Alice si era ritrovata a dover pagare un'altra volta perché i soldi che gli aveva portato erano destinati a cose più urgenti; ovviamente, glieli avrebbe restituiti "presto". Poi erano andati a vedere *Il fantasma dell'Opera* e perfino la donna della biglietteria sembrò riconoscerlo. Dopo lo spettacolo erano entrati in un bar e Will aveva iniziato a raccontarle della madre: era gravemente malata e lui intendeva tornare negli Stati Uniti per farle visita, chiedendole se volesse accompagnarlo. Alice non fece in tempo a rispondere che Will ricevette una telefonata della sorella: l'intervento al cuore del giorno prima non era andato bene e prevedevano di rioperarla. A quanto sembrava, Will avrebbe dovuto trovare i soldi necessari e mandarli negli Stati Uniti.

Dopodiché Will l'aveva fatta girare come una trottola rifilandole una palla dietro l'altra, come quella secondo cui la società di software non gli aveva pagato i rimborsi spese. Will continuò a chiederle soldi e Alice a darglieli; guadagnava ottocento sterline alla settimana e gliene consegnò la maggior parte dopo che Will le raccontò una serie di storie diverse. Sembra difficile crederci ma io sapevo come faceva, come riusciva a manipolare le persone. Avrai indietro l'investimento iniziale (che si tratti di denaro, tempo o sentimenti) se fai solamente questo piccolo sforzo in più. Diceva sempre che era solo per quella volta, e che sarebbe stata "l'ultima". C'era qualcosa di inquietante nella sua capacità di controllare, una cosa che nessuna di noi due era in grado di capire fino in fondo.

Sebbene le arrivassero le ottocento sterline settimanali, Alice non riceveva le buste paga e il contratto non si materializzò mai, eppure Will non le permetteva di telefonarmi. In totale, mi disse, gli aveva dato circa ventimila sterline, ma alla fine di agosto il suo comportamento l'aveva insospettita parecchio ed era decisa ad andare a fondo alla cosa.

Will le aveva chiesto di nuovo di andare a vivere insieme e le aveva detto di farsi trovare in un motel sulla M25. Lei arrivò e aspettò, ma lui non si fece vedere. Rimase lì tutto il weekend, chiamandolo al cellulare senza ottenere risposta. Alla fine, la domenica mattina chiamò il numero di fax della società per cercare di parlarmi e chiedermi se sapessi dove fosse. Rispose mia sorella, perché io ero a Londra con Will per il fine settimana, e disse ad Alice che eravamo via. Non ci voleva molto a fare due più due, così Alice decise di fare qualche ricerca per conto suo. Mi lasciò un messaggio chiedendo di essere richiamata e mia sorella mi telefonò. Ovviamente, lo riferii a Will, il quale mi disse che se ne sarebbe occupato mentre andava a recuperare una cosa in macchina. Quindi la chiamò, facendole una scenata: lui e io eravamo solo amici e Alice non doveva rompergli le scatole con la sua paranoia. Dichiarò che aveva cercato di chiamarla e che probabilmente il suo cellulare aveva qualcosa che non andava.

Le disse di aspettarlo al motel ma continuò a non farsi vedere; alla fine, il lunedì, lei tornò a casa della cugina, ormai praticamente al verde.

Alice googlò il mio nome e trovò il sito web della mia vecchia scuola su cui c'era l'elenco degli ex studenti che avevano partecipato al ritrovo dei vent'anni dal diploma. Io ero indicata come "Mary Turner Thomson, ora signora Mary Jordan". Ne chiese conto a Will e lui rispose che eravamo molto amici e che certe volte mi tornava utile usare il suo cognome e fingere che fossimo sposati, anche se non era così. Poi iniziò ad ammettere che ero ben introdotta e che grazie ai miei contatti con gente potente, perfino esponenti della famiglia reale, dieci cittadini americani potevano lavorare per la società di software britannica. Se Alice avesse creato problemi, quelle dieci persone e le loro famiglie avrebbero rischiato di perdere lavoro e casa, e di essere rispediti negli USA. Faceva leva sulla generosità di Alice, ma a quel punto lei lo stava smascherando.

Alice si rivolse alla cugina, che fu molto comprensiva e la portò da un amico commercialista che lavorava per una grossa società della City. Lei spiegò la situazione e le venne consigliato di aprire una società a responsabilità limitata per conto suo, cercando di tagliare i ponti con Will; prima però, avrebbe dovuto portare a termine i tre mesi stabiliti dall'accordo. Alice non aveva un centesimo, perché aveva dato tutto a Will: aveva smesso di pagare perfino le rate del mutuo e si stava indebitando seriamente.

Nel settembre del 2005 stava ancora cercando di tirarsi fuori. Aveva cambiato istituto di credito perché era convinta che la banca precedente avesse continuato a commettere errori, dando il benestare a pagamenti con cui lei non aveva niente a che vedere. (Più tardi scoprì che gli errori erano dovuti al fatto che Will aveva continuato a usare il numero della sua carta di credito per pagare le riparazioni dell'auto, le lenti a contatto e la consegna della spesa a un "amico".) Poi Will la invitò di nuovo a Londra e, dato che non gli avevano versato i rimborsi spese per l'ennesima volta, Alice pagò il ristorante dando alla cameriera la sua nuova carta di credito. Si alzò per andare in bagno e quando tornò la carta di credito la aspettava sul tavolo perché lei firmasse la ricevuta. Alice non aveva mai dato a Will il numero della carta né il permesso di usarla ma, visto quello che successe in seguito, si rese conto troppo tardi che doveva essere stato in quell'occasione che lui si era procurato le informazioni.

Nell'ottobre del 2005 Alice mise fine al suo rapporto di lavoro con la società di Will, dicendo che doveva occuparsi di sua madre. Will andò su tutte le furie. In quel momento, però, Alice aveva problemi seri con il mutuo e le società di carte di credito, e prese degli accordi per riuscire a ripianare i debiti. Poi, all'inizio di novembre del 2005, andò a prelevare dei soldi da dare a sua cugina e scoprì di avere solo duecento sterline sul conto, anche se aveva appena ricevuto lo stipendio. Chiese alla banca di fare dei controlli e loro confermarono che le erano state addebitate sulla carta di credito cinquecento sterline a favore della Mercedes Benz di Oxford. Era senza parole, ma non dovette pensarci neanche un secondo per capire chi era stato. La banca le disse che la sua carta era stata usata anche per un altro pagamento di mille sterline in ottobre, sempre per la Mercedes, e che erano stati fatti altri due tentativi di usarla alla stessa autofficina. Le dissero che per riavere indietro i soldi avrebbe dovuto sporgere denuncia alla polizia, quindi fece esattamente così.

La polizia le chiese di continuare a parlare con Will finché fossero riusciti a intercettarlo all'autofficina. Lei gli mandò un messaggio dicendo che il garage aveva chiamato per farle sapere che la macchina era pronta. Quando Will arrivò, trovò ad aspettarlo la polizia che gli perquisì l'auto e trovò documenti relativi alla signora Michelle Jordan, oltre che il taser. La macchina, però, era intestata all'altra moglie, la signora Mary Jordan. Will venne arrestato immediatamente: era la volta in cui mi chiamò per chiedermi di telefonare all'ufficio del vice primo ministro e dire che avrebbe fatto tardi al lavoro.

Alice riempì molti buchi e io feci altrettanto; le cose iniziavano ad acquistare senso. Ma restavano ancora un mucchio di domande: dov'erano finiti tutti i soldi e per cosa li aveva usati? Nessuna di noi due lo sapeva. Will aveva parlato ad Alice di altre donne conosciute online che frequentava: magari li aveva usati per loro, ma noi sospettavamo che le cose non stessero così.

Alice e io cercammo di convincere il servizio clienti del sito di appuntamenti online tramite cui lo aveva conosciuto a collaborare e contattare le altre donne che aveva incontrato. Ci preoccupavano soprattutto quelle che avevano figli, perché sembrava che il suo bersaglio fossero le madri single; ma si rifiutarono di lasciarsi coinvolgere. L'unica azione che intrapresero per proteggere le loro clienti fu rimuovere l'annuncio di Will, ma non avrebbero cercato di avvertire le donne che aveva già contattato.

All'inizio, durante le nostre lunghe telefonate, Alice era nervosa e dispiaciuta di avere avuto una storia con mio marito. Era convinta che le sue azioni avessero lasciato me senza marito e i miei figli senza padre, e dal tono della voce intuivo che si sentiva in colpa. Mi sforzai in tutti i modi di spiegarle che le ero riconoscente, che mi aveva reso libera. Erano state le sue decisioni a salvare me e i miei bambini da ulteriori danni. È vero, ero al verde e sull'orlo della bancarotta per causa di Will, ma avevo tutto quello che contava – i miei meravigliosi bambini – e adesso conoscevo la verità.

Sarò per sempre grata ad Alice per quello che ha fatto e per le tante ore che ha trascorso a parlare con me.

Solo lei ha capito fino in fondo e non mi ha giudicata per aver creduto a Will. Solo lei sapeva come agiva e come riusciva a manipolare le persone. Al pari di me, si guardava indietro e provava a capire come avesse potuto farci quello che ci aveva fatto. Avevo trovato un'alleata, un'amica, una persona che aveva passato le stesse cose che avevo passato io. Alice era un'altra donna intelligente e perbene che era stata raggirata per essere stata troppo ingenua.

Non ero più sola e ridotta al silenzio.

3
Un puzzle da ricostruire

Imbaldanzita dal sostegno di Alice, desideravo saperne di più, scoprire da dove veniva Will e cosa lo aveva reso quello che era. Volevo informazioni per colmare il vuoto che aveva lasciato portandomi via così tanto. Diventò una specie di puzzle infinito che dovevo ricostruire: ero consapevole che non avrei mai avuto tutti i pezzi, ma speravo di poter cogliere un'impressione complessiva dell'immagine se avessi trovato le tessere chiave.

Quando era venuta a casa mia, Michelle aveva menzionato tre persone che avrebbero potuto fornirmi delle risposte. Primo, aveva detto che Will era stato sposato con una donna di nome Alexis, che aveva divorziato da lui nel

1991 per poi risposarsi e voltare pagina. Volevo trovare questa donna, perché dovevo sapere che ci si riprendeva completamente, che era possibile avere di nuovo una vita. Volevo anche parlare con qualcuno che conoscesse la sua famiglia. Michelle aveva detto che sua madre aveva una malattia mentale, ma era una cosa genetica? I miei bambini erano a rischio? L'unico modo per saperlo era chiedere. Non volevo chiamare i suoi genitori, perché non me la sentivo di dover essere io a sconvolgergli la vita. Ma forse Alexis sarebbe stata in grado di rispondermi.

La cercai su Google e scoprii che era una scrittrice. Il Web restituiva diversi risultati, così le mandai un'e-mail chiedendole di parlare di una questione personale che riguardava entrambe. Lei rispose e io le raccontai che cosa mi era successo, e dopo questo primo scambio parlammo a lungo. Mi raccontò la sua storia e com'era stato vivere con lui; c'erano tantissime somiglianze e molte altre cose da sapere.

Secondo, Michelle aveva accennato a Devi, l'innamorata del liceo per la quale avevo provato una fitta di gelosia quando Will me ne aveva parlato con affetto all'inizio della nostra relazione. Dalla sua descrizione erano sembrati il ritratto perfetto dell'amore fra adolescenti, anche se aveva trascurato di menzionare che avevano avuto un figlio, probabilmente perché non calzava con la storia del "sono sterile". Volevo trovare anche Devi e suo figlio George, perché avrebbero potuto avere in mano un'altra tessera del puzzle.

Fu Alice a darmi l'idea di come mettermi in contatto con loro quando accennò al fatto che Will aveva una pagina su Myspace. Controllai e scoprii che su quel sito aveva un solo amico: suo figlio George. Il giorno successivo la pagina di Will venne rimossa, ma era troppo tardi; avevo scritto a George e stavamo già parlando. Per un po' comunicai con lui via e-mail e poi, nel settembre del 2006, gli dissi che Will era in carcere in custodia preventiva. Aggiunsi che la vicenda non finiva lì ma che non intendevo sbattergliela in faccia come se niente fosse. George parlò con la madre e fu Devi a rispondere all'e-mail, ansiosa di sentire che cosa avevo da dire. Parlammo al telefono per un bel pezzo. Devi era un'altra donna forte e indipendente con una personalità eccezionale. Ma anche qui si nascondeva l'ennesima vicenda devastante.

E così, pezzo per pezzo, si delineò il passato di Will, una storia costellata di avvenimenti drammatici da cui emergeva chiaramente che non ero affatto la prima vittima di quell'uomo. Ci sono ancora dei punti oscuri, ma quella che segue è la storia di Will per come sono riuscita a ricostruirla sulla base di ciò che mi hanno detto le persone con cui ho parlato.

Stando a Devi, lei e Bill, come si faceva chiamare allora, si erano conosciuti nel 1980, quando lei aveva iniziato le superiori nel New Jersey: lui aveva quindici anni e lei uno di meno. Si erano messi insieme quasi subito e si erano mollati e rimessi insieme per tutto il periodo delle superiori. A quanto pare, Bill troncò e riprese la relazione più e più volte, lasciandola disorientata e sulle spine. Le dava un appuntamento e poi la faceva aspettare per ore; sua madre le diceva di fregarsene, ma lei non riusciva a farne a meno. Quando alla fine compariva, tirava in ballo qualche emergenza in famiglia sostenendo che non era colpa sua.

Devi era convinta che Bill fosse invidioso di lei, in particolare della sua capacità di risparmiare. Non era una spendacciona, quindi tutte le volte che aveva qualcosa da parte lo depositava sul suo conto di risparmio.

Bill aveva già cominciato a prendersi delle libertà con Devi. Lei sapeva che aveva problemi in famiglia e che sua madre era malata. Le disse che in casa non c'era da mangiare e che non sapeva come procurarselo, così Devi gli diede il bancomat, dicendo che poteva usarlo se gli servivano venti o trenta dollari per fare la spesa in caso di necessità. All'epoca il sistema funzionava così: se depositavi una busta con dei contanti a uno sportello, il computer non sapeva quanti ne contenesse e lasciava a te il compito di digitare la somma corretta; quindi potevi depositare venti dollari e dire che erano duecento. La banca avrebbe accreditato la somma sul tuo conto, rendendola immediatamente disponibile per il prelievo. I contanti venivano contati un paio di giorni dopo. Bill fece esattamente quel giochetto diverse volte nell'arco di due giorni e prese seicento dollari dal conto di Devi, lasciandola con lo scoperto. Devi si imbestialì e troncò la relazione. Ma Bill riuscì subdolamente a rientrare nelle sue grazie e alla fine tornarono insieme.

Devi ebbe dei problemi con la sua famiglia e nel 1983 si ritrovò per strada; così andò a vivere con Bill nel seminterrato di casa sua all'insaputa dei genitori. La madre e il padre di Bill non l'avevano mai vista di buon occhio e da devoti cattolici quali erano di certo non le avrebbero permesso di vivere lì. Qualche mese dopo, però, Bill fu condannato per aver firmato degli assegni scoperti e finì in prigione, lasciando Devi senza un tetto sopra la testa.

Lei si rivolse a un prete e fu mandata in una casa di accoglienza infestata dagli scarafaggi che aveva la nomea di essere il "posto peggiore della nazione", per dirla con le sue parole. Le altre donne la minacciavano di continuo e lei viveva nel terrore, consapevole di doversene andare se ci teneva alla pelle. Fu un periodo orribile.

Devi comunque se la cavò e trovò rifugio in un edificio abbandonato. Mesi dopo incappò di nuovo in Bill, il quale le disse che la cercava disperatamente da quando era uscito di prigione, e aveva perfino incaricato delle persone perché la ritrovassero, finendo per credere che fosse morta. Le si gettò fra le braccia dichiarando che la amava e che era felicissimo di vederla. Devi rimase sbalordita, perché sembrava che ci tenesse davvero a lei, ma ebbe l'impressione che Bill si fosse cacciato nuovamente nei guai, anche se non sapeva per cosa.

Un giorno la portò a fare un giro in macchina e quando uscirono dai confini del New Jersey lui fece un gran sospiro e disse che era proprio un bel sollievo essersene andato. Anche se non riesce a ricordare come, Bill la convinse che avrebbero semplicemente dovuto continuare a guidare e così arrivarono dritti in Canada.

Per un po' vissero di espedienti, certe volte dormendo negli ostelli e altre per strada; per sopravvivere prendevano i soldi dalle chiese. Poi videro un annuncio per un lavoro con alloggio in un ostello di Barrie, Canada, gestito da una coppia di anziani tedeschi. In cambio di cinque giorni di lavoro avrebbero avuto vitto e alloggio per sette. Colsero l'occasione al volo e Devi imparò a cucire lenzuola e federe coordinate, mentre Bill lavorava come elettricista e muratore.

Ma non era soddisfatto e voleva di più; sembrava non capire che per ottenere le cose bisogna sudarsele. Odiava dover lavorare per vivere e quell'atteggiamento era causa di discussioni fra loro, perché Devi credeva fermamente nell'idea di un'equa retribuzione per un lavoro ben svolto e aveva la sensazione che Bill non facesse la sua parte.

Nel 1985 Bill conobbe un tizio che gli offrì la stessa cosa, lavoro in cambio di vitto e alloggio, ma questa volta in uno chalet. A quel punto Devi era incinta e a mano a mano che la gravidanza avanzava faceva sempre più fatica a lavorare. Bill trovò poi una coppia che aveva un'attività e che per qualche ragione si fidò a dargli un assegno di cinquecento dollari che lui incamerò anziché fare quanto concordato. Devi si ritrovò alla porta dei poliziotti che la tempestarono di domande. Le chiesero di un distintivo della polizia che avevano trovato addosso a Bill e di un coltello da lancio usato per le arti marziali. Devi cascò dal pero. I poliziotti arrestarono Bill e portarono lei in un rifugio per donne maltrattate nei pressi della prigione.

Lei cercò di darsi da fare cercando lavoro come babysitter, ma venne espulsa dal Paese solo due settimane dopo aver partorito, nel dicembre del 1985, e tornò dai genitori in New Jersey. Aveva diciannove anni.

Nei quattro anni successivi, dal 1986 al 1990, Devi non ebbe contatti con Bill e non fece alcun tentativo per rintracciarlo. Si trovò un lavoro e iniziò a rimettersi in carreggiata per suo figlio.

Nel 1987 Will aveva ventun anni ed era di nuovo in New Jersey, dove cominciò una relazione con Alexis, convalescente da un intervento chirurgico. Bill fu molto premuroso durante il ricovero; andava a trovarla portando la chitarra e cantava per lei. Alexis non ci mise molto a cadere sotto il suo incantesimo; nel giro di due o tre mesi la loro relazione era in pieno svolgimento e lui si era già trasferito a casa sua. Fu allora che Alexis scoprì che Bill aveva precedenti penali per degli assegni scoperti, ma credette alla sua spiegazione. Le raccontò che la madre era stata ricoverata in ospedale e lui doveva badare a sé e alla sorella; aveva pensato erroneamente che sul conto dei genitori ci fossero dei soldi e ne aveva pagato il prezzo.

Bill le disse che era proprietario di una ditta di costruzioni e di installazione di sistemi di riscaldamento e condizionamento, così Alexis lo presentò a dei conoscenti che gli offrirono un contratto per installare un grosso impianto di condizionamento in degli uffici. Bill prese i soldi per l'acquisto dei materiali e non eseguì mai il lavoro, presentandosi con un'auto nuova senza spiegare dove avesse trovato il denaro per comprarla. Alexis scoprì troppo tardi che era solo un operaio della ditta di costruzioni e ne fu profondamente imbarazzata.

Nel 1988 Bill venne arrestato di nuovo e condannato a nove mesi di carcere per aver firmato assegni scoperti per migliaia di dollari. Alexis andava diligentemente a trovarlo quasi ogni fine settimana, portandogli soldi e cibo casalingo, anche se la prigione distava parecchie ore di macchina. Inoltre lui le telefonava regolarmente, addebitandole le chiamate.

Quando uscì di prigione, tornò a vivere con Alexis e tentarono senza successo di concepire un bambino. All'inizio lui le aveva detto di aver interrotto i rapporti con la famiglia, ma in seguito le presentò i suoi. Alexis sapeva che la madre era bipolare anche se non conosceva la gravità della malattia. I genitori di Bill non approvavano la loro relazione, perché era più grande di lui. Ciononostante, nel 1989 avevano deciso di sposarsi, ma due giorni prima del matrimonio Bill si tirò indietro sostenendo di aver cambiato idea e le fece fare una figuraccia tremenda con gli ospiti già arrivati per la cerimonia, un abito di seta firmato fatto su misura appeso dietro la porta e tre damigelle che facevano a gara a chiederle cosa fosse successo. Due mesi dopo, andarono da un giudice di pace e si sposarono in privato.

A quel punto Bill iniziò ad accumulare debiti a nome di Alexis. Tutte le volte che lo beccava a usare le carte di credito senza il suo permesso, lui giurava che non sarebbe più successo. Benché esasperata e furibonda, si sforzò di lavorare sul loro rapporto e di fargli rispettare la parola data.

Nello stesso periodo Bill stava cercando di rintracciare Devi e nel 1990 la trovò. Le raccontò che si era sottoposto a magnetoterapia al cervello in Canada e che ormai era un uomo diverso. Tuttavia, sebbene giurasse di essere cambiato, affermava di provare sempre lo stesso sentimento per lei. La convinse un'altra volta che era la sua ragione di vita e che voleva avere un rapporto con lei e con il figlio. La portò perfino a conoscere i suoi genitori e presentò loro George. Dopo quella visita, andarono in un parco divertimenti della Pennsylvania dove Bill sostenne di essere felicissimo che fossero di nuovo una famiglia. Le comprò un anello e le chiese di sposarlo.

Devi era comprensibilmente guardinga, ma lui era premuroso e sembrava sincero. Le disse che lavorava a Washington, DC, il che spiegava perché fosse spesso assente, e le chiese di accompagnarlo per vedere la casa che aveva trovato per loro. Insisteva perché lasciasse il lavoro in modo da poter mettere su casa insieme. Ci volle un po', ma alla fine Devi si lasciò irretire un'altra volta; dopotutto, poteva dare a suo figlio la possibilità di crescere con entrambi i genitori.

Ben presto, tuttavia, iniziarono a suonare dei campanelli d'allarme: una volta Devi rispose al telefono e sentì una donna di nome Alexis che le urlava contro, dicendo che Will era suo marito. (Alexis non rammenta quell'episodio, però ricorda di aver trovato una ricevuta intestata a Will per un anello di fidanzamento e una coppia di fedi.) Bill le spiegò che Alexis era una ex fidanzata che purtroppo desiderava più di quello che lui era in grado di offrirle ed era instabile mentalmente; glielo disse in tono così calmo e indifferente che Devi gli credette. Un'altra volta, chiamò l'ufficio di Will e le fu risposto che non c'era, così lasciò un messaggio dicendo che era la fidanzata di Will, al che la segretaria si mise a tossire e farfugliò: «La sua fidanzata?» Devi pensò che era strano, ma ne capì il significato solo in seguito.

Lasciò il lavoro, come le aveva chiesto Bill, e credeva di dover andare a Washington a vedere la casa che lui aveva trovato. Partì da sola. Bill le disse che si sarebbero incontrati per strada e le indicò dove aspettarlo: nel bel mezzo del nulla. Lei arrivò e aspettò oltre un'ora, ma di Bill nessuna traccia. Devi capì che non si sarebbe fatto vedere, che non era cambiato e che si stava comportando sempre allo stesso modo: le tirava bidoni e la lasciava aspettare. Risalì in macchina e tornò a casa da George, infuriata con se stessa per essersi fatta prendere in giro un'altra volta.

Si fece riassumere e andò avanti con la sua vita. Un conto è prendere per i fondelli una donna, ma giocare con la vita e i sentimenti di suo figlio è tutt'altro paio di maniche. Sebbene fosse decisa a non rivederlo più, la storia non era ancora finita. A quanto sembra il 1990 fu un anno impegnativo per Bill. Non solo si era appena sposato con Alexis, ma lei scoprì che aveva una storia con una donna delle pulizie ispanica sul posto di lavoro. Poi saltò fuori che aveva relazioni con altre due donne, una delle quali, Devi, gli aveva già dato un figlio, mentre l'altra, Michelle, era incinta.

Mentre succedevano tutte queste cose, Bill e Alexis iniziarono a vedere un terapeuta per provare a salvare il loro matrimonio. Alexis non ne poteva più delle sue bugie e del fatto che le mancasse di rispetto, ma aveva preso un impegno con lui e voleva farlo funzionare. Il terapeuta inizialmente pensava che Bill soffrisse di una malattia mentale e gli diagnosticò un disturbo da personalità multipla; in seguito, però, disse che poteva averlo simulato. Dopo la diagnosi iniziale, Bill iniziò a parlare tra sé con voci differenti davanti ad Alexis: una era aggressiva e chiamava l'altra personalità «tremacoda senza spina dorsale», anche se Alexis era innamorata del tremacoda. Le cose fra loro si deteriorarono e Alexis iniziò ad avere paura a rimanere da sola con lui quando parlava con le due voci; pensava che stesse per avere un crollo nervoso e che potesse diventare pericoloso.

Alla fine perse la pazienza – Will continuava a fare debiti nonostante le promesse e si comportava in modo a dir poco stravagante – e lo portò in tribunale. Arrivò alla conclusione che non era malato di mente ma stava semplicemente usando qualunque tattica disponibile per manipolarla. Il giudice gli intimò di restituire i debiti a rate mensili, ma lui si limitò a ignorarlo, così lei lo denunciò di nuovo e Bill finì in prigione un'altra volta. Alexis mi disse che era stata Michelle a pagare la cauzione; Bill si trasferì da lei.

Nel 1991 Alexis divorziò da Bill e chiuse quella fase della sua vita, lasciando la casa dove avevano abitato insieme per trasferirsi in un condominio. Prese una compagna di appartamento per dividere le spese che si erano accumulate durante il matrimonio. Nel frattempo, Bill e Michelle partirono per il Regno Unito e si sposarono in Lancashire nell'ottobre del 1992, data in cui lei era incinta del loro secondo figlio.

Nel 1997 Bill finì in prigione e scontò sette mesi di una condanna a quindici dopo che si era dichiarato colpevole di molestie sessuali nei confronti di una bambina minore di tredici anni. La ragazzina aveva scritto sul suo diario di sentirsi sollevata che lui non le riservasse più attenzioni e la madre si era rivolta alla polizia.

Michelle era incinta di nuovo e il terzo figlio suo e di Bill nacque poco dopo che lui era uscito di prigione.

Nel 1998, stando a quanto mi ha detto Michelle, Bill era tornato a casa e aveva cambiato nome in Will, anche se lei dichiarò di non averlo mai chiamato così; era Bill a casa e Will sul lavoro. Fu anche il periodo in cui presero una tata perché desse una mano con i bambini.

Scoprii che sul finire del 1998 Will aveva iniziato a stare addosso a una madre single di nome Helen con la quale lavorava nel Surrey. Passava un mucchio di tempo nel suo ufficio a corteggiarla e le chiese più volte di uscire. Helen era lusingata, perché Will era premuroso, sembrava più giovane e aveva un certo fascino esotico. Fu molto insistente e alla fine lei cedette alle sue avance e accettò l'invito a uscire. Iniziarono un flirt, per usare le parole di Helen, anche se lui continuava a sparire. Nonostante prendesse la pillola, all'inizio del 1999 rimase incinta. Fu un brutto colpo per lei, perché era una madre single e la sua vita era già abbastanza complicata. Quasi subito dopo Will iniziò a eclissarsi sempre più spesso, anche se non faceva che ripetere che sarebbe stato presente per sostenere lei e il bambino.

In quel periodo Helen cominciò ad accorgersi che Will raccontava storie diverse a seconda delle persone con cui parlava. Per esempio, sebbene le avesse detto che il padre faceva tre lavori per mantenere la madre malata, lo sentì dire a una sua amica che era un eminente cardiochirurgo!

Helen diventò sempre più sospettosa, soprattutto perché Bill era sfuggente da morire quando gli veniva chiesto se aveva intenzione di dire ai genitori che c'era un nipote in arrivo. Continuò a tirar fuori una scusa dietro l'altra, ma Helen aveva la sensazione che non gliela raccontasse giusta e fece qualche indagine per conto suo. Senza volerlo, Will aveva rivelato i contatti dei suoi genitori negli USA compilando una domanda per l'affitto di una casa di "famiglia" per sé, Helen e i bambini. Così li chiamò e scoprì in fretta che non sapevano niente di lei né della situazione. Helen e un'amica affrontarono Will, seccato con lei perché si era messa in contatto con i suoi genitori. Dato che era stato smascherato, si limitò a stringersi nelle spalle e ad andarsene, senza farsi più vedere.

Quando Will sparì dalla sua vita, Helen era incinta di diversi mesi e lui non ha mai conosciuto suo figlio. Le implicazioni nella sua vita furono devastanti. Come avrebbe fatto a cavarsela con un neonato? Quale spiegazione poteva dare al figlio più grande riguardo alla scomparsa di Will? Come sarebbe riuscita a tenersi il lavoro e a restare in carreggiata?

Quella vicenda ovviamente le cambiò la vita, ma Helen è una donna forte e ha continuato a mantenere e a crescere i suoi figli senza lasciarsi scoraggiare.

Arrivati al 2000, Will aveva fondato la società che Michelle dirigeva, registrata presso la loro casa del Lancashire, ma aveva trasferito la famiglia a Gullane, un paese poco fuori Edimburgo. Will aveva sedotto la tata sostenendo che il suo matrimonio era in crisi e che si era innamorato di lei. La ragazza per un po' resistette, ma alla fine cedette al suo fascino e nel giugno del 2000 restò incinta. Lui lavorava in un complesso di uffici attrezzati di St Andrews Square, il posto dove lo avevo incontrato per il nostro primo appuntamento. Nel novembre del 2000 Michelle era di nuovo incinta di tre mesi e la babysitter di cinque. Fu in quel momento che iniziò a scrivermi e-mail, affermando che si sentiva in dovere di avvertirmi che non poteva avere figli.

Il bambino della babysitter nacque nel marzo del 2001 e il quinto figlio di Michelle con Bill nel giugno del 2001; a quel punto ero incinta anch'io e stavamo organizzando il nostro matrimonio.

Will sparì dalla mia vita nel luglio 2001, apparentemente per andare in Israele e nei territori palestinesi; mentre era "all'estero", però, la babysitter rimase nuovamente incinta.

Quando Will mi disse che la base di Gullane era stata spostata, la verità era che la famiglia Jordan era tornata nella casa del Lancashire. Fu all'incirca in quel periodo che Michelle si mise in contatto con Devi e le raccontò tutta la storia: che adesso avevano cinque figli, che lui aveva messo incinta la babysitter – due volte – e che lavorava per il ministero della Difesa britannico. Michelle voleva che i suoi bambini e il figlio di Devi, il loro fratello maggiore, si conoscessero. Ma Devi non si fidava e non sapeva cosa pensare. Poco tempo dopo, tuttavia, venne contattata di nuovo, questa volta da Bill, che ammise di aver avuto dei figli da Michelle ma sostenne che adesso erano divorziati. Era una vicenda molto dolorosa, affermò, e le confessò che Michelle era mentalmente instabile. Era riuscito a infilare di nuovo un piede nella porta; disse a Devi che voleva iniziare a mandare del denaro a lei e a George, e la supplicò di poter conoscere il figlio di sedici anni. Le chiese di portarlo a Londra e lei accettò perché sapeva che George desiderava tantissimo incontrare il padre. Sarebbero partiti di lì a qualche mese, nel 2002.

Nel febbraio di quell'anno partorii nostra figlia Eilidh e tre mesi dopo la babysitter diede alla luce il loro secondo bambino. Will conobbe Eilidh nel maggio del 2002, dopo essere tornato dal massacro di Jenin l'ombra di se stesso, magro e pallido, con i piedi scorticati, deciso a lasciare la CIA per dedicarsi alla sua famiglia.

Nel frattempo, sempre nel maggio del 2002, Bill prenotò per quindici giorni un lussuoso appartamento a Knightsbridge, a due passi da Harrods, e avrebbe dovuto trascorrere il tempo con Devi e George. Invece continuò i suoi andirivieni, così madre e figlio si godettero Londra per conto loro. Bill non pagò nulla di quel soggiorno anche se provò, senza riuscirci, a convincere Devi a dire a George il contrario. Raccontò che stava lavorando per i Servizi segreti inglesi e che ne aveva le prove: buste indirizzate a lui con il ministero della Difesa come mittente e lettere con il logo del governo. Sulle prime lei gli credette, ma non ricominciò una relazione con lui.

Per Devi quel viaggio aveva l'obiettivo di far conoscere a George un padre di cui non sapeva nulla. Al rientro negli Stati Uniti, però, ci rifletté e concluse che la storia del lavoro per i Servizi segreti probabilmente non era vera e che le prove erano false, ma suo figlio ne era rimasto affascinato.

All'epoca del loro viaggio nel maggio-giugno del 2002, Bill aveva due neonati nella casa di famiglia – uno con Michelle e uno con la babysitter – come pure nostra figlia Eilidh, che conobbe circa nello stesso periodo. Non c'è da stupirsi che quando tornò da me fosse pallido e sfinito.

Fu l'ultima apparizione di Bill, per dirla con le parole di Devi. Oggi appartiene al passato e si è liberata di lui. Lui ha contattato periodicamente George, cosa che l'ha fatta preoccupare non poco. George è ovviamente curioso riguardo al padre e Will è altrettanto bravo a manipolare gli uomini che le donne. Un padre ha gioco facile a dire al figlio che sua madre è solo amareggiata, che la sua versione dei fatti è distorta dalle emozioni, e per un figlio è naturale credere che entrambi i genitori siano sostanzialmente delle brave persone. Tutt'altra cosa è sentirsi raccontare la stessa storia del comportamento scioccante del padre da altre madri di fratellastri e sorellastre.

George era in pericolo esattamente come noi, anzi forse di più, e Devi mi fu riconoscente quando li informai di quello che stava succedendo perché per suo figlio fu come sentir suonare un campanello d'allarme. Tutti noi abbiamo la tendenza ad ammirare nostro padre indipendentemente da ciò che ha fatto e Devi non voleva che suo figlio ne seguisse le orme, anche se non sapeva come spiegargliene il motivo.

Tuttavia, adesso che George aveva un quadro più chiaro di quello che era successo davvero, c'era da sperare che Bill/Will non sarebbe riuscito a manipolarlo tanto facilmente perché diventasse complice delle sue trame. Devi si auspicava anche che George diventasse più consapevole di sé e non cadesse nella trappola di pretendere più di quello che gli spettava per il suo impegno o di menare la gente per il naso con promesse vane.

Era bello parlare al telefono con Devi e ridere alle sue battute. Penso che sia una persona straordinaria e nutro per lei grandissimo rispetto; di certo non è una donna docile, sottomessa o credulona e mi ha dimostrato una volta di più che quell'uomo non sceglie bersagli facili. Nella cultura indù il nome Devi significa "dea" e, se penso alla forza e alla determinazione con cui ha superato gli ostacoli che ha incontrato, trovo che le si addica alla perfezione.

Alexis e io ci scriviamo ancora. Anche lei è una persona intelligente, attenta e sensibile; ha superato brillantemente la sofferenza che le ha inflitto Bill e mi ha mostrato la compassione che può provenire solo da una persona che ha passato il tuo stesso inferno e ne è uscita temprata. Per quel che ne sappiamo, è la prima signora Jordan, ma oggi ha voltato pagina ed è felice. Mi ha scritto:

Sostengo che abbiamo molto in comune perché mi rivedo in te. Bill si è approfittato non solo di me, ma anche dei miei famigliari, dei miei amici e della mia organizzazione religiosa. Assume qualunque identità o personaggio ritenga necessari per portare a compimento i suoi piani.

Le somiglianze fra i nostri matrimoni mi hanno lasciata a bocca aperta. L'unica differenza è che io non ero incinta, ma ci stavo provando!!! Sia io che te abbiamo avuto la possibilità di andarcene dopo la delusione della prima volta, eppure tutte e due ci siamo gettate a capofitto alla seconda occasione. Non rimpiango di averlo fatto, perché quel calvario mi ha fatta crescere tantissimo; mi ha insegnato molte cose sulle persone e mi ha fatto capire che dovevo scegliere con maggiore attenzione e amare di più me stessa. Naturalmente per arrivare a queste conclusioni ci vuole tempo. Tendo a considerare tutta questa vicenda un po' come un karma negativo che era necessario affrontare per potermene sbarazzare e raggiungere la vera felicità.

Mi hai chiesto come ho fatto a liberarmi di Bill e ad andare avanti con la mia vita. Mi sono rivolta alla fede perché mi desse la forza e la lucidità di vedere le cose con chiarezza e di credere a ciò che vedevo (anche se il cuore voleva credere a qualcos'altro che non era la verità). Non mi ci è voluto molto a capire la vera natura dell'uomo che avevo sposato. Dopo quello che avevo passato con Bill non avevo alcun interesse a conoscere o a sposare nessun altro. Ero convinta che gli uomini fossero tutti dei bugiardi e dopo l'esperienza con Bill non credevo a nulla di ciò che mi dicevano. Poi un'amica mi ha presentato il mio attuale marito al telefono. Be', chi poteva sapere che quest'uomo mi avrebbe aiutata a recuperare la fiducia nella bontà di un altro essere umano? Era ed è il tipo d'uomo che dice quello che farà e fa ciò che dice. È una delle persone più affidabili che io conosca. Ma mi ci sono voluti parecchi anni prima di riuscire a fidarmi di nuovo. Gli ho dato un bel po' di filo da torcere, al mio povero marito! Poi dentro di me ho iniziato a rendermi conto che non era Bill e che avevo cambiato il karma che mi aveva portata a fare una scelta tanto sbagliata. Adesso avevo la fortuna di attrarre un tipo diverso di uomini. Mi ha aiutata molto anche capire che non avevo bisogno di un uomo per essere felice.

Ti è stato detto che sia Bill che io eravamo agenti della CIA *e che il nostro matrimonio era una copertura. Niente è più lontano dalla verità. Nessuno di noi due ha mai lavorato per la* CIA. *O perlomeno, so che la cosa vale per me e dubito seriamente che Bill/Will sia mai stato un agente segreto. Troppo tempo passato in galera!*

Alexis è stata una ventata d'aria fresca. Le ero profondamente grata per le sue parole sagge e anche perché adesso sapevo non soltanto di non essere sola, ma addirittura una fra tante. Will si è comportato così per più di vent'anni e nel corso del tempo ha perfezionato le sue tecniche testandole con diverse persone. Ecco perché è così abile a fare quello che fa: il predatore, il cacciatore, lo psicopatico. (Ho cercato il termine "psicopatico" ed è stato inquietante scoprire fino a che punto la descrizione corrispondesse al mio affettuoso ex marito.)

Alexis mi ha detto che Bill si è bruciato i ponti alle spalle negli Stati Uniti; adesso tutte le agenzie governative sono collegate e gli sarebbe impossibile mettere in pratica i suoi giochetti. Probabilmente è per questa ragione che è venuto nel Regno Unito: i nostri sistemi non si parlano, soprattutto fra una regione e l'altra. Quando ho sposato Will, mi aspettavo che l'anagrafe controllasse che non fosse già sposato: è per questo che si paga l'imposta. Non era un pensiero consapevole, solo un'ipotesi che ho formulato con il senno di poi. Ma ho scoperto che in Scozia controllano solo i dati scozzesi, in Inghilterra solo quelli inglesi e così via. Quindi è facile scivolare inosservati fra le maglie della rete.

Alexis e io chiacchieravamo come vecchie amiche e avevamo molto in comune: adesso riconoscevamo le tante promesse non mantenute e le occasioni mancate, le volte in cui non avevamo visto la verità e ci eravamo fatte abbindolare dal suo fascino. Che spreco... ma ce lo eravamo lasciato alle spalle e potevamo guardare al futuro; avevamo imparato moltissimo, nel modo peggiore.

Lei era tranquilla e rilassata. Mi ha dato speranza e mi ha confermato che ero sulla strada giusta.

Dopo che la mia storia è diventata nota si sono fatte avanti altre donne per raccontare le loro vicende con Will Jordan. Una di loro, Karen, lo aveva conosciuto su un sito di appuntamenti online e si fidanzò con lui nel novembre del 2004. Era lo stesso momento in cui io finivo i soldi ricavati dalla vendita del mio appartamento ed ero incinta di Zach di cinque mesi. Karen era un'altra madre single e Will non perse tempo a proporle di sposarlo; le disse che voleva provare ad avere un bambino, ma lei non smise di prendere la pillola e non concepì.

Nel marzo del 2005 Karen si stufò delle promesse non mantenute. Gli frugò nelle tasche e trovò una busta indirizzata al signore e alla signora Jordan. Scrisse alla signora Jordan e ruppe il fidanzamento con Will. Tuttavia, né io né Michelle riconoscemmo l'indirizzo che aveva lei.

Venni a sapere di un'altra vittima che aveva conosciuto Will nel 2005. Poco dopo essersi assicurato un contratto con l'ufficio del primo ministro e aver preso Alice a lavorare per la "sua" società, contattò un'altra donna su internet: Holli, ventisette anni, divorziata di recente con due bambini. Mentre ascoltavo la sua storia, mi accorsi che suonava estremamente familiare.

Will disse a Holli di avere trentatré anni e di essere il braccio destro di John Prescott, che all'epoca era vice primo ministro. L'aveva addirittura portata a fare un giro negli uffici, salutando gli uomini della sicurezza e parlando amichevolmente con loro. La abbagliò con il suo fascino e di lì a poco iniziarono una relazione. Will passò del tempo con la famiglia di lei, parlando di impegnarsi seriamente e di andare a vivere insieme, e comprò perfino un vestito nuovo per partecipare a un importante evento di famiglia insieme a lei.

Holli credeva di aver trovato l'«uomo dei suoi sogni» e che la vita le sorridesse; disse che era «molto disponibile e spontaneo con i miei bambini» e aveva pensato che fosse «incredibile, dato che affermava di non avere figli suoi perché aveva un problema fisico che gli rendeva impossibile diventare padre». Will si era affezionato particolarmente alla figlia di Holli e aveva legato molto con lei; l'aveva aiutata a scegliere l'arredamento della cameretta e altri oggetti per la loro nuova casa. Voleva che Holli lo sposasse in America, dove avrebbero vissuto insieme per sempre nella casa dei suoi sogni. I primi quattro mesi della loro relazione furono favolosi, fino al novembre del 2005, quando lui venne arrestato per aver usato la carta di credito di Alice. Portò Holli a Londra dove passarono una serata bellissima assistendo a *Il fantasma dell'Opera* e poi cenando in un ristorante giapponese eccellente. Holli mi raccontò che Will aveva l'abitudine di eclissarsi e che una volta, dopo essere sparito per cinque giorni, le aveva detto di essere andato negli USA perché la madre e il padre erano rimasti coinvolti in un terribile incidente d'auto.

Le fece pressioni perché disdicesse l'affitto del suo appartamento e andasse a vivere con lui: non avrebbe versato la cauzione per la casa nuova finché lei non si fosse impegnata. Così Holli cedette e lui versò un anticipo per una proprietà con quattro camere da letto nella città natale di lei. Dovette anche lasciare il suo impiego, perché si sarebbero trasferiti lontano dal posto in cui lavorava. Ma quando arrivò il momento di firmare il nuovo contratto d'affitto, all'inizio di dicembre, Will si era reso irreperibile e Holli saggiamente decise di non fare niente in sua assenza. Fu costretta a mettere tutte le sue cose in un deposito e a trasferirsi con i bambini in un bed & breakfast dove rimase tre mesi prima di riuscire a riorganizzarsi.

Will sparì dalla sua vita solo per ricomparire brevemente nel gennaio del 2006, affermando che adesso potevano «iniziare davvero a vivere». Dopodiché non si fece mai più vedere. Holli ha saputo solo a distanza di tempo del processo e della condanna e dice: «Adesso sono una persona molto più forte e un giudice infallibile delle persone, o almeno spero, grazie a una lezione imparata a caro prezzo».

4
Macerie

Durante le nostre conversazioni Alice e io iniziammo a scavare un po' più a fondo e a scoprire altri particolari delle attività di Will. Trovammo numerose fonti che ci raccontarono i danni che aveva provocato in ambito professionale. Dopo aver esaminato gli estratti conto delle carte di credito, chiamai le società cui aveva fatto pagamenti regolari e mi imbattei nelle aziende per cui avrebbe dovuto lavorare fino al 2003; era stato pagato per contratti mai portati a termine e aveva restituito il denaro che gli avevano dato per lavori che non aveva svolto… usando i miei soldi!

Due delle persone che contattai furono più che disposte a parlare e a rivelarmi fino a che punto le aveva imbrogliate. A quanto pare, Will si era assicurato contratti per scrivere il codice dei loro siti web e cose del genere... e per diversi mesi era stato pagato senza mai consegnare il lavoro finito. Non aveva fatto altro che accampare scuse e a dire che mancava poco, continuando ad accettare i soldi.

Trovai un tizio, Malcolm, il quale mi raccontò che era così esasperato dal comportamento di Will da essere andato di persona a casa sua in diverse occasioni nel tentativo di costringerlo a rimettersi al lavoro. Dato che non aveva cavato un ragno dal buco, alla fine aveva chiesto a un altro programmatore di verificare le parti di lavoro fatte da Will solo per sentirsi dire che i database erano vecchi di vent'anni e che nel codice c'erano dei buchi spaventosi che nessun informatico degno di quel nome avrebbe mai lasciato. A quel punto Malcolm era giunto alla conclusione che Will era bravo in una cosa soltanto: la parlantina. Dopodiché aveva cercato di saperne di più e aveva contattato altre società che Will aveva citato nel suo curriculum vitae, scoprendo una scia di disastri e calcolando che Will aveva incamerato circa centoquindici sterline per contratti che non aveva mai onorato. Aveva lavorato per Malcolm fra il 2002 e il 2003, sviluppando un database per un cinema e un sistema operativo di rete. Piuttosto stranamente, era lo stesso multisala di cui Will mi aveva detto di essere il comproprietario; mi aveva perfino mostrato delle foto del posto sostenendo che quando fosse stato venduto, per la sua parte gli sarebbero spettate circa centomila sterline. Come al solito, i soldi non si erano mai materializzati; a sentire lui, era solo un'altra delle "risorse" che la CIA si era ripresa indietro.

Malcolm mi disse che aveva fatto a Will alcuni pagamenti forfettari e che aveva provato pena per lui, perché gli aveva detto che sua moglie aveva il cancro e aveva bisogno di essere curata a Londra. Malcolm aveva accettato perfino di pagare un appartamento per due settimane in modo che Will potesse portare la moglie a curarsi. Andò in bestia quando scoprì che in realtà Will aveva prenotato un posto lussuoso a Knightsbridge; era il maggio-giugno 2002 e non ci aveva portato Michelle, ma Devi e il figlio George. Malcolm mi riferì anche che aveva usato lo stratagemma del "cancro" in varie altre occasioni per farsi dare ulteriori soldi dalla sua società.

Poi mi parlò dei bidoni che gli aveva tirato. Una volta, il 26-28 ottobre, Malcolm rimase ad aspettarlo in un albergo del Lancashire. Will era sul treno, che era in ritardo e poi si era fermato; sarebbe arrivato la mattina dopo, nel giro di poche ore ecc. ecc. Nello stesso momento, anche Michelle lo stava aspettando e riceveva messaggi analoghi. Ma Will era in luna di miele con me a Shieldhill Castle.

Alla fine trovai il coraggio di chiamare un amico con cui Will aveva parlato in numerose occasioni. Si chiamava Jonny, lavorava nel cinema di Malcolm quando c'era anche Will e lo conosceva da parecchi anni. Chiacchierammo a lungo e lui mi disse che Will era un amico a posto; è vero, aveva l'abitudine di sparire, però restava in contatto con lui e in genere rispondeva ai messaggi, anche se adesso non lo sentiva da circa sei mesi. Jonny mi raccontò che Will non gli aveva portato via molti soldi, a parte un migliaio di sterline per pagare i creditori che gli stavano alle calcagna; a suo dire era una situazione che si verificava spesso e mi confessò che Will sembrava costantemente a corto di denaro benché guidasse sempre dei macchinoni nuovi di pacca. Jonny gli offriva da mangiare quando lavoravano insieme perché Will non aveva mai soldi per il cibo. Nel 2003, in una rara occasione in cui Will era senza macchina, Jonny gli aveva perfino comprato una Daewoo di seconda mano, eppure io non avevo la minima idea di che fine avesse fatto. Jonny non sapeva niente di me né degli altri figli, però Will gli aveva confidato di avere una figlia grande negli Stati Uniti. Mi riferì anche che il proprietario del cinema gli aveva dato venticinquemila sterline di anticipo quando Will aveva detto che la moglie era malata di cancro e aveva bisogno di cure. A quanto pare, Will gli aveva raccontato di possedere una società e di aver perso tutto l'11 settembre, dopo che gli attentati avevano distrutto il suo cliente più grosso; stava solo cercando di ricostruire ciò che aveva.

La gente era più che disposta a parlare con me e spesso curiosa di sapere che cosa aveva combinato Will. Le persone dell'ambiente lavorativo mi dissero che non era affatto un bravo programmatore e che quando avevano esaminato i database creati da lui non di rado avevano trovato errori grossolani. Le sue eccezionali capacità nel campo della programmazione erano un'altra bugia smaccata, nient'altro che l'ennesimo raggiro. Riusciva a essere talmente convincente: avevo dato per scontato che sapesse quello che faceva. Di colpo smisi di avere paura e mi sentii più sicura in casa mia: avevo temuto di essere spiata e che il mio computer fosse monitorato.

Trovai delle persone in Lancashire che conoscevano i Jordan sin dal loro arrivo nel Regno Unito negli anni Novanta. Da loro seppi che le agenzie del recupero crediti erano degli habitué alla porta di casa. I vicini mi dissero che un giorno avevano ricevuto per posta una busta che conteneva cinque fogli di carta su cui era ripetuta un'unica frase: «Will Jordan si porta a letto mia figlia». Avevano pensato subito che fosse stato spedito all'indirizzo sbagliato e che il destinatario fosse Michelle. Mi raccontarono anche che la famiglia se ne andò e tornò diverse volte... sempre di notte. Michelle gli aveva detto che Will lavorava per il governo, ma non aveva mai chiarito cosa facesse. Poi la babysitter si licenziò e loro la incontrarono con un bambino che somigliava parecchio a Will. All'inizio pensai che fosse la stessa ragazza che era rimasta incinta a Gullane, ma loro mi dissero che il bambino aveva almeno dieci anni, perciò non poteva essere lei.

Alice si mise in contatto con il sito www.192.com, dove è possibile trovare l'indirizzo di tutti i residenti del Regno Unito e anche gli iscritti al registro elettorale che vivono con loro, raccontò che cosa ci era successo e loro le diedero tutto l'aiuto possibile. Così lei fece delle ricerche sul database e trovò dei certificati di nascita sui quali Will era indicato come il padre. Trovammo un nominativo che sembrava corrispondere alla babysitter che aveva avuto due figlie con lui nel giro di due anni: una nata nel 2001 e l'altra nell'aprile del 2002, il che significa che erano vicinissime a mia figlia, nata nel febbraio del 2002. Prova ulteriore del fatto che mentre ero incinta di Eilidh, Will non si trovava nei territori palestinesi.

Sul www.192.com Alice trovò l'indirizzo della babysitter a Gullane e all'inizio di novembre del 2006 le scrissi, dicendole chi ero e allegando delle fotografie per farle vedere che Will aveva fatto parte della nostra famiglia. Aggiunsi che mi sarebbe piaciuto parlarle e poco dopo ricevetti una telefonata. Parlammo per circa un'ora e lei rimase sulle sue. Cercai di rassicurarla e le raccontai di come Will mi avesse corteggiata, convincendomi di essere della CIA; di come a un certo punto fossi andata alla casa di Gullane e lui mi aveva detto che era una base operativa; le confidai le bugie, le frottole, la paura e il modo in cui mi aveva portato via tutto ciò che avevo. Lei ascoltò senza fare domande. Accennai ad Alice: le dissi che lei e io ci eravamo sostenute a vicenda e che avevamo trovato conforto cercando la verità. Lei rimase guardinga e disse che le serviva tempo per pensarci, ma che un giorno forse ci racconterà la sua storia. Per il momento, preferisce rimanere in silenzio: è confusa, e io la capisco.

Il desiderio di chiamare la famiglia di Will, di saperne di più di queste persone cui ero in qualche modo imparentata, non mi lasciava mai. I suoceri che sembrava fossero venuti nel Regno Unito per la nostra festa di fidanzamento ma che poi non si erano fatti vedere. Le persone con cui avevo parlato al telefono, che erano state così amichevoli, felici che Will avesse finalmente trovato una donna con cui metter su famiglia. Volevo avere la certezza che non fossero coinvolti in quello che aveva fatto, la conferma che le persone con cui avevo parlato erano attori che lui aveva ingaggiato, o qualcosa del genere. Desideravo dire loro che avevano altri nipoti, ma sapevo di non poterli chiamare; in fin dei conti, erano i suoi genitori, non i miei. Ma volevo a tutti i costi sapere di più del suo passato, trovare una qualche ragione capace di spiegarmi quello che era successo.

Alla fine, sette mesi dopo aver incontrato Michelle e aver scoperto che cosa mi era successo, presi il coraggio a due mani e chiamai la sorella di Will negli Stati Uniti. Ero divorata dall'ansia, perché non volevo distruggere la vita di altre persone, ma non mi veniva in mente nessun altro in grado di aiutarmi. Dopo molte esitazioni, feci il numero.

All'inizio parlai con una persona che mi chiese il motivo per cui chiamavo. Risposi che ero una delle sue cognate e che ero sposata con Will Jordan. Iniziò a farmi domande e agitata com'ero le dissi che Will era in prigione, al che lei ribatté che anche suo padre era in carcere. Mi sentii gelare. «Quanti anni hai?», le chiesi e la ragazza rispose: «Quasi quattordici».

Rimasi sconvolta, perché avevo creduto che fosse molto più grande: non mi aveva neanche sfiorata l'idea di non parlare con un adulto, forse perché ero abituata ad avere a che fare con bambini piccoli. Ammutolii, in preda all'imbarazzo. La ragazzina mi diede l'indirizzo e-mail della madre e io le dissi che avrei mandato qualche foto per farle capire chi ero, poi misi giù.

Intorno all'una del mattino ricevetti una telefonata e parlai con mia cognata per la prima volta. Non aveva preso bene la mia conversazione con sua figlia e io mi scusai ripetutamente. Sapevo di aver commesso un errore, che non avrei dovuto chiamare, ma lei fu gentile e si rese conto che non l'avevo fatto apposta. Quando le raccontai la mia storia rimase scioccata; non sembrava molto legata a Will, ma era comunque un bel po' di roba da digerire. Non mi parve neanche troppo stupita, anche se immagino che si sia tenuta per sé parecchie cose. Le mandai delle foto della nostra famiglia e del matrimonio, per dimostrarle che non mentivo. Mi chiese di farle sapere come andava il processo, ma non desiderava rimanere in contatto; capivo la sua posizione e l'ho accettata. Adesso mi rendo conto di essere stata sconsiderata a contattare la sorella di Will in quel modo e che era troppo aspettarsi delle risposte da lei.

5
La cruda realtà

Con il tempo emersero altre cose riguardo a Will. Aveva preso in affitto una casa da un milione di sterline per Michelle e i bambini, ma non aveva pagato il canone per diversi mesi; era lì che stava quando mi aveva detto che dormiva in macchina. Ricordai con rabbia le notti passate a preoccuparmi per lui, le coperte che gli avevo comprato quando mi aveva raccontato di trovarsi in una brutta situazione e il senso di colpa che avevo provato perché almeno io avevo un tetto sopra la testa. Tutte fesserie.

Conoscevo i padroni di casa perché una volta dietro istruzioni di Will avevo pagato io l'affitto (anche se all'epoca non sapevo a cosa servissero i soldi). I proprietari lo denunciarono per quattro mesi di affitto arretrato, ma dodici ore prima dell'udienza Will andò in tribunale chiedendo una dilazione. Gli fu concesso un altro mese, che permise alla famiglia di restare ancora nella casa senza pagare l'affitto.

Alla fine Will fu portato davanti al giudice per tredicimila sterline di affitto arretrato; lui affermò imperturbabile che aveva undicimila sterline sul conto in banca e che stava solo aspettando che gli sbloccassero l'assegno. Anziché imporgli di versare subito le undicimila sterline, il giudice gli concesse un'altra settimana, mandando su tutte le furie i proprietari che avrebbero solo perso altri soldi. Alla fine, Will e la famiglia vennero sfrattati.

Scoprii che era riuscito a prendere in affitto la casa sulla base di referenze che lo qualificavano come il braccio destro di John Prescott; dato che all'epoca aveva un contratto con l'ufficio del vice ministro, immagino che abbia avuto gioco facile a scriversi le referenze da solo. I proprietari sono ancora imbufaliti con il sistema giuridico, che aveva permesso a un truffatore di trascinare per le lunghe il processo e farsi i suoi comodi. Sono anche alquanto contrariati riguardo al sistema di controllo delle referenze degli affittuari, al quale era sfuggito che Will aveva diverse condanne per morosità.

Quando arrivarono gli ufficiali giudiziari per lo sfratto, Will stava sovrintendendo il trasloco dei mobili e dei beni su un furgone. I facchini fecero cadere il pianoforte, con gran divertimento dei proprietari. Questo dettaglio mi irritò ogni oltre dire: perché mi aveva costretta a liquidare l'assicurazione sulla vita quando avrebbe potuto benissimo vendere un pianoforte? In seguito venni a sapere che la società che glielo aveva noleggiato lo stava cercando per farselo restituire.

La prima udienza per le accuse di truffa e bigamia era prevista davanti alla Magistrates' Court, il tribunale per i reati minori, il 5 aprile 2006 – il giorno in cui aspettavo notizie dalla sua avvocata e invece avevo ricevuto la telefonata di Michelle –, ma fu rimandata più volte, prima a maggio, poi a giugno. Finalmente, in luglio, fu trasferita alla Crown Court, il tribunale penale, che però la sospese in quattro o cinque occasioni. Tutte le volte che mi comunicavano una data, speravo che fosse la fine di quel limbo angosciante, e tutte le volte rimanevo delusa. Finché non ci fosse stato il processo ero ancora "sposata"; quando Will si fosse dichiarato colpevole, sarei stata "sposata illegalmente"; dopodiché sarei dovuta andare davanti al tribunale civile per ottenere l'annullamento del matrimonio all'anagrafe: a quel punto sarei tornata "nubile", senza mai essere stata sposata. Strano sistema, quello in cui viviamo.

Fino a quel momento ero in una terra di nessuno. Quando dovevo compilare dei moduli per la previdenza sociale o altri enti ufficiali, non potevo barrare nessuna casella: "sposata/separata/divorziata/vedova/nubile". Solo una volta mi capitò di vedere l'opzione "altro": immagino che la bigamia sia così rara che semplicemente non viene contemplata.

Quell'estate parlai con la polizia di Oxford e raccontai che cosa mi era successo, ma non parvero per niente interessati; avevano il mio certificato di matrimonio e tanto bastava. La mia testimonianza non era necessaria, anche se spiegai fino a che punto mi avesse controllata, portandomi via tutto quello che avevo. Quando parlai della lettera che mi aveva fatto spedire al Crown Prosecution Service, dissero che non era pertinente con le loro indagini a Oxford e mi suggerirono di parlare con la polizia scozzese.

Nell'agosto del 2006 contattai di persona il Crown Prosecution Service e chiesi come intendessero procedere con la lettera che Will mi aveva fatto spedire; mi risposero che siccome aveva intenzione di dichiararsi colpevole dell'accusa di bigamia, probabilmente non aveva importanza.

«E la condanna?», domandai, solo per sentirmi dire che non credevano sarebbe stata particolarmente severa, dato che «non era considerato un crimine molto grave, soprattutto quando non è stata procurata sofferenza».

«Non è stata procurata sofferenza!», ribattei, sbigottita. «Mi ha sposata per rubarmi tutto, mi ha controllata con la paura per quasi sei anni e mi ha lasciata con un debito di oltre cinquantaseimila sterline e tre bambini piccoli da mantenere. Se questo non conta come sofferenza, allora cosa conta?»

Finalmente l'uomo all'altro capo del telefono parve accorgersi della mia indignazione e mi disse che avrebbero cercato di capire se era possibile presentare come prova la mia dichiarazione.

Il 3 settembre 2006 Will mi stava ancora mandando e-mail, cercando di convincermi a incontrarlo; sosteneva di amarmi moltissimo e di voler trovare un modo perché tornassimo insieme.

Non avevo alcuna intenzione di vederlo, ma non volevo nemmeno mettermelo contro, quindi mi limitai a dirgli di no in tono misurato.

Il 4 settembre fu arrestato un'altra volta e accusato nuovamente di non aver comunicato il suo indirizzo di residenza. Questa volta rimase in custodia preventiva e venne fissata la data per il processo, il 23 novembre 2006.

Sapere che era in carcere mi diede coraggio e finalmente andai alla polizia per denunciare che mi aveva truffata, anche se non ero del tutto tranquilla perché il taser era un'arma illegale ed era stato in casa mia. Will mi aveva detto di non parlarne se non volevo essere accusata di possesso illegale di armi. A quel punto, però, decisi di dire tutto e affrontare le conseguenze; non volevo più quella spada di Damocle sulla testa.

Quando chiamai la prima volta la centrale di polizia, l'agente che mi rispose credette chiaramente che fossi una svitata e non fece niente. Quando ritelefonai e parlai di nuovo con lui, perlomeno mi diede retta e nel corso della conversazione si rese conto che facevo sul serio. Si scusò perfino di aver pensato che fossi pazza e disse che sarebbe venuto immediatamente. Arrivò nel giro di un quarto d'ora e rimase seduto a bere acqua, ricordandosi ogni tanto di chiudere la bocca spalancata per lo stupore. Gli dissi del taser e gli chiesi se avrei passato dei guai per averlo avuto in casa. Lui mi domandò se ero stata io a procurarmelo e io risposi: «No, Will se l'è fatto consegnare». Poi mi chiese se lo avessi mai portato fuori da casa e di nuovo dissi di no: era stato Will a prenderlo quando se n'era andato. A quel punto mi assicurò che non dovevo preoccuparmi, dato che era di Will.

Non gli era mai capitato un caso del genere. Benché sulle prime pensasse che non fosse stato commesso alcun crimine – mentire a tua moglie per portarle via dei soldi non è un reato –, poco a poco iniziò ad afferrare la portata della situazione. Pensò di rivolgersi alla squadra antifrode scozzese e chiese ai colleghi se fosse possibile considerare il matrimonio parte di un piano per derubarmi dei pochi soldi che avevo. Fu coinvolto un altro agente, un ispettore che si occupava da diciannove anni di frodi fiscali ed era abituato a indagare sugli estratti conto delle carte di credito. Si diceva ottimista di poter ottenere una condanna sulla base del fatto che mi era stato chiesto di spostare ingenti somme di denaro di cui era sicuramente rimasta traccia, perché la banca conservava le ricevute che avevo dovuto firmare quando depositavo i contanti. Questo, unito alle e-mail in mio possesso, le quali dimostravano che i contanti chiesti da Will corrispondevano alle somme prelevate dal mio conto in banca, avrebbe potuto costituire un buon caso in tribunale. Ne parlò all'unità antifrode scozzese, ma si sentì rispondere che siccome il denaro non era stato messo sul conto di Will da qualcun altro, ci sarebbe stato un "ragionevole dubbio" che intendesse truffarmi e quindi il caso non avrebbe retto in un tribunale penale.

A quel punto lasciai perdere, perché era ovvio che fosse troppo difficile riuscire a dimostrare qualcosa. Però dissero che avrei potuto intentare una causa civile, ma a che scopo? Sarei stata solo l'ennesima persona a cui Will doveva dei soldi e lui avrebbe finito per cercare di ottenere del denaro da un'altra vittima, e io quella responsabilità non la volevo.

Nel novembre del 2006, una settimana prima del processo a Will, mi dissero che il Crown Prosecution Service avrebbe visto di buon occhio da parte mia un Victim Impact Statement, una dichiarazione dell'impatto sulla vittima. Si tratta di un documento presentato come prova che consente alla vittima di un reato di spiegare gli effetti che il crimine ha avuto su di lei o su di lui, in particolare se l'accusato ha manifestato l'intenzione di dichiararsi colpevole. Finalmente, avevo la possibilità di dire la mia, e il giudice avrebbe saputo quello che Will aveva fatto. Ne fui felice, benché fossi esausta.

Scrissi ciò che segue e lo consegnai al poliziotto scozzese perché lo inoltrasse:

VICTIM IMPACT STATEMENT – Mary Turner Thomson
Rilasciato da Mary Turner Thomson che è la seconda moglie di JORDAN *e attualmente abita a Edimburgo.*

Prima di conoscere Will Jordan, ero una madre single con una bambina di un anno. Ero proprietaria del mio appartamento di due camere da letto affacciato sul mare a Portobello, Edimburgo, di cui pagavo il mutuo e l'assicurazione da oltre dieci anni. Avevo un lavoro a tempo pieno come consulente aziendale, formatrice ed esperta di marketing, con uno stipendio di poco inferiore alle trentamila sterline l'anno. Ero una persona sicura di sé, felice e responsabile che teneva corsi motivazionali in ambito aziendale e scolastico. Credevo che tutte le persone fosse-

ro sostanzialmente buone e non sapevo nemmeno dell'esistenza degli psicopatici.

Will Jordan mi contattò tramite un sito di appuntamenti online nell'ottobre del 2000. Poco dopo l'inizio della nostra relazione mi dimostrò di essere un agente della CIA *con base nel Regno Unito, specializzato nell'area israelo-palestinese (prove che oggi so essere false). Doveva viaggiare spesso e rimaneva lontano da casa per lunghi periodi. Dopo avermi detto di essere sterile, se ne andò che ero incinta di tre mesi e tornò quando nostra figlia aveva tre mesi (dal luglio 2001 al maggio 2002), lasciandomi senza sostegno economico e spaventata a morte perché mi aveva raccontato di trovarsi a Jenin, nei territori palestinesi, dove era avvenuto un massacro. Ora so che in realtà stava a meno di venticinque chilometri di distanza, a Gullane, con l'altra moglie (dalla quale aveva avuto quattro figli più un quinto appena nato) e la loro babysitter (anche lei a quanto pare aveva partorito da poco un figlio suo).*

Sposai Will Jordan il 26 ottobre 2002 all'ufficio comunale di Victoria Street, quando nostra figlia aveva otto mesi. Mi raccontò di voler lasciare la CIA *per avere una "vita normale", ma mi disse anche che per farlo aveva bisogno di soldi. Mise in piedi una società di cui ero la direttrice tramite cui lavorava come programmatore software e spostava il denaro che gli serviva. Mi chiese anche di farmi rilasciare delle carte di credito, cosa che feci; ne chiese perfino altre, sempre a mio nome. Mi disse che aveva contatti con società di noleggio auto, cinema e agenti immobiliari in grado di muovere il denaro che gli serviva. Il fatto che il suo nome non comparisse da nessuna parte mi avrebbe tenuta al sicuro. Le carte di credito si esaurirono tutte nel 2005 e Will mi lasciò con debiti per circa cinquantaseimila sterline. Non ho ancora potuto dichiarare fallimento perché secondo le norme scozzesi per farlo devo aspettare che uno dei creditori mi porti in tribunale.*

Will mi faceva vivere nel terrore di essere rapita e torturata da "malintenzionati" o altri agenti segreti e mi diede un taser, insegnandomi a usarlo. Lo portò a casa e poi se lo riprese più di un anno dopo, nel marzo del 2005, quando fui costretta a trasferirmi dai miei genitori perché ero di nuovo incinta di Will Jordan e non avevo i soldi neanche per dare da mangiare ai miei figli: ritengo che sia la stessa arma trovata nella Mercedes che guidava (anche quella intestata a me).

Will Jordan mi manipolò convincendomi a vendere il mio appartamento per mettere insieme centomila sterline, che gli servivano per lasciare la CIA; e poi continuò a chiedermi soldi per proteggere se stesso e la nostra famiglia da minacce e pericolosi "malintenzionati" frutto della fantasia che avevano scoperto dove abitavamo e usavano queste informazioni per ricattarlo. Nel complesso, includendo le carte di credito, mi ha portato via quasi duecentomila sterline. Quando rimasi senza un soldo, mi chiese di racimolare altro denaro e io riscattai l'assicurazione sulla vita, l'ultima cosa che mi restava e che avevo tenuto per il futuro dei bambini. Dopodiché mi spinse a chiedere soldi in prestito alla mia famiglia, cosa che feci; per esempio, la vigilia di Natale del 2004 chiesi duemila sterline a mio fratello per evitare «conseguenze catastrofiche».

Fui informata delle accuse contro Will Jordan nel gennaio del 2006 ma lui mi convinse che l'altra "moglie" era solo una copertura della CIA *e la truffa frutto di un malinteso. Mi disse che l'accusa di «mancata comunicazione dell'indirizzo di residenza» riguardava un incarico svolto per i Servizi segreti: doveva ottenere informazioni da una persona particolarmente sgradevole detenuta in un carcere per reati sessuali e così i superiori avevano fabbricato un'accusa falsa per farlo entrare nella stessa prigione. Will organizzò perfino di farmi parlare con la "vittima" di quel crimine, la quale confermò che Will Jordan era un agente dell'intelligence e che il reato era stato costruito ad arte (adesso so che all'epoca anche lei era sotto il suo controllo). Nel marzo del 2006 Will Jordan scrisse una lettera che avrei dovuto mandare al Crown Prosecution Service, che io firmai e inviai per fax.*

Scoprii la portata dell'inganno di Will Jordan solo il 5 aprile del 2006, quando la sua altra moglie mi telefonò e venne a Edimburgo per parlare con me. Mi dimostrò che era davvero sua moglie, non una "copertura" come mi aveva detto lui, e che insieme avevano cinque figli. Mi fece vedere fotografie dei bambini che somigliavano moltissimo ai miei. Fu solo in quel momento che capii la verità e posi fine al mio rapporto con Will Jordan. Dall'aprile al settembre del 2006 Will Jordan continuò a cercare di convincermi a tornare con lui sostenendo di essere una vittima e che «la storia lo avrebbe vendicato». Continuò a implorarmi di riprenderlo come marito e smise solo nel settembre del 2006, quando fu arrestato di nuovo e tenuto in custodia preventiva.

Ho passato gli ultimi sei mesi cercando di riprendermi e di scoprire la verità per venire a patti con quello che mi è successo, ma ciò che ho trovato è una scia di storie simili capitate ad altre donne, fra cui la prima moglie negli Stati Uniti che aveva scoperto le sue tresche con altre tre donne e nel 1991 lo aveva fatto arrestare per averla truffata lasciandola con debiti enormi dopo soltanto un anno di matrimonio. Credo che Will Jordan sia uno psicopatico, ovvero una persona con «un disturbo di personalità caratterizzato dall'inganno su una scala che la maggior parte di noi non riesce neanche a immaginare. Questi individui non sono pazzi; sanno esattamente quello che fanno» (citato dal sito web www.lovefraud.com). Ecco come il dottor Robert Hare inizia il suo libro sugli psicopatici, Without Conscience:

«Gli psicopatici sono predatori sociali che incantano, manipolano e vivono a spese degli altri senza alcuna pietà, lasciandosi dietro una scia di cuori spezzati, aspettative deluse e portafogli vuoti. Del tutto privi di coscienza e sentimenti verso gli altri, prendono quello che vogliono pensando solo a sé e fanno come gli pare e piace, violando le norme e le aspettative sociali senza il minimo senso di colpa o rimorso».

La mia vita è stata devastata economicamente, emotivamente e professionalmente dal comportamento di quest'uomo. Adesso sono una madre single con tre bambini piccoli da mantenere: due bambine, di sette e quattro anni, e un maschio di uno. Le due più grandi sono estremamente turbate dalla situazione e vanno male a scuola, e la bimba di quattro anni piange regolarmente chiedendo del padre, una cosa che mi spezza il cuore e mi distrugge. I bambini mi preoccupano in modo particolare, perché adesso so che li ha concepiti solo per manipolarmi e controllarmi: non ha alcun legame emotivo con loro. Dovrò fornire ai miei figli sostegno extra per contrastare i danni che il suo comportamento ha causato loro nel presente e nel futuro.

Lo stress di questa situazione mi impedisce di lavorare, mentre al tempo stesso devo affrontare la consapevolezza devastante di essere stata manipolata e raggirata fin dall'inizio da una persona che ho amato e di cui mi sono fidata per quasi sei anni, che mi ha sposata soltanto per portarmi via i guadagni di una vita di duro lavoro. Durante tutto il nostro matrimonio mi ha inflitto uno stress costante, assicurandosi che fossi esausta, spaventata e isolata dal punto di vista mentale ed emotivo, solo per potermi controllare e spremermi denaro per mantenere se stesso e le sue altre relazioni.

Adesso vivo con il sussidio in una casa in affitto e prendo cinquantasette sterline la settimana in attesa di dichiarare fallimento per un debito di cinquantaseimila sterline. Non mi rimane alcun capitale né risparmi. La sicurezza in me stessa e l'autostima sono distrutte e ho completamente perso la capacità di fidarmi degli altri. Credevo che Will mi amasse, che il suo lavoro per la CIA *fosse vero e le prove che mi aveva dato autentiche; ed ero convinta che i soldi di cui aveva bisogno servissero per la nostra sopravvivenza, ma per lui portare via tutto a me e ai bambini per darlo ad altri era solo un gioco. Vivo anche nel terrore che possa aver molestato la mia bambina più grande, perché a quanto pare il suo bersaglio preferito sono donne che hanno già figli.*

Non riesco a immaginare che riuscirò mai a riprendermi davvero da tutto questo, o a fidarmi di nuovo di qualcuno.

I difensori di Will ricevettero la dichiarazione il giorno prima del processo e lui si dichiarò colpevole di tutte le imputazioni. A quel punto, però, Alice e io eravamo già partite, così partecipammo comunque all'udienza.

6

L'uomo che amavo

Il 22 novembre andai a Oxford con mia cognata: una ragazza adorabile che aveva reso felice mio fratello dopo che anche lui aveva passato un brutto periodo costellato di vicende dolorose. È una persona con un gran cuore e la sua presenza era un sostegno prezioso; mi ascoltò parlare senza interruzione per tutto il viaggio, intrappolata a mezzo metro da me sul sedile di un treno senza modo di sottrarsi. Mi fece da balia e da punto di riferimento per tutti e tre i giorni.

Prima del processo mi era montata l'ansia all'idea di ritrovarmi faccia a faccia con Will. Non lo vedevo da gennaio, quando era ancora il mio gentile e romantico marito. Tutto quello che avevo scoperto da allora era in stridente contrasto con l'uomo che conoscevo io, con l'uomo che avevo creduto fosse. Mi ci volle un pezzo a decidere cosa mettermi e a pensare a cose su cui avevo il controllo, perché sapevo che non avrei avuto il controllo di nient'altro.

Senza i bambini o le distrazioni del tran tran quotidiano, il viaggio in treno mi costrinse a concentrarmi su quello cui mi ero sforzata di non pensare. Era tutto vivido e chiaro. Fui assalita da una ridda di pensieri e da un'ondata di ricordi: di quanto fosse affettuoso e di come si illuminava quando entrava dalla porta; delle notti in cui mi ero aggirata per casa dopo aver sentito un rumore, troppo terrorizzata per tornare a letto; delle conversazioni al ristorante condotte sui tovaglioli di carta; e delle tessere del puzzle che avevo scoperto a mano a mano negli ultimi mesi. Ero terrorizzata all'idea di quello che avrebbe potuto fare. Mi avrebbe guardata con amore, riempiendomi di dubbi riguardo al fatto che gli importasse qualcosa di noi? Mi avrebbe guardata con odio? Mi avrebbe guardata con disprezzo o avrebbe evitato proprio di rivolgere gli occhi nella mia direzione? Il mio medico mi aveva detto di non guardarlo in faccia e di concentrarmi invece sulle spalle. Dovevo proteggermi per evitare di essere trascinata di nuovo nella sua orbita e mantenere il controllo di me stessa. Ma io sapevo che avrei dovuto guardarlo dritto negli occhi. Ero certa che mi avrebbero detto qualcosa, e infatti andò così.

Quella sera ci incontrammo con Alice. Eravamo diventate amiche in circostanze stranissime ed era bello poter finalmente dare un volto alla sua voce; provavo affetto per questa donna che aveva messo in moto tutto quanto e mi aveva liberata.

Quando tornammo in albergo, mi fu quasi impossibile prendere sonno e quando riuscii ad addormentarmi feci degli incubi spaventosi. Alla fine rinunciai e rimasi sveglia ad aspettare che arrivasse il mattino. Desideravo che il tempo scorresse veloce e che finisse tutto.

Mi alzai e mi vestii che era ancora presto, poi raggiungemmo Alice e ci avviammo verso il tribunale in preda al nervosismo. Ad aspettarci c'erano mia zia e mia cugina; Peter, l'agente di polizia che aveva lavorato esclusivamente al caso di Will per un anno intero; Malcolm, l'impresario che Will aveva raggirato, e altri ancora.

Alice e io fummo convocate nella stanza dei testimoni da un rappresentante del pubblico ministero che ci spiegò cosa aspettarci e come si sarebbe svolto il processo. Fu in quel momento che iniziai a tremare. C'era da aspettare ancora un po' e poi ci avrebbero chiamate. Il tremito peggiorò e io cercai di controllare il respiro. Mi resi conto che era paura; ero terrorizzata alla prospettiva di rivederlo, spaventata a morte all'idea che potesse essere ancora in grado di controllarmi.

Entrammo in aula insieme e Alice mi tenne per un braccio, sollecita anche in quel momento. Will indossava una maglietta e dei pantaloni ed era meno curato di quanto l'avessi mai visto, quasi non gliene fregasse niente. Si alzò in piedi, guardandosi attorno per vedere chi c'era, e, anche se mi era stato detto di non guardarlo, l'impulso fu irresistibile: dovevo sapere cosa mi avrebbero rivelato i suoi occhi. L'uomo in piedi nell'aula si girò nella nostra direzione. Aveva un'espressione vuota, impassibile. Ci fissò – Alice, Anna e me – freddo, distaccato, imperturbabile. Uno sguardo vuoto e duro che parve durare un'eternità ma dietro cui non c'era niente. Io mi limitai a restituirglielo, facendo del mio meglio per sembrare altrettanto impassibile. Poi entrò il giudice e Will si girò verso di lui.

Nel corso del processo fu come guardare qualcuno che prendeva una multa per divieto di sosta. Non mostrò traccia di emozioni; la persona seduta al banco degli imputati non somigliava in alcun modo all'uomo che avevo sposato. Era quello il vero Will Jordan? Un foglio bianco, uno specchio oscuro che si era limitato a riflettere i miei desideri e i miei bisogni? Era per quel motivo che aveva avuto così tanto successo con tutte quelle donne? Non aveva importanza. L'uomo che avevo amato non esisteva.

Mentre ascoltava i capi d'imputazione e faceva domande, era chiaro che il giudice sapeva benissimo chi si trovava davanti. A un certo punto chiese: «Il signor Jordan ha il diritto di rimanere in questo Paese?»

Il suo avvocato rispose in tono imbarazzato: «Sì, vostro onore, in forza del matrimonio con una cittadina inglese».

«Mmh», replicò il giudice. «Ha diritto di lavorare in questo Paese, signor Jordan?»

«Sì, signore», rispose Will calmo.

Il giudice abbassò gli occhi sulle sue carte. «Peccato!», esclamò, a voce abbastanza alta da farsi sentire da tutta l'aula.

Avevo l'impressione che il giudice avesse preso le misure a Will e la cosa mi rassicurò.

Dato che aveva deciso di dichiararsi colpevole, l'udienza durò solo venti minuti. Grazie al pubblico ministero, il giudice sapeva che Alice e io eravamo presenti e si rivolse direttamente a noi. «Desidero che Alice Kean e Mary Turner Thomson sappiano che ho letto le loro dichiarazioni di impatto sulla vittima e che comprendo il dolore, la tristezza e il trauma che hanno dovuto affrontare per mano di quest'uomo. Per quanto possibile, ciò si rifletterà nella condanna che gli verrà comminata», disse.

Poi si rivolse di nuovo a Will: «E sarà una condanna al carcere, signor Jordan, lo capisce?»

«Sì, signore», disse Will, sempre calmissimo.

Non ricordo che Will sia uscito dall'aula, anche se so di essermi alzata in piedi mentre il giudice si congedava. A quanto pare, rimasi in piedi mentre Will veniva portato via, continuando a tremare. Ricordo la determinazione a resistere davanti a Will, a rimanere composta e salda. Ma dopo che se ne fu andato, crollai sulla sedia e mi misi a singhiozzare disperata. Non sapevo più dov'ero, l'unica cosa di cui ero consapevole era una sofferenza immensa, un peso insopportabile che finalmente veniva in superficie. Era finita. Piansi per gli anni di dolore e per i miei bambini che non avrebbero mai avuto un padre; per l'uomo che avevo amato e che non era mai esistito; e per me stessa, per essere stata abusata e raggirata. Piansi e Alice mi tenne stretta mentre lo facevo.

Quando alla fine mi ripresi, il dolore era scomparso; era emerso, si era sfogato ed era passato. Ero libera e potevo finalmente voltare pagina, affrontare un nuovo futuro senza quel passato a fare da zavorra.

La sentenza fu rinviata di ventotto giorni in attesa dei rapporti del dipartimento della libertà vigilata e di possibili referti medici. Il Crown Prosecution Service mi disse che il giudice aveva scritto un appunto sul fascicolo stabilendo che il medico con maggiore esperienza doveva interrogarlo stando attentissimo a non farsi menare per il naso, perché il soggetto era estremamente manipolatore.

Tornammo a casa.

Poi ci fu la copertura mediatica e finalmente la vicenda fu resa pubblica. La parte più difficile era superata e anche se la strada era ancora lunga, sentivo di aver compiuto una svolta e che stavo tornando in carreggiata.

Avevo tratto soddisfazione dal processo non perché l'imputato seduto laggiù non somigliava neppure lontanamente all'uomo che avevo sposato, ma per quello che aveva detto il giudice. Le sue parole significavano tutto per me: avere la conferma che ciò che quell'uomo mi aveva fatto era sbagliato mi fu di grandissimo aiuto.

7
Libera!

Un po' alla volta, mi aprii con la mia famiglia. Subito dopo aver visto Michelle, dissi loro che avevo lasciato Will, poi che erano tutte bugie: il suo lavoro, la sua vita. Quindi fu la volta dei debiti che mi aveva lasciato; dell'altra moglie, delle altre donne e degli altri figli; infine, dissi loro che era un pedofilo. Questa fu – e lo è ancora – la parte più difficile. Gradualmente, mentre parlavo con loro e con altre persone, iniziai a recuperare la lucidità, a vedere le cose con più chiarezza e a capire che cosa mi era successo.

Fino al giugno del 2006 Will continuò a dirmi che voleva mantenere me e i bambini e che finché fosse stato in grado di lavorare almeno avrebbe potuto aiutarci economicamente. Mi implorò di non rovinare tutto per "noi". Mi disse che aveva un altro lavoro; che la società con cui aveva un contratto era contenta di lui e che il suo capo, Christopher, gli aveva offerto una serie di incarichi privati molto redditizi. Ma io sapevo che non era così, perché ero in contatto con Christopher. Will era sparito e non aveva restituito né il badge né il portatile; non aveva neanche mandato l'ultimo foglio di presenza mensile... per circa seimila sterline. Will continuò a insistere che lavorava lì, che parlava con Christopher, ma ci parlavo anch'io, e lui pensava che Will fosse sull'orlo di un esaurimento nervoso.

Fece di tutto per attirarmi di nuovo nella sua orbita, per risucchiarmi nel suo mondo, ma adesso conoscevo i meccanismi: distrazione, evasione, promesse di rispondere a una domanda senza mai farlo davvero, dichiarazioni d'amore, assicurazioni di una vita migliore e sostegno per i bambini, minacce e tentativi di impietosirmi, poi rabbia e slealtà. Il trucco era di continuare a far parlare la vittima, di tenere aperte le linee di comunicazione, di trovare una debolezza e sfruttarla. Doveva toccare le corde del mio cuore e farmi sentire in colpa o responsabile: indurmi a disprezzare me stessa e il mio bisogno di essere amata. Sembrava sicuro che alla fine avrebbe trovato una breccia.

Ma ormai mi ero liberata dalla presa ipnotica che aveva avuto su di me e mi rifiutai di lasciarmi distrarre dal mio obiettivo: volevo delle risposte e continuai a fargli domande. Armata delle informazioni e della sicurezza che mi avevano dato le altre vittime, adesso capivo a che gioco stava giocando e, anche se avvertivo ancora la pressione a piegarmi alla sua volontà, non cedetti.

Mi offrii di parlare con lui, di essere la persona a cui avrebbe potuto raccontare la verità. Volevo risposte e nel tentativo di farlo uscire allo scoperto suggerii che avrei potuto aiutarlo a levarsi un peso dal cuore. Rispose che lo apprezzava, ma continuò a ripetere che prima di poter spiegare per filo e per segno quello che era accaduto avrebbe dovuto aspettare la fine del processo. Sapeva che cosa pensavo di lui e anche se capiva benissimo il perché, era ferito e deluso che dopo aver passato tutto quel tempo con lui e avergli detto che lo amavo potessi credere anche solo alla metà delle assurdità che aveva sentito blaterare sul suo conto.

Lo avvertii che se non mi avesse detto la verità avrei dovuto scoprirla da sola, anche se non gli rivelai quante cose sapessi. «Se non lo hai già fatto, chiedi alle tue fonti [...] nessuno ti dirà niente di me che tu non sappia già [...] le risposte e le spiegazioni che vuoi non sono nascoste da qualche parte chissà dove [...] nessun'altra moglie o figli, niente del genere [...] Se fosse così semplice sarebbe già di dominio pubblico, quindi per favore non parlarmi di scoprire delle cose per conto tuo», fu la sua risposta.

Affermò che l'agente di polizia che si occupava del caso si limitava ad attenersi a quello che gli diceva il suo sistema informatico; che le autorità avevano un certificato di matrimonio creato ad arte per confondere le acque e un precedente penale costruito a tavolino. A sentire lui, Michelle aveva i suoi motivi, ma non mi avrebbe spiegato che cosa intendeva dire con quelle parole; dichiarò che non sapevo un bel niente di Devi oppure non l'avrei neanche nominata, e arrivò perfino a sostenere che Alexis non esisteva, sottintendendo che era un personaggio inventato dalla CIA.

Quando gli chiesi dei figli avuti da altre donne, la babysitter e Devi, disse: «Nella misura in cui ce ne sono altri, ho onorato le mie responsabilità». Ma quando cercai di capire cosa intendesse e gli chiesi se era a quello che erano serviti i miei soldi, negò. Si limitò a insistere che aveva onorato le proprie responsabilità e non avrebbe aggiunto altro.

Continuò ad assicurarmi che stava lavorando e aveva intenzione di mantenere i bambini che avevamo avuto insieme, ma sapevo che erano menzogne.

Non facevamo che girare in tondo. Quando io insistevo con le domande, lui fingeva di rimanerci male, anche se ammise le bugie che aveva raccontato, fra cui fare sesso con altre donne e concepire altri figli. Si arrabbiava, si stancava e perdeva la pazienza, ma non rinunciava a cercare di attirarmi di nuovo nel suo mondo di fantasia senza neanche provare a nasconderlo. Se ne veniva fuori con affermazioni magniloquenti del tipo: «Non fare l'ipocrita con me, Mary [...] il fatto che abbia mentito su milioni di cose non è certo un segreto [...] ma hai dimenticato che a parte tutto quello che ho detto per altri motivi, ti ho sempre amata e tu sai che è così [...] lo sentivi anche tu». Farneticava di sapere del sacrificio più di quello che avrei mai potuto capire. Si presumeva che fossi sua moglie ma lo avevo abbandonato. Ero scappata a gambe levate e gli avevo chiuso la porta in faccia senza nemmeno "chiedere permesso" e la cosa peggiore era che non volevo parlargli di persona.

Dato che non riusciva a controllarmi, alla fine di ogni conversazione mi diceva che ero «malvagia» oppure che era troppo stanco per andare avanti e che ci saremmo sentiti il giorno dopo. Si scollegava promettendo che mi avrebbe detto di più per essere sicuro che continuassi a parlare con lui.

Per arrivare a me, non si fece remore a usare la malattia di mia madre; mi chiese in più occasioni se poteva venire per dirle addio e starmi vicino. Le tentò tutte pur di spingermi ad accettare di vederlo di persona, perché se lo avessi fatto avrebbe vinto metà della battaglia, ottenendo lo spiraglio che gli serviva. Rinunciò a contattarmi e a cercare di convincermi a incontrarlo solo nel settembre del 2006, quando fu arrestato e messo in cella in attesa del processo del 23 novembre.

Nel giugno del 2006 mi ero messa in contatto con l'assistente sociale – Brenda – e le avevo chiesto di venire a trovarmi a casa per raccontarle la mia storia. Le spiegai che ero stata indotta con l'inganno a credere a Will, ma che adesso sapevo che erano tutte bugie. Lei mi ascoltò con attenzione, chiaramente sollevata. Fu molto comprensiva: capiva che cos'era successo e perché avevo reagito in quel modo, ed era felice di sentire che non gli avrei mai più permesso di mettere piede in casa mia.

Brenda mi chiese di conoscere la mia figlia maggiore, che era figliastra di Will, e io andai a chiamare Robyn che arrivò saltellando e mi si sedette in braccio, una bambina di sette anni normale e felice. Vivace e piena di energia come sempre, si mise in mostra per attirare l'attenzione dell'ospite.

Brenda parlò con lei qualche minuto, non ricordo neanche di cosa, dopodiché Robyn tornò ai suoi giochi.

Guardai Brenda.

«Hai ragione. Non mostra alcun segno di essere stata molestata», disse. «I pedofili tendono ad agire sempre nella fascia d'età che prediligono e dato che ha molestato una ragazzina dai nove ai tredici anni, Robyn probabilmente è troppo giovane. Non saprai mai se avesse in mente qualcosa».

Mi sentii gelare. Era la cosa più difficile con cui venire a patti: avevo amato e convissuto con una persona che aveva abusato di un bambino. Scoppiai in lacrime.

«Sei una buona madre, Mary», disse Brenda. «Lo vedo che sei una buona madre, vuoi bene ai tuoi figli e supererai tutto quanto».

Sono tuttora convinta che Will non sia un predatore sessuale di bambini, né penso che stesse molestando la mia figlia più grande. Credo invece che sia uno psicopatico e che abbia abusato di Anna per allontanarla da sua madre e assicurarsi che quest'ultima non avesse nessuno con cui parlare. Stava cercando di capire fin dove potesse spingersi e continuare comunque a cavarsela.

Penso che avesse esaurito le fonti di eccitazione e per gli psicopatici l'eccitazione è tutto; hanno bisogno di oltrepassare costantemente i limiti, di continuare a controllare e manipolare… anche quando vengono scoperti.

A mano a mano che recuperavo lucidità, presi alcune decisioni importanti. Avevo raccontato tutto a mia madre, perché non rimaneva più molto tempo. La mia splendida mamma – la donna che mi era sempre stata vicina, che aveva fatto da genitore surrogato dei miei bambini a causa dell'assenza del padre e che era l'unica persona che mi amasse incondizionatamente – stava morendo. Si stava sottoponendo alle terapie contro il cancro e avevo bisogno che mi escludesse dal testamento, cosa che fece. Mi ero cacciata io in quel ginepraio e non volevo che i risparmi di tutta una vita andassero a ripianare i debiti che mi aveva lasciato Will. Preferivo non ereditare nulla che costringere i miei genitori a pagare per errori che avevo commesso io. La responsabilità era mia e, come ripetevano senza stancarsi le società delle carte di credito, ero stata io a dargli il permesso di usarle, e di conseguenza i suoi debiti erano i miei.

Mia madre si chiedeva se mi avesse drogata. Non riusciva a capire come fosse riuscito a manipolarmi fino a quel punto. Può darsi, ma credo che si fosse limitato a tenermi in uno stato di spossatezza che mi rendeva malleabile. Qualunque neomamma che non dorme abbastanza vi dirà quanto è difficile ragionare quando si è costantemente in debito di sonno. Mi aveva fatta vivere nella paura e dipendevo da lui. Mi costringeva a stare alzata fino a tardi a parlare su MSN e mi chiamava o mi messaggiava alle ore piccole. Mi aveva tenuta in una condizione di stress, che è di per sé uno stato depressivo, e aveva fatto sì che vivessi nel silenzio e nell'isolamento emotivo, in modo che non potessi chiedere aiuto.

Avevo lavorato come consulente e formatrice nel campo del marketing, ma da quando mi era crollato il mondo addosso avevo difficoltà a concentrarmi o a pensare ad altro. Non riuscivo a lavorare e chiesi l'indennità di disoccupazione. Passavo il tempo con mia madre, cercando di farle vivere i suoi ultimi mesi nel modo migliore possibile. La guardai combattere e lottare per ogni respiro senza mai darsi per vinta, sfidando la prognosi. Fino all'ultimo giorno, la notte prima di morire, quando si arrese: «Non è granché divertente», disse. Quando le augurai la buonanotte ero consapevole che probabilmente quello era un addio; anzi lo speravo, perché sapevo che era ciò che desiderava. Mi manca ogni giorno.

Mamma era imbattibile nei consigli pratici, dotata di una razionalità incrollabile. Più di tutto, era felice che il mio incubo fosse finito e che potessi ricominciare. Mi confessò di essersi preoccupata per come avrei gestito il divorzio quando fosse arrivato il momento, perché sapeva che sarebbe andata così, ed era solo contenta che la bigamia mi avrebbe evitato di passare per quelle forche caudine. Avrei dovuto far annullare il matrimonio, ma con la condanna di Will in mano non sarebbe stato difficile.

Mia madre aveva avuto una vita straordinaria e aveva sempre desiderato scrivere la sua storia; aveva iniziato ma non aveva mai finito. Così mi disse di scrivere la mia: per me, per i miei bambini, per le altre vittime e per tutti quelli che avrebbero potuto imparare qualcosa da quella vicenda. Ha pensato a noi fino alla fine, sforzandosi di aiutarci ad affrontare il futuro.

Mia madre morì il 15 agosto. Due giorni dopo partecipai ad alcuni workshop di scrittura dell'Edinburgh Book Festival e iniziai a scrivere quello che era successo: la storia che state leggendo. La scrissi come l'avevo vissuta: le bugie quando mi venivano raccontate e la verità per come mi fu rivelata. Continuo a credere che ci siano altre persone, altre donne e, molto probabilmente, altri bambini ancora intrappolati nel silenzio. Qual è la verità? Non penso che la conoscerò mai tutta, ma più cose scopro, più scavo in profondità, più mi rendo conto che non era solo un "bugiardo".

Mi misi a fare ricerche sugli psicopatici e a capire che cosa sono e come si comportano. Scoprii siti preziosissimi per me, come www.lovefraud.com, che mi tornò straordinariamente utile perché elenca altre persone che hanno passato un'esperienza quasi identica alla mia. Lessi di altre donne, e di qualche uomo, persone intelligenti che erano state usate e manipolate, lasciate con il cuore spezzato e sul lastrico, derubate dei risparmi di una vita e di tutti i loro beni. La cosa che mi stupì più di tutte, però, fu che non trovai nemmeno un libro scritto dalla moglie di un bigamo o dalla vittima di uno psicopatico. Immagino che la vergogna di essere stati ingannati sia troppo bruciante. È dura farsi avanti e dire: «Sentite cosa mi è successo, sono stato manipolato», ma io avverto un impulso potente a farlo per tutti coloro che sono passati attraverso la stessa sofferenza.

Prima di incontrarlo, non avevo idea che esistessero persone come Will, eppure si stima che gli psicopatici – dai depravati ai serial killer – siano l'un per cento della popolazione. Non è una malattia mentale né una condizione psicologica che è possibile trattare; è un disturbo della personalità per cui non esiste cura. Gli psicopatici non hanno emozioni né un codice morale e non provano empatia per gli altri; sono predatori che vedono chiunque come una preda, anche se non è detto che loro lo riconoscano.

Poiché sono empatica, spesso so per intuito ciò che provano gli altri. Credevo di essere un buon giudice delle persone, ma Will mi ha manovrata come ha voluto; forse perché non riuscivo a percepire le sue emozioni, o forse perché non ne aveva. È probabile che non lo saprò mai.

8
Ricominciare

Nel maggio del 2006 mi ero ripresa dallo shock a sufficienza da iniziare a rimettere insieme la mia vita. Andai in uno studio medico e mi sedetti ad aspettare di essere ricevuta. Sapevo che avrei dovuto raccontare la mia storia in modo succinto e rispondere a delle domande, ma mi rendevo conto che sarebbe sembrata più bizzarra di un romanzo. Fortuna volle che a visitarmi fosse una studentessa di medicina all'ultimo giorno di tirocinio. Mi stupisce che non abbia pensato a uno scherzo! Mi fece le domande e prese appunti, poi dovette andare a chiamare il dottore, che è ancora oggi il mio medico.

Quando arrivò, lei gli riferì la storia. «Mary ha appena scoperto di essere stata in una relazione bigama con un truffatore nonché pedofilo che le ha fatto credere di essere un agente della CIA e le ha portato via tutto ciò che aveva, lasciandola sull'orlo della bancarotta con tre bambini piccoli da mantenere».

Rimasi colpita dalla sua analisi concisa della situazione, ma quello che non dimenticherò mai fu la replica pacata e concreta del dottore. Senza batter ciglio, osservò: «Una storia molto triste, ma quale sarebbe il problema medico?»

Lei rimase interdetta e io scoppiai a ridere, poi dissi: «Mi serve un certificato medico per la previdenza sociale».

Mi suggerì di scrivere quello che era successo e di darmi degli obiettivi, tutte cose che sapevo già e anzi avevo insegnato nei corsi di formazione sulla responsabilità personale e la motivazione. Poi mi diede un certificato medico che mi dichiarava inabile al lavoro a causa dello "stress", sotto la dicitura "problemi col marito", e io mi congedai augurando in bocca al lupo alla studentessa per la sua carriera futura.

Il mio medico si è rivelato eccezionale e mi ha vista regolarmente. Mi spiegò che benché all'inizio io avessi creduto che le mie difficoltà derivassero dal fatto che mi era crollato il mondo addosso, la verità è che avevo sofferto di stress negli ultimi sei anni e che Will mi aveva tenuta in quella condizione per controllarmi. Aveva preso di mira una donna sola con una bambina piccola, che già non dormiva abbastanza ed era esausta di suo, e aveva continuato ad aumentare lo stress, aggiungendo paura e isolamento. Il fatto che un medico dalla mentalità pragmatica mi abbia detto che sarebbe potuto capitare a chiunque mi fu di grandissimo aiuto.

Durante il processo di recupero non mancarono le occasioni per farsi due risate e ci furono diverse situazioni divertenti, come la volta in cui Michelle e io ci incontrammo. Andammo in un caffè e ci sedemmo al bancone, senza mai smettere di chiacchierare. Il barista disse: «Cosa desiderate?»

Lo guardammo e io risposi: «Non saprei. Abbiamo appena scoperto di essere sposate allo stesso uomo». Avevo l'impulso irresistibile di dirlo a voce alta a chiunque, di metterlo in parole per rendermi conto che era reale.

Il barista rimase a bocca aperta, senza sapere cosa dire.

«Okay, va bene, due tazze di tè», intervenni io.

E lui: «Volete una teiera da condividere?»

Non ci sfuggì il lato comico della situazione e scoppiammo a ridere.

Altre volte erano le reazioni della gente a farmi ridere. Chiamai un'amica che non sentivo da tempo e le chiesi come stava. Lei attaccò a raccontarmi di aver passato sei mesi tremendi: si era rotta il tallone e non aveva potuto lavorare; il marito era stato costretto a portarla in braccio su e giù dalle scale mentre lei era rimasta confinata in casa per settimane. Andò avanti a blaterare di quanto fosse stata spiacevole quella situazione e io la ascoltai, felicissima di parlare di qualcosa che non riguardasse me. Dopo una quarantina di minuti, aveva finito di sfogarsi e mi chiese come stavo io, al che ribattei: «No, non vuoi saperlo!»

Visto che insisteva, alla fine le dissi: «Mi prendo il tuo tallone rotto e ti offro in cambio bigamia, truffa, armi da fuoco e pedofilia».

Come la maggior parte dei miei amici, fu magnifica, incoraggiante e gentile; mi conosceva abbastanza bene da evitare di offrirmi pietà a buon mercato e sapeva che avevo le risorse per superare il peggio. Fu bello sentirla ridere di quello che mi era capitato ed ebbi l'impressione di averla tirata un po' su di morale riguardo alla sua situazione.

Quando raccontavo la mia storia a qualcuno facevo battute per alleggerire l'atmosfera. A un commento sul fatto che aver perso parecchi chili mi donava, ribattevo: «È la dieta della bigamia!» Credo che aiutasse le altre persone a venire a patti con quella vicenda, perché aveva coinvolto tutti coloro che mi erano vicini, soprattutto chi lo aveva conosciuto.

Ma non potevo sempre cavarmela con una risata, soprattutto quando mi resi conto degli inquietanti effetti collaterali che il suo comportamento mi aveva provocato. Certe volte la mia memoria era distorta e mentre riconsideravo tutto quello che era successo scoprii di avere diversi falsi ricordi. Per esempio, mi sembrava di ricordare di aver parlato con Michelle ed ero sicura di aver avuto la prova concreta del fatto che era una "copertura". Rammentavo perfino di averne discusso con Will. Ma quando cercai di mettere a fuoco quell'evento per capire quando si era verificato, non ci riuscii: l'unico ricordo chiaro che avevo era di lui che mi diceva che le avevo parlato. Mentre recuperavo la lucidità mentale, capii come aveva fatto. Era al telefono con Michelle davanti a me per farmi parlare con lei, ma non era un buon momento; avremmo dovuto richiamarla dopo qualche minuto perché lei aveva un rapporto da finire. Dopodiché in situazioni del genere mi distraeva facendo cadere una tazza, prendendo una chiamata che gli imponeva di uscire in tutta fretta o limitandosi a continuare a riempirmi il bicchiere e poi seducendomi. Il giorno dopo parlava della cosa come se fosse successa e a poco a poco anziché quello che era accaduto davvero, ricordavo quello che mi aveva detto lui.

Pian piano mi resi conto che un sacco delle cose a cui avevo creduto ciecamente – il suo lavoro, i viaggi, i nemici, i successi, tutte cose che avevo accettato come dati di fatto – in realtà erano solo cose che mi erano state *spacciate* per tali.

Capii che non avevo parlato con Michelle prima del 5 aprile 2006. Questi falsi ricordi emersero quando iniziai a scrivere, perché ero costretta a metterli in prospettiva. Più mi allontanavo da lui, più capivo che cos'era successo e il controllo che aveva avuto perfino sui miei pensieri. Ma quando lui non c'era quella presa si allentava e la realtà tornava a fuoco, esattamente come i particolari vividi di un sogno svaniscono quando ti svegli.

Quel fenomeno mi turbò profondamente e mi spinse a volerne sapere di più. Feci delle ricerche online e trovai addirittura un corso in "psicologia nera", che insegnava tecniche di ipnosi e manipolazione per controllare le persone. Comprai il pacchetto e lo studiai, non per imparare a metterle in pratica, ma solo per comprenderle ed evitare di ricascarci. Era affascinante, perché Will aveva usato tutte quelle tecniche con me, dalla prima all'ultima. Non più, però: adesso che avevo capito come funzionava non mi sarei più fatta influenzare.

Mi resi conto che prendiamo per buone la maggior parte delle cose: quando qualcuno ci dice che lavora in una certa azienda, non telefoniamo per controllare. Quand'è stata l'ultima volta che avete chiesto al medico di farvi vedere il suo diploma di laurea o a un tassista di mostrarvi la patente? Ci limitiamo ad assumere che queste persone siano qualificate per fare il mestiere che fanno. Non siamo abituati a pensare come prima cosa che gli altri ci rifilino delle bugie e se hanno delle prove a sostegno di ciò che affermano ci fidiamo e ci aspettiamo che continuino a dirci la verità.

Resterò sempre con un mucchio di domande senza risposta. Dove sono finiti i soldi e a cosa sono serviti? Perché quando ci siamo conosciuti non aveva peli sul petto e poi hanno iniziato a spuntargli? Non c'era ricrescita a indicare che se li fosse rasati o si fosse fatto la ceretta e io li ho visti comparire uno a uno. Erano il segno esteriore della sua sterilità e lui l'aveva usato come prova del fatto che l'aveva superata nel corso degli anni. Eppure Michelle mi ha detto che ha sempre avuto peli sul petto. Non ne vengo a capo e anche se ho chiesto a diverse persone, nessuno ha saputo darmi una spiegazione. Tra le domande senza risposta ci sono anche come facesse a sapere che Yasser Arafat non era morto e come avesse avuto accesso ai video delle esecuzioni prima che venissero mandati in onda. E poi, chi erano le persone con cui ho parlato credendo che fossero i suoi genitori e com'è riuscito a convincerle a mentirmi?

Credo che l'unica ragione per cui si comporta così – e si è comportato così con tante persone – è semplicemente che questo è il suo modo di essere. Devo accettare che è fatto così e che quello è il modo in cui vive la sua vita; ma non devo accettare lui né nessun altro uguale a lui nella *mia* vita.

Ventotto giorni dopo il processo andai da sola ad assistere alla sentenza; questa volta non avevo bisogno di sostegno né di aiuto. Sapevo che ci saremmo stati solo io e Peter, l'agente di polizia, e mi stava bene così. Era l'ultimo capitolo e io volevo vedere come andava a finire.

Rimasi seduta in corridoio fuori dall'aula, in attesa. Ero arrivata presto e mi guardavo intorno. Udii le voci sussurrate di persone ansiose, guardai i testimoni, gli stenografi e gli avvocati in toga nera svolazzante e fusciacca bianca che andavano su e giù per i corridoi con bracciate di carte.

Mi sentivo calma rispetto a come mi ero sentita al processo, quando ero stata terrorizzata all'idea di affrontarlo e di leggergli il disprezzo in faccia. Adesso ero impaziente che si arrivasse alla conclusione, che si chiudesse il cerchio. Ero pronta a iniziare una nuova vita e a lasciarmi tutto quanto alle spalle.

Arrivò Peter e mi salutò, rivelando la mia identità alle altre persone che aspettavano nel corridoio. A uno a uno si avvicinarono per parlarmi: i giornalisti e i reporter di Scottish Television. Dissi che non potevo rilasciare commenti perché stavo scrivendo un libro, ma chiacchierammo del caso in generale. Accettai di dire due parole al volo e di lasciarmi scattare una foto dopo la conclusione dell'udienza.

Poi fummo chiamati in aula. L'udienza di condanna si rivelò molto più minuziosa del processo e durò oltre due ore.

Era presieduta da un altro giudice. Prima vennero lette integralmente le tre accuse. La prima comprendeva due capi d'imputazione per mancata registrazione dell'indirizzo di residenza in ottemperanza alla legge sui reati sessuali. La seconda ne elencava sei: cinque per truffa relativi all'uso delle carte di credito di Alice e all'appropriazione del suo denaro, e uno per bigamia. La terza accusa prevedeva un capo d'imputazione per possesso di un'arma illegale. C'era anche un rinvio a giudizio relativo a un'altra accusa per mancata comunicazione della residenza.

Il giudice disse di aver letto le dichiarazioni di impatto sulla vittima e chiarì di non poter prendere in considerazione i debiti ulteriori cui avevo fatto cenno nella mia. Il pubblico ministero spiegò che quelle affermazioni servivano semplicemente a contestualizzare il reato.

Furono citate le condanne precedenti sia negli USA che nel Regno Unito, insieme alla questione del risarcimento, benché si dubitasse seriamente che Will possedesse beni per risarcire le persone che aveva truffato.

Il giudice chiese quali fossero le pene massime per i reati contestati e gli venne detto che per la mancata registrazione della residenza erano cinque anni; per aver ottenuto beni con l'inganno, dieci; per violazione della privacy – il tentativo fallito di usare la carta di credito di un'altra persona – cinque anni; per bigamia, sette anni; per possesso illegale di armi da fuoco, dieci anni.

Aveva anche letto gli incartamenti dei processi che avevano stabilito un precedente per il reato di bigamia. Dal 1978 c'erano stati solo tre casi che avevano portato a una condanna al carcere, per un massimo di diciotto mesi. Il giudice disse che nessuno di quei casi era utile, perché questo era il peggiore in assoluto che gli fosse mai capitato. «Nulla gli si avvicina neanche minimamente», osservò.

La difesa intervenne e affermò che Will non aveva registrato il suo indirizzo di residenza – cosa che era tenuto a fare perché giudicato colpevole di molestie sessuali – perché credeva che fosse obbligatorio solo per sette anni, non dieci, e fino al 2004 era registrato in Lancashire.

Avrei voluto urlare «BUGIARDO!» perché nel 2000 abitava a Gullane e, a quel che mi risultava, era accusato di non aver registrato la residenza lì. Il suo avvocato affermò anche che il taser lo aveva comprato su eBay per difesa personale.

Il rapporto medico asseriva che c'era un rischio medio-basso di recidiva, al che il giudice ribatté con sarcasmo tagliente: «Non sono sicuro di essere d'accordo!»

Volle sapere perché non fosse stata richiesta una perizia psichiatrica e gli fu risposto che Will non era considerato "pericoloso". La difesa disse inoltre che la bigamia prevedeva una pena detentiva solo se la vittima era rimasta ferita in conseguenza del reato.

Di nuovo, il giudice si limitò a dire: «In questo caso ci vuole la prigione». Riconobbe che la ferita non dev'essere per forza fisica.

La Corte si aggiornò quindici minuti per consentire al giudice di riflettere e rivedere il caso, e noi uscimmo per fare una pausa e prendere una boccata d'aria.

Mentre ci alzavamo, mi si avvicinò una donna, elegante e chiaramente istruita, che parlò con me per pochi minuti. Era Helen, la donna che Will aveva abbandonato in stato di gravidanza avanzata: un'altra delle sue vittime. La copertura mediatica le aveva fatto scoprire dove si trovava Will, perciò era venuta ad assistere alla condanna. Mi passò di nascosto il suo numero di telefono, mettendomi in mano un pezzetto di carta. «Chiamami domani», disse.

Per Helen scoprire dov'era stato dopo che l'aveva lasciata metteva un punto fermo, per usare le sue parole. Non definitivo, ovviamente, dato che suo figlio non conosce il padre, ma almeno sapere chi è davvero potrebbe aiutarlo, quando sarà il momento, a capire quali sono le sue origini.

Sono sicura che c'è altro ancora: altre donne, e altri figli...

Per quanto mi riguarda, le conversazioni con Helen sulla sua esperienza con Will mi hanno confermato che avevo ragione a espormi. In seguito alla pubblicazione di un articolo che parlava di me, alcuni commentatori di testate online dissero che facendomi avanti per essere additata come vittima mi umiliavo. Ma per me rivelare pubblicamente ciò che mi era successo significava dire alle vittime sia passate che future di che pasta era fatto quell'uomo, e magari proteggerle.

Quando la Corte si riunì di nuovo, il giudice si pronunciò.

Signor Jordan, lei ha quarantun anni ed è un truffatore, un pedofilo, un bigamo e uno sfruttatore incallito di donne vulnerabili. Ha poca o nessuna considerazione per i loro sentimenti nonostante una tardiva espressione di rimorso. Ha provocato danni emotivi rilevanti a tre donne e perdite economiche ad almeno una: Alice Kean.

Ho letto le dichiarazioni dell'impatto sulla vittima di Alice Kean e di sua moglie Mary Thomson Turner, che è presente in aula. Lei dev'essere giudicato per aver ingannato Alice Kean usando indebitamente le sue carte di credito e anche per due accuse distinte di non aver registrato la sua residenza. È evidente che tiene in ben scarsa considerazione questa sottigliezza legale.

Inoltre, è stato trovato un taser nella sua auto, un'auto che non avrebbe potuto permettersi senza imbrogliare altre persone.

Il 7 luglio 2006 lei si è dichiarato non colpevole dei capi d'imputazione da uno a cinque, di tutti i reati di truffa, ma colpevole di bigamia. Si è inoltre dichiarato colpevole di possesso di un'arma illegale e di una delle due accuse di non aver comunicato l'indirizzo di residenza in ottemperanza alla legge sui reati sessuali.

Sui capi da uno a cinque, benché lei abbia notificato di aver cambiato la sua dichiarazione da non colpevole a colpevole, lo ha fatto troppo tardi e otterrà uno sconto di pena di solo il dieci per cento.

La situazione, detta in breve, è che lei ha ottenuto la fiducia e l'amore di Alice Kean e le ha portato via quattromilacinquecento sterline con l'inganno, facendole ripetute false promesse di restituirle i soldi e di volerla sposare. Ha abusato delle sue carte di credito, che sono i capi da uno a cinque. Il taser non merita ulteriori commenti. I reati legati al crimine di molestie sessuali mostrano che non gliene importa niente di tenere informate le autorità. Non accetto che lei non sapesse per quanto tempo aveva l'obbligo di comunicare la sua residenza.

Voglio chiarire di aver letto e preso in considerazione tutti i documenti, le dichiarazioni dell'accusa e delle vittime che rivelano donne emotivamente spezzate. Per entrambe il percorso di recupero sarà difficile.

Quanto al rapporto pre-sentenza nel quale si afferma che la probabilità di reiterazione del reato è "medio-bassa", semplicemente non lo condivido. Guardando al complesso delle sue azioni disoneste, trovo difficile credere che il rischio di recidiva sia... "basso".

Per le accuse di truffa stabilisco ventun mesi. Per la bigamia, nessuno dei casi precedenti è stato di particolare utilità eccetto per un'immediata condanna al carcere. Questo caso è grave e i suoi effetti sono considerevoli, quindi esige una pena appropriata. Di conseguenza, stabilisco ventun mesi, per un totale provvisorio di quarantadue.

Per il taser, la sentenza è nove mesi, e arriviamo a cinquantuno. Per i due capi d'imputazione relativi alla mancata registrazione della residenza, credo che sia della massima importanza e di grande interesse pubblico che le autorità vengano tenute informate. Stabilisco perciò tre e sei mesi, che fanno nove consecutivi, il che porta il totale della pena a sessanta mesi, ovvero cinque anni. Verranno tenuti in considerazione i centocinque giorni già scontati in custodia preventiva.

Cinque anni: era un bel po' di tempo. Voleva dire che sarebbe rimasto dietro le sbarre due anni e mezzo e in libertà vigilata per il tempo restante. Ero libera e al sicuro per almeno due anni e potevo concentrarmi sulla mia vita, i miei figli e il mio futuro. Era più di quanto avessi sperato, anche se in realtà non avevo sperato proprio niente. Era la giustizia: era una sentenza che diceva che quello che aveva fatto a me e ad altre persone era sbagliato.

Durante l'udienza non avevo guardato Will. Avevo evitato i suoi occhi di proposito, prendendo appunti e assimilando ciò che succedeva. Ero consapevole che aveva cercato di intercettare il mio sguardo durante tutto il procedimento, ma avevo resistito. Infine lo guardai. La porta era aperta e lui si stava avviando quando qualcuno fece una domanda all'avvocato. Si fermò e si girò verso di loro, poi d'un tratto colse il mio sguardo. Reagì istantaneamente, rivolgendomi un sorriso di riflesso che durò una frazione di secondo; dopodiché riprese il controllo e assunse di nuovo un'espressione vacua. Io rimasi impassibile e distolsi lo sguardo.

Epilogo

Quando ripenso a quei sei anni, le domande che continuano a girarmi in testa senza darmi tregua sono: «Come hai potuto permettere che succedesse? Sei stupida?» E la risposta, immagino, è sì, immagino di esserlo stata.

Sono stata ingannata, raggirata e truffata. Credevo che una persona mi amasse ed ero convinta che mi dicesse la verità; proprio come credo al mio medico quando mi dice che le pillole che mi prescrive sono per farmi stare bene, o al mio commercialista quando mi dice che devo pagare una certa tassa. Sono credulona e fiduciosa. Ho creduto, e forse questo fa di me una "stupida", ma non sono l'unica.

Per quanto sia scandaloso, fino a non molti anni fa, in pieno ventesimo secolo, se una donna veniva stuprata spesso si sentiva dire che "se l'era voluta" e che era una "sgualdrina". Le vittime di quel crimine orribile erano indotte a credere che fosse colpa loro e stavano zitte perché nessuno sapesse della loro vergogna. Ancora oggi ci sono persone che non denunciano lo stupro a causa dell'umiliazione e dell'imbarazzo, soprattutto se è avvenuto durante un appuntamento; spesso si tende a giudicarle "stupide" per essersi fidate di qualcuno al punto di uscirci... eppure lo fanno tutti! È un atteggiamento sbagliato e la società nel suo complesso ne è consapevole.

Fu solo a partire dagli anni Settanta che le persone iniziarono davvero a parlare apertamente delle molestie e degli abusi subiti da bambini. Oggi, per contro, ci sono molti libri su questo argomento, perché la società sta cominciando a cambiare atteggiamento e a dire che le vittime non dovrebbero vergognarsi di quello che hanno subìto. E allora perché dovrei vergognarmi di quello che è successo? Ciò che Will ha fatto a me e alle altre donne è un abuso: ha abusato della fiducia e dell'amore; ha abusato di noi e ci ha manipolate. Ma non solo, è anche colpevole di truffa e furto tramite l'inganno. È vero, sono una donna adulta e non una bambina, ma mi ha manipolata come se lo fossi, intrappolandomi nel silenzio e nello stress in un mondo che non mi era familiare e di cui non sapevo niente. Oltre ad aver perso tutto quello che avevo e a dover allevare tre bambini da sola, è dura sapere che la società mi considera una sciocca.

Capisco questo atteggiamento, dato che in passato quando leggevo delle mogli dei bigami o delle vittime degli psicopatici, pensavo esattamente la stessa cosa: che dovevano essere proprio disperati e creduloni per essersi fatti manipolare con tanta facilità; ma mi sbagliavo. Le cose non sono così nette e manipolare qualcuno non è neanche tanto semplice: ci vogliono grande abilità e una mente molto particolare.

La reazione degli altri alla mia storia continua ad affascinarmi. Restano a bocca aperta, scioccati. Spesso mi chiedono sbigottiti: «E tu gli credevi?» Non è detto con cattiveria, riflette semplicemente il loro stupore, perché chi mi conosce sa che non sono un'"oca giuliva" né una sciocca. Sono una donna forte e sicura di sé, e quelli che non hanno conosciuto Will non si capacitano di come sia potuto succedere. Quelli che invece lo hanno conosciuto sono stati tutti imbrogliati, in un modo o nell'altro.

Will era, ed è, bravissimo in quello che fa. Trova una vittima, poi individua una debolezza e la sfrutta. In più, lo fa da una vita ed è molto esperto. Io gli ho reso le cose facili perché sono una brava persona, perché ho una morale e rispetto le regole. Mi piace aiutare gli altri e, siccome ci tengo a loro, sono stata abilmente messa in una posizione in cui avrei dovuto andare contro la mia natura e mettere in pericolo le persone che amavo se non avessi seguito la strada che aveva tracciato per me.

Ero la preda perfetta: una mamma single che si sentiva un po' sola e voleva qualcuno che la amasse, che la facesse sentire speciale. Volevo un po' di attenzioni per ricordarmi di essere una donna desiderabile e non solo una madre; niente di così eccezionale, in realtà. Will ha orchestrato le cose per tenermi sempre incinta, in debito di sonno e murata nel silenzio, in modo che non riuscissi a rendermi conto di quello che stava succedendo o a parlare con altri della follia in cui vivevo; come se non bastasse, non faceva che alimentare la mia speranza che la situazione fosse sul punto di migliorare.

Ho vissuto nella paura, ma non sono mai stata una persona che si lascia condizionare dai suoi timori. È stata la mia capacità di tollerarla, anche se con difficoltà, che gli ha reso possibile continuare; persino la mia forza si è trasformata in debolezza e mi ha messa in trappola. Se mi fossi spaventata sul serio, sarei scappata a gambe levate da lui e da quella situazione.

Non penso che l'abbia fatto per i soldi, semplicemente perché non ne avevo abbastanza per giustificare tutti i suoi sforzi. Credo invece che i soldi fossero la misura del controllo che aveva su di me, uno standard di riferimento. Quando qualcuno non aveva denaro, usava il sesso; forse era lì che aveva in mente di portare anche me.

Guardandomi indietro, quello che vedo adesso è un gioco del gatto col topo: il gatto non prova emozioni né compassione per il topo; il suo comportamento ha a che fare con il controllo, con il divertimento. Will è il predatore; noi siamo la preda. Non la prendo sul personale, perché non c'è niente di personale. Il gatto non sceglie un topo in particolare; va bene qualunque topo gli capiti a tiro.

Mi ci è voluto molto tempo per comprendere la portata di quello che Will ha fatto a me e ad altri. Ce ne vorrà ancora di più per accettarlo fino in fondo e per restituire i debiti che ha accumulato a mio nome. Ma adesso, per me, questa vicenda è semplicemente una parte della mia vita. L'ho vissuta, l'ho superata e sono sopravvissuta. Il mio quotidiano è più semplice di quanto non sia stato negli ultimi anni e quantomeno non sono più costretta a vivere nella paura. Adesso me la cavo meglio con i sostegni al reddito, perché non gli consegno ogni centesimo. Ho i soldi per dar da mangiare ai miei figli e sono abituata a vivere con un budget limitato. Sì, ho dei debiti, i suoi debiti, ma in qualche modo me la caverò.

Sto bene e non sono ridotta all'ombra di me stessa perché sono un'adulta intelligente e responsabile, e perché ho tre figli che dipendono da me e hanno bisogno che io sia forte.

Mi sveglio al mattino e bevo una tazza di caffè, gioco con i miei bambini e mi godo la tranquillità. Non corro più al computer per vedere se Will è online né tengo la suoneria del cellulare a volume alto nel caso telefoni. Non sono più continuamente esasperata perché mi ignora e non mi sento sminuita per venire messa sempre in secondo piano rispetto a quello che sta facendo, qualunque cosa sia, e traggo piacere dalle piccole cose. I beni non sono importanti; né lo sono i soldi o i vestiti, e neppure una vita sociale. Ho perso tutto quello che mi ero guadagnata lavorando, ma ho la cosa più importante: i miei figli. Spesso la gente dice che rinuncerebbe a tutto per i propri figli, e io ho avuto l'occasione di dimostrarlo. La mia gioia sono loro, la mia felicità è vederli crescere.

Nei sei anni che ho passato con Will ci sono stati dei momenti belli, momenti di gioia e meraviglia incontaminate, ma ci sono state anche la delusione, la paura e la disperazione più totali. La vita è stata tragica e difficile, e trovo rilassante l'esistenza tranquilla di una persona normale. Non sono uscita distrutta da quell'esperienza; sono diventata più forte e adesso ho una visione più chiara di quali sono le cose che contano. La mia vita non è rovinata; semplicemente, ho vissuto quasi sei anni fuori dall'ordinario con una persona che oggi non riconosco.

Credo davvero che ai bambini si insegni con l'esempio e quando la vita mi presenta un'avversità, chiedo ai miei figli di sedersi e parlo con loro, raccontando la verità meglio che riesco e assicurandogli che andrà tutto bene perché ci amiamo. Tutte le volte che non so cosa fare, come affrontare qualcosa o risolvere un problema, mi chiedo cosa direi ai miei figli. Poi mi sforzo di mettere in pratica quel consiglio, in modo che possano vedere concretamente cosa intendo.

Adesso i miei bambini hanno l'opportunità di apprendere qualcosa di non scontato. Ho la possibilità di dimostrare loro che non è necessario essere amareggiati o restare aggrappati alla tristezza; che si può sopravvivere a qualunque situazione e crescere stando saldi sulla roccia rappresentata dalla percezione di sé e dalla responsabilità. Posso insegnare loro che esiste un codice morale da cui scaturisce il rispetto di sé e che se anche essere sinceri e onesti può non portare al benessere materiale, offrirà loro tesori più grandi e una vita più bella arricchita dall'amore e dalla lealtà che ne derivano.

Se fosse successa una cosa del genere a uno dei miei figli, gli avrei consigliato di rimboccarsi le maniche, di continuare a respirare fino a che non fosse stato pronto per andare avanti, di prendersi cura dei suoi bambini e di trovare gioia in loro, di condurre una vita sana, dormire a sufficienza, tenere un diario e scrivere tutto. Gli avrei detto di tenere in gran conto i ricordi, quelli belli e quelli brutti, di imparare da essi e usarli in modo positivo. Ogni ricordo è un'esperienza formativa e ha valore indipendentemente dal fatto che sia doloroso o felice. La sofferenza fa parte della vita e io sono contenta di aver vissuto, felice di avere i miei tre splendidi ragazzi.

Loro sono forti e adesso sanno che Will era sposato con un'altra persona. Sanno che ha mentito e io ho spiegato loro che non volerlo più è stata una mia decisione, perché ci meritiamo di meglio che un mucchio di bugie. Ho anche raccontato che è andato in prigione, perché quello che ha commesso è un reato. Per far loro capire, ho preso ad esempio il caso di quando loro fanno cose brutte, tipo picchiarsi e io li mando in camera loro a meditare sulle loro azioni. Ho spiegato che anche quando si cresce si deve saper distinguere il giusto dallo sbagliato; se un adulto prende una pessima decisione, va in tribunale e un giudice decide se gli serve del tempo per riflettere sulle proprie azioni. Se una persona ha commesso qualcosa di sbagliato o fatto del male a qualcuno, il giudice può metterlo in prigione.

Alla fine dissi loro che Will era stato condannato per aver molestato una bambina. È stata la cosa più difficile, ma dovevano saperlo. Non ho mai mentito ai miei figli e non lo farò mai. I bambini hanno diritto alla verità; si meritano di essere accolti nella realtà e non venire isolati o protetti da essa.

Ho amato profondamente Will – l'uomo che pensavo di conoscere, il padre assente e l'amante premuroso –, ma era solo uno specchio che rifletteva quello che volevo, un personaggio fittizio creato per controllarmi. Non credo, e non ho mai creduto, che qualcuno sia "malvagio"; ritengo che siamo tutti una combinazione della nostra natura e delle nostre esperienze. C'è un motivo per cui Will fa quello che fa, e questo mi fa sentire più dispiaciuta per lui che amareggiata o arrabbiata. Non credo che troverà mai la felicità o l'appagamento nelle gioie semplici; non si sistemerà mai né avrà una vita normale. Io devo assicurarmi che i suoi figli, i miei figli, abbiano l'opportunità di una vita migliore e la speranza di un futuro più luminoso. Una cosa di cui sono sicura è che li spingerò a vivere i loro sogni e a fare qualunque cosa desiderino, ma rispettando gli altri, con onestà, integrità e sincerità.

Nota dell'autrice

Questa è una storia vera ed è il resoconto più sincero possibile di quello che mi è successo. Con il senno di poi, si riesce a distinguere ciò che era reale da quello che non lo era, ma questo libro è scritto dalla prospettiva di quanto ritenevo fosse vero all'epoca, e del perché lo credevo.

Troppe persone sono vittime di inganni e menzogne. Non ho ancora conosciuto nessuno che non sia mai stato truffato, raggirato o illuso. Coloro che scoprono i tradimenti del partner si vergognano e si sentono sminuiti, quasi si fossero rifiutati intenzionalmente di vedere, soprattutto se amici e parenti hanno iniziato ad avere dei sospetti prima di loro. Quando qualcuno viene ingannato da una persona che ama e di cui si fida è percepito come uno stupido, sebbene fidarsi del prossimo, e in particolare del partner, sia una cosa del tutto naturale. Quelli come me che sono stati presi in giro si vergognano della propria cecità, anche se non abbiamo fatto nient'altro che fidarci di una persona che sosteneva di amarci.

Per proteggere coloro che non vogliono essere riconosciuti, ho cambiato tutti i nomi tranne il mio e quello di Will Jordan. Spesso mi è stato chiesto se avrei usato uno pseudonimo, nella convinzione che non volessi far sapere chi sono. La domanda rivela già di per sé una percezione sociale che voglio cambiare: perché mai le persone vittime di un crimine dovrebbero vergognarsi o sentirsi umiliate? Non vado fiera di quello che è successo ma di sicuro non sento il bisogno di tenerlo nascosto; è proprio questo che intrappola nel silenzio e rende incapaci di parlare degli abusi di cui si è vittime. Se questo libro può aiutare altri che hanno passato qualcosa di simile, tanto meglio.

All'inizio speravo di poter usare stralci delle e-mail e dei messaggi originali ricevuti da Will Jordan, in modo da raccontare la storia con le parole sia della preda che del predatore. Purtroppo, però, non è stato possibile per questioni legali, ma ho cercato di trasmettere fedelmente e senza esagerare il tono della corrispondenza di Will.

Dedico questo libro ai miei tre splendidi figli, Robyn, Eilidh e Zach: sono la mia salvezza, il mio cuore e la mia anima, e meritavano di meglio della mano servita loro dal destino. Sono stati costretti a crescere senza padre e senza alcun sostegno paterno né investimento economico per il loro futuro. Sono venuti a patti con ciò che è successo a tutti noi e questo libro li ha aiutati a capire senza amarezza o rimpianti.

Ringraziamenti

Voglio ringraziare in particolare tutte le persone straordinarie con cui ho parlato mentre scrivevo il libro, e che sono state anche loro vittime di questa saga bizzarra. Mi hanno offerto sostegno, sicurezza, forza e speranza. Sono le persone che mi hanno raccontato la loro storia, aiutandomi a comprendere la reale portata della verità e consentendomi di ampliare la prospettiva. Mi hanno fatto capire che non sono affatto sola e mi hanno restituito la consapevolezza di me stessa.

Grazie a Jenny Brown, mia agente oltre che amica, che mi ha conosciuta in un momento profondamente stressante della vita e ha assistito al mio ritorno alla normalità.

Grazie anche alla mia famiglia e ai miei amici, in particolare a Carina e Mandy che mi hanno aiutata tantissimo e sono le amiche migliori che si potrebbero desiderare. Anche i miei famigliari si sono dimostrati un sostegno prezioso nei momenti di crisi e continuano a esserlo ogni giorno. Vorrei menzionare e ringraziare per il suo aiuto tutto il personale della casa editrice che ha lavorato sodo per far arrivare questo libro sugli scaffali. Voglio anche citare, e ringraziare per l'aiuto e il sostegno, Peter, Graham, Annie, Kate, Ben e la mia deliziosa Liz.

Un grazie anche a te, lettore o lettrice, per aver trovato il tempo, nella tua esistenza straordinaria, di leggere la mia storia straordinaria.

Indice

Finito di stampare nel mese di giugno 2022 presso
Puntoweb - Ariccia (RM)
Printed in Italy